está de volta

TAYLOR JENKINS REID

Carrie Soto
está de volta

Tradução
ALEXANDRE BOIDE

Copyright © 2022 by Rabbit Reid, Inc.

Publicado nos Estados Unidos pela Ballantine Books, selo da Random House, uma divisão da Penguin Random House LLC, Nova York.

A Editora Paralela é uma divisão da Editora Schwarcz S.A.

Grafia atualizada segundo o Acordo Ortográfico da Língua Portuguesa de 1990, que entrou em vigor no Brasil em 2009.

TÍTULO ORIGINAL Carrie Soto Is Back
CAPA Joana Figueiredo
FOTO DE CAPA biletskiyevgeniy.com/ Shutterstock
PREPARAÇÃO Isis Pinto
REVISÃO Marise Leal e Thiago Passos

Dados Internacionais de Catalogação na Publicação (CIP)
(Câmara Brasileira do Livro, SP, Brasil)

Reid, Taylor Jenkins
  Carrie Soto está de volta / Taylor Jenkins Reid ; tradução Alexandre Boide. — 1ª ed. — São Paulo : Paralela, 2022.

  Título original: Carrie Soto Is Back.
  ISBN 978-85-8439-223-0

  1. Ficção norte-americana I. Título.

22-114789   CDD-813

Índice para catálogo sistemático:
1. Ficção : Literatura norte-americana   813

Eliete Marques da Silva – Bibliotecária – CRB-8/9380

[2022]
Todos os direitos desta edição reservados à
EDITORA SCHWARCZ S.A.
Rua Bandeira Paulista, 702, cj. 32
04532-002 — São Paulo — SP
Telefone: (11) 3707-3500
editoraparalela.com.br
atendimentoaoleitor@editoraparalela.com.br
facebook.com/editoraparalela
instagram.com/editoraparalela
twitter.com/editoraparalela

Para Brad Mendelsohn,
o mais próximo que tive de um treinador.

Chan × Cortéz

ABERTO DOS ESTADOS UNIDOS

SETEMBRO DE 1994

Tudo pelo qual eu trabalhei a vida toda depende do resultado desse jogo.

Estou sentada ao lado do meu pai, Javier, na primeira fileira da arquibancada central no complexo de Flushing Meadows, bem perto das linhas laterais. Os juízes de linha estão de pé com as mãos para trás de ambos os lados da quadra. Bem diante de nós, o juiz de cadeira comanda a partida e controla as reações da plateia lá de sua posição mais elevada. As gandulas estão agachadas, prontas para correr quando for preciso.

É o terceiro set do jogo. Nicki Chan ganhou o primeiro, e Ingrid Cortéz conseguiu arrancar a vitória no segundo. Agora o último vai definir a vencedora.

Meu pai e eu observamos — junto aos demais 20 mil espectadores na arena — quando Nicki Chan se aproxima da linha de fundo. Ela dobra os joelhos e se prepara. Então fica na ponta dos pés, arremessando a bola para o alto, e, com uma virada de pulso, manda um saque destruidor a 202 quilômetros por hora na direção do backhand de Ingrid Cortéz.

Cortéz faz a devolução com uma força surpreendente. A bola cai quase na linha. Nicki não consegue alcançar. Ponto para Cortéz.

Fecho os olhos e solto o ar com força.

"Cuidado. As câmeras estão de olho nas nossas reações", meu pai diz por entre os dentes cerrados. Está usando um de seus vários chapéus panamá, com os cabelos crespos e grisalhos escapando na parte de trás.

"Pai, está *todo mundo* de olho nas nossas reações."

Este ano, Nicki Chan já ganhou dois dos quatro principais torneios do circuito — o Aberto da Austrália e Roland Garros. Se vencer este jogo, vai igualar o meu recorde de vinte títulos em simples de torneios de

Grand Slams. Essa marca foi alcançada em 1987, quando levantei o troféu de Wimbledon pela nona vez e me consolidei como a melhor tenista de todos os tempos.

O estilo de jogo peculiar de Nicki — agressivo e ruidoso, ficando quase o tempo todo no fundo da quadra, com golpes violentíssimos, principalmente no saque e nos drives — permitiu a ela dominar o cenário do tênis feminino nos últimos cinco anos. Mas, quando estava começando no circuito da WTA, no final dos anos 1980, ela não me pareceu uma adversária muito perigosa. Uma boa oponente no saibro, talvez, mas eu a desbanquei por completo quando nos enfrentamos na grama de Londres, diante da torcida dela.

As coisas mudaram desde que eu me aposentei, em 1989. Nicki começou a ganhar Grand Slams com uma velocidade assustadora. E agora está na minha cola.

Eu cerro o maxilar enquanto a observo.

Meu pai olha para mim com uma expressão impassível. "Estou avisando. Os fotógrafos vão tentar pegar uma imagem sua irritada, ou torcendo contra ela."

Visto uma camisa preta sem mangas, uma calça jeans e óculos escuros Oliver Peoples com aro de tartaruga. Os meus cabelos estão soltos. Aos quase trinta e sete anos, estou mais bonita do que nunca, na minha opinião. Então eles que tirem quantas fotos quiserem.

"O que eu sempre dizia para você na época dos campeonatos juvenis?"

"Nunca deixe seu rosto mostrar suas emoções."

"*Exacto, hija.*"

Ingrid Cortéz é uma tenista espanhola de dezessete anos que pegou quase todo mundo de surpresa com sua rápida ascensão no ranking. Seu estilo é um pouco parecido com o de Nicki — baseado na força e na agressividade —, mas ela sabe angular melhor os golpes. É surpreendentemente emotiva dentro de quadra. Consegue encaixar um ace poderoso contra Nicki e vibra com um grito.

"Quer saber, talvez seja Cortéz quem vá acabar com o domínio dela", comento.

Meu pai balança a cabeça. "*Lo dudo.*" Ele mal mexe a boca quando fala, e evita deliberadamente voltar os olhos para a câmera. Tenho certeza de que amanhã de manhã ele vai pegar o jornal e vasculhar o caderno de esportes em busca de uma foto sua. E vai abrir um sorriso quando vir que saiu todo bonitão. Apesar de ter perdido peso este ano por causa das sessões de quimioterapia, já está curado do câncer. O corpo se recuperou bem e a pele está com uma cor saudável.

Quando o sol começa a bater em seu rosto, passo para ele um protetor solar, mas ele aperta os olhos e faz que não com a cabeça, como se aquilo fosse uma ofensa para nós dois.

"Cortéz conseguiu encaixar uma boa sequência", meu pai comenta. "Mas Nicki costuma guardar as energias para o terceiro set."

Minha pulsação acelera. Nicki acerta três winners em sequência e leva o game. Agora o terceiro set está empatado em três a três.

Meu pai olha para mim, baixando os óculos para me deixar ver seus olhos. "*Entonces*, o que você vai fazer?", ele pergunta.

Desvio o olhar. "Não sei."

Ele ajeita os óculos e volta a olhar para a quadra, assentindo de leve para mim. "Bom, se não fizer nada, é isso o que você vai fazer. Nada."

"*Sí, papá*, já entendi."

Nicki manda um saque aberto. Cortéz corre para alcançar a bola, mas a devolução fica na rede.

Olho para o meu pai. Ele está com a testa levemente franzida.

No box reservado aos jogadores, o treinador de Cortéz está curvado para a frente no assento, com o rosto entre as mãos.

Nicki não tem treinador. Demitiu o último quase três anos atrás, e ganhou seis Grand Slams desde então sem precisar da orientação de ninguém.

Meu pai é sempre implacável com jogadores que não têm treinadores. Mas, no caso de Nicki, quase não faz comentários a respeito disso.

Cortéz está inclinada para a frente, com as mãos na altura dos quadris, tentando recuperar o fôlego. Nicki não permite que isso aconteça. Manda mais um saque aberto. Cortéz corre para rebater, mas erra a bola.

Nicki sorri.

Eu conheço esse sorriso. Já estive no lugar dela.

No ponto seguinte, Nicki garante mais um game.

"Droga", digo enquanto as duas trocam de lado na quadra.

Meu pai ergue as sobrancelhas. "Cortéz entra em parafuso quando perde o controle do jogo. E Nicki sabe disso."

"Nicki tem potência nos golpes", comento. "Mas também tem uma leitura de jogo impressionante. Vai fazendo ajustes o tempo todo, adaptando o jogo dela aos pontos fracos da adversária."

Meu pai assente.

"Toda jogadora tem um ponto fraco", continuo. "E Nicki é ótima em descobrir qual é."

"Isso mesmo."

"Mas qual é o dela?"

Meu pai suprime um sorriso. Ele dá um gole.

"Que foi?", pergunto.

"Nada", meu pai responde.

"Eu ainda não me decidi."

"Tudo bem."

As duas voltam a se posicionar em quadra.

"Nicki é meio lenta", falo enquanto a vejo caminhar até a linha de fundo. "Tem muita força, mas não é veloz — nem no trabalho de pés, nem na seleção dos golpes. Não tem a mesma velocidade de Cortéz, inclusive no jogo de hoje. E, principalmente, não é rápida como Moretti, Antonovich e até mesmo Perez."

"Ou você", meu pai complementa. "Não tem ninguém no circuito que seja veloz como você era. Não só no trabalho de pés, mas mentalmente *también*."

Balanço a cabeça.

Ele continua: "Estou falando de posicionamento, de não deixar nem a bola quicar, de acelerar o ritmo do jogo para não dar tempo para Nicki rebater com tanta força. Não tem ninguém no circuito fazendo isso. Não do jeito como você fazia."

"Mas eu teria que jogar com a mesma potência que ela", respondo. "E de alguma forma manter a mesma velocidade de antes."

"O que não vai ser fácil."

"Não na minha idade e com o joelho que eu tenho", eu digo. "Não tenho mais a mesma impulsão de antes."

"*Es verdad*", concorda o meu pai. "Isso vai exigir tudo de você e mais um pouco."

"*Se* eu aceitasse", faço a ressalva.

Meu pai revira os olhos, mas logo estampa outro sorriso falso no rosto.

Dou risada. "Sério mesmo, que diferença faz se tirarem uma foto sua de cara fechada?"

"Eu não estou pegando no seu pé", meu pai responde. "Então não venha pegar no meu. "*¿Lo entendés, hija?*"

Dou risada de novo. "*Sí, lo entiendo, papá.*"

Nicki leva o game seguinte também. Mais um e o jogo termina. Ela vai bater o meu recorde.

Minhas têmporas começam a latejar quando penso nisso. Cortéz não vai ser capaz de segurar Nicki, não hoje. E eu estou aqui na arquibancada vendo tudo. Preciso ficar aqui sentada vendo Nicki tomar de mim tudo o que tanto trabalhei para conseguir.

"Quem vai me treinar?", pergunto. "Você?"

Meu pai não olha para mim, mas percebo que seus ombros ficam tensos. Ele respira fundo e mede bem as palavras.

"Isso é você quem tem que dizer", responde, por fim. "Essa escolha não é minha."

"E então? Eu vou ter que procurar o Lars?"

"Você vai fazer o que achar melhor, *pichona*", diz o meu pai. "Ser adulta é isso aí."

Ele vai me obrigar a implorar. E eu mereço.

Cortéz está se esforçando ao máximo para acertar seus golpes. Mas está cansada. Dá para ver que as pernas dela ficam tremendo quando não está se movimentando. Ela manda uma devolução na rede. Agora está trinta a zero.

Desgraçada.

Olho ao redor, para a plateia. As pessoas estão tensas nos assentos; algumas estalam os dedos. Todo mundo parece estar com a respiração um pouquinho acelerada. Nem imagino o que o pessoal da transmissão de tv está dizendo.

Os espectadores ao nosso redor nos espiam de canto de olho, observam a minha reação. Estou começando a me sentir pressionada.

"Se eu fizer isso...", digo baixinho. "Quero que você seja o meu treinador. É isso o que estou dizendo, pai."

Ele olha para mim depois que Cortéz arranca um ponto de Nicki. A plateia prende a respiração, ansiosa para ver a história acontecer diante de seus olhos. Eu também estaria, se não fosse a *minha* história que estivesse em risco.

"Tem certeza, *hija*? Eu não sou mais o mesmo. Não tenho mais a... a energia de antes."

"Então somos dois", retruco. "Você vai treinar uma ex-atleta."

Agora está quarenta a quinze. Nicki tem a chance de ganhar o campeonato no próximo ponto.

"Eu estaria treinando a maior tenista de todos os tempos", meu pai responde. Ele se vira para mim e segura minha mão. Estou quase chegando aos quarenta, mas mesmo assim, de alguma forma, a mão dele parece a de um gigante perto da minha. E, assim como quando eu era criança, são quentes e ásperas e fortes. Quando ele aperta a minha palma, eu me sinto minúscula — como se fosse para sempre a menina e ele o gigante que eu preciso encarar olhando para cima.

Nicki saca. Eu respiro fundo.

"Então você aceita?", pergunto.

Cortéz devolve o serviço.

"Nós corremos o risco de perder... e feio", continuo. "Mostrar para todo mundo que a Machadinha de Guerra não corta mais nada. Eles adorariam isso. Eu mancharia não só a minha reputação, mas o meu legado também. Isso poderia... estragar tudo."

Nicki manda um drive de direita.

Meu pai balança a cabeça. "Não existe o risco de estragar tudo porque o tênis não é tudo, *pichona*."

Não sei se concordo com isso.

Cortéz rebate o golpe.

"Mesmo assim", insisto. "Nós teríamos que trabalhar mais do que nunca. Você está disposto a isso?"

"Seria a maior honra da minha vida." Vejo os olhos dele começarem a marejar, mas não desvio o olhar. Ele aperta a minha mão com força. "Se puder treinar você de novo, *pichona*, eu morro feliz."

Tento ignorar o aperto que sinto no peito. "Então acho que está decidido", respondo.

Um sorriso se abre no rosto do meu pai.

Nicki responde com um lob. Uma lenta trajetória em arco pelo ar. A arena vê a bola subir lá no alto e então começar a descer.

"Acho que vou sair da aposentadoria", afirmo.

A bola parece que vai para fora. Nesse caso, Cortéz adiaria a derrota por mais alguns momentos.

Meu pai me envolve com o braço e me aperta forte. Mal consigo respirar. Ele cochicha no meu ouvido: *"Nunca estuve más orgulloso, cielo"*. E então me solta.

A bola cai quase na linha de fundo. A plateia prende a respiração quando ela quica, bem alta e veloz. Cortéz já recuou, pensando que a bola sairia, e agora é tarde demais. Não tem mais como voltar. Ela se projeta para a frente, mas erra o golpe.

Por uma fração de segundo, o silêncio é total. Então os gritos e aplausos irrompem.

Nicki Chan acaba de vencer o Aberto dos Estados Unidos.

Cortéz vai ao chão. Nicki levanta os punhos cerrados no ar.

Meu pai e eu sorrimos. Estamos prontos.

O PRIMEIRO CICLO

1955-1965

Meu pai se mudou de Buenos Aires para os Estados Unidos aos vinte e sete anos. Tinha sido um excelente tenista na Argentina, ganhando treze títulos em onze anos de carreira. Era chamado de "Javier el Jaguar". Era elegante, mas mortal.

Ele sabia, contudo, que tinha abusado dos joelhos. Saltava muito alto, e nem sempre aterrissava direito. À medida que foi se aproximando dos trinta, sabia que não aguentaria por muito mais tempo. Ele se aposentou em 1953 — um assunto sobre o qual nunca falava comigo sem ficar estressado e acabar saindo do cômodo. Logo depois disso, começou a planejar a mudança para os Estados Unidos.

Em Miami, arrumou um emprego em um clube de tênis para ricaços onde passava o dia todo à disposição de qualquer um que quisesse um adversário para jogar uma partida. Era um trabalho normalmente feito por universitários em férias de verão — mas a dedicação dele era a mesma da época em que era profissional. Como ele dizia aos sócios de lá: "Eu não sei jogar tênis sem dar o meu melhor".

Não demorou muito para que as pessoas começassem a lhe pedir aulas particulares. Ele se tornou conhecido pelo comprometimento com a parte técnica, pelas altas expectativas e pelo fato de que quem ouvisse os conselhos de "el Jaguar" provavelmente começaria a ganhar os jogos.

Em 1956, recebeu ofertas para ser instrutor de tênis de diversos lugares do país. Acabou no Palm Tennis Club, em Los Angeles, onde conheceu a minha mãe. Ela era dançarina e professora de valsa e foxtrote no clube.

Minha mãe era uma mulher alta e com uma postura impecável, que usava saltos de dez centímetros não importava aonde fosse. Seu jeito de andar era bem lento e deliberado, e ela sempre olhava as pessoas nos olhos. Era difícil fazê-la rir, mas, quando isso acontecia, suas gargalhadas eram tão escandalosas que reverberavam pelas paredes.

Logo no primeiro encontro, disse para o meu pai que ele só pensava em tênis. "Você tem que superar isso logo, Javier. Caso contrário, como vai conseguir construir uma vida?"

Meu pai respondeu que aquilo era um absurdo. O *tênis* era a vida dele.

Ela retrucou dizendo: "Ah, então você é teimoso também".

Mesmo assim, ele apareceu no dia seguinte no final de uma das aulas dela com uma dúzia de rosas vermelhas. Ela aceitou e agradeceu, mas sem sequer cheirá-las antes de deixá-las de lado. Meu pai ficou com a impressão de que, apesar de ter dado flores para pouquíssimas mulheres na vida, minha mãe já tinha recebido flores de dezenas de pretendentes.

"Você me ensina a dançar tango?", ele pediu.

Ela lançou um olhar atravessado, sem acreditar nem por um instante que aquele argentino não tinha pelo menos uma noção básica de tango. Mas então pôs uma das mãos no ombro dele, deixou a outra no ar e disse: "Está bem, vamos lá". Ele a pegou pela mão, e ela o ensinou como conduzi-la pela pista de dança.

Meu pai conta que não conseguia tirar os olhos dela; diz que ficou maravilhado com a facilidade com que ela deslizava pelo salão.

Quando chegaram ao fim da música, meu pai a deitou segurando-a no colo, e ela sorriu e falou, com um ar impaciente: "Javier, essa é a parte em que você me beija".

Em questão de meses, ele a convenceu a se casar praticamente em segredo. Disse que tinha grandes sonhos para os dois. E minha mãe respondeu que ele podia sonhar alto só para si mesmo. Falou que não precisava de muita coisa além dele ao seu lado.

Na noite em que contou que estava grávida, ela sentou no colo dele no apartamento onde moravam em Santa Monica e perguntou se ele conseguia sentir que estava com o peso de duas pessoas sobre si. Ele ficou com os olhos marejados e sorriu. Então respondeu que sua intuição lhe dizia que era um menino, e que seria um tenista muito melhor que o pai.

* * *

Quando eu era bebê, meu pai levava uma cadeirinha para as quadras para eu poder vê-lo jogando. Ele diz que eu ficava virando o pescoço de um lado para o outro, acompanhando a bola. Segundo suas histórias, minha mãe às vezes tentava me tirar da cadeirinha para ir sentar na sombra ou comer alguma coisa, mas eu ficava chorando até ela me levar de volta para a quadra.

Meu pai adorava contar que pôs a raquete pela primeira vez na minha mão quando eu ainda mal sabia andar. Ele jogou a bola fraquinho para mim, e jura que, nesse fatídico dia, acertei em cheio a raquetada.

Ele foi correndo de volta para casa, me carregando nos ombros, para contar para a minha mãe. Ela simplesmente sorriu e continuou fazendo o jantar.

"Você não entende o que eu estou dizendo?", ele falou.

Minha mãe deu risada. "Que a nossa filha gosta de tênis? Claro que ela gosta de tênis — é a única coisa que você mostrou para a menina na vida."

"Isso é o mesmo que dizer que Aquiles foi um grande guerreiro porque viveu em uma época de guerra. Aquiles foi um grande guerreiro porque estava *destinado* a isso."

"Entendi. Então Carolina é Aquiles?", minha mãe questionou, com um sorriso. "E você é o quê, então, um deus?"

Meu pai ignorou o comentário. "É o destino dela", ele disse. "Está mais do que claro. Com a sua elegância e a minha força, ela pode ser a maior tenista que o mundo já viu. Ela ainda vai entrar para a história."

Minha mãe revirou os olhos e passou a servir o jantar. "Prefiro que ela seja uma pessoa gentil e feliz."

"Alicia", meu pai falou, abraçando-a por trás. "Ninguém vai entrar para a história só por isso."

Eu não me lembro de quando me contaram que minha mãe tinha morrido. Nem do funeral, apesar de meu pai garantir que eu estava lá. Segundo sua versão dos acontecimentos, ela estava fazendo sopa quando percebeu que não tinha extrato de tomate em casa, então calçou os sapatos e me deixou com ele, que estava trocando o óleo do carro na garagem.

Vendo que minha mãe não voltava, ele bateu na casa da vizinha e pediu para ela cuidar de mim enquanto saía para procurá-la.

Ele viu a ambulância a alguns quarteirões de casa e sentiu um frio na barriga. Minha mãe tinha sido atropelada por um carro enquanto atravessava a rua na volta para casa.

Depois que minha mãe foi enterrada, meu pai se recusava a entrar no quarto dos dois. Começou a dormir na sala; deixava as roupas em um cesto ao lado da TV. Isso durou meses. Sempre que eu tinha um pesadelo, saía da cama e ia para o sofá. Ele sempre estava lá, com a TV ligada emitindo um ruído de estática e embalando seu sono.

E então, um dia, o corredor se encheu de luz. A porta do quarto deles estava aberta, a poeira acumulada na maçaneta não estava mais lá e tudo o que era da minha mãe tinha sido colocado em caixas de papelão. Os vestidos, os saltos, os colares, os anéis. Até os bobes de cabelo. Depois, tudo foi levado de lá. E fim de papo.

Não restou muita coisa dela. Quase não havia provas de que um dia minha mãe tinha existido. Só algumas fotos que encontrei na gaveta do meu pai. Guardei a minha favorita embaixo do travesseiro. Tinha medo de que, se não escondesse, aquilo também sumisse.

Durante um tempo depois disso, meu pai me contou histórias sobre minha mãe. Falava que ela queria que eu fosse *feliz*, que ela era uma pessoa *boa* e *honesta*. Mas chorava todas as vezes, e logo deixou de tocar no assunto.

Até hoje, a única lembrança significativa que eu tenho da minha mãe é um tanto enevoada. Não sei o que é real e o que foi preenchido pela minha imaginação ao longo dos anos.

Na minha cabeça, eu consigo vê-la na cozinha, diante do fogão. Está usando um vestido bordô com uma estampa, talvez de bolinhas ou florezinhas. Sei que o cabelo dela é encaracolado e bem cheio. Meu pai me chama do outro lado da casa, pelo apelido que usava comigo na época, "*Guerrerita*". Mas então a minha mãe balança a cabeça e diz: "Não aceite ser chamada de guerreira — você é uma rainha".

Na maior parte do tempo, tenho certeza absoluta de que foi isso o que aconteceu. Mas às vezes parece mais do que óbvio que só pode ter sido um sonho.

Minha maior lembrança mesmo é do vazio que ela deixou para trás. Na minha casa, havia sempre a sensação de que antes tinha mais alguém lá.

Mas no fim ficamos só meu pai e eu mesmo.

Em uma das primeiras memórias que tenho, eu sou bem novinha, mas já estou furiosa. Estou irritada com as perguntas das outras meninas: "Cadê a sua mãe?", "Por que ninguém penteia o seu cabelo?". Estou irritada com a insistência da professora para me fazer falar inglês sem nenhum resquício do sotaque do meu pai. Estou irritada por me dizerem que preciso ser mais comportada durante o recreio, sendo que aquilo que eu mais queria era apostar corrida com os outros alunos no campo de futebol ou ver quem chega mais alto nos balanços.

Eu achava que o problema era que eu sempre ganhava. Só nunca entendi por que as pessoas queriam brincar *menos* comigo por causa disso, e não mais.

Essas primeiras lembranças de tentar fazer amizades vêm sempre acompanhadas de uma certa confusão: *Estou fazendo alguma coisa errada, mas não sei o que é.*

Na hora da saída, eu via os outros alunos se encontrando com as mães. As crianças contavam sobre o dia, reclamavam dos abraços que ganhavam delas ao lado do carro e limpavam os beijos da bochecha.

Eu poderia passar horas vendo aquilo. O que mais faziam com as mães depois da escola? Saíam para tomar sorvete? Iam comprar aqueles estojos bacanas que usavam? Onde elas arrumavam todos aqueles laços para o cabelo?

Quando elas iam embora, eu começava a minha caminhada de dois quarteirões para encontrar o meu pai nas quadras públicas de tênis.

Eu cresci dentro da quadra. Nas públicas depois da escola, nas dos clubes de campo nas férias e nos fins de semana. Cresci usando saiote de jogadora e rabo de cavalo. Cresci sentada à sombra perto das linhas laterais, enquanto meu pai terminava suas aulas.

Ele fechava todo o espaço da rede. Seus saques eram sempre fluidos, seus drives saíam sem esforço. O adversário, ou a pessoa que ele estivesse treinando, parecia estar sempre envolvido pelo caos do outro lado da quadra. Com a raquete na mão, meu pai estava invariavelmente no controle.

Olhando para trás, vejo que ele devia se sentir apreensivo e solitário na maior parte do tempo quando eu era pequena. Um pai viúvo em um país que não era o seu, sem ninguém com quem contar. Agora me parece óbvio que meu pai provavelmente estava tão estressado que podia explodir a qualquer momento.

Mas, se ele tinha dias difíceis e noites inquietas, aprendeu a esconder isso muito bem. Para mim, o tempo que passava com ele era como um presente que nenhuma outra criança podia ter. Ao contrário delas, eu tinha um *objetivo*; meu pai e eu estávamos voltados para uma atividade *significativa*. Eu ia ser a *melhor*.

Todos os dias depois da escola, quando meu pai finalmente terminava de atender aos alunos, ele se virava para mim. "Vamos", ele dizia. "*Los fundamentos.*" Então eu pegava minha raquete e ia ficar ao lado dele na linha de fundo.

"Game, set, partida: o que isso quer dizer?", meu pai me perguntava.

"O jogo é divido em games. Você precisa ganhar mais games que o adversário para vencer o set. E mais sets para vencer o jogo", eu recitava de cor.

"E, no game, a primeira pontuação é..."

"Quinze. Depois trinta. Depois quarenta. Então você leva o game. Mas precisa estar duas pontuações à frente."

"E quando fica quarenta a quarenta, o que o juiz fala?"

"*Deuce*. E, se você ganhar um ponto, fica com a vantagem para ganhar o game."

"E como você ganha?"

"Se estiver com a vantagem, é só marcar a próxima pontuação que o game é seu. Você precisa ganhar seis games para vencer o set, mas também precisa estar duas pontuações à frente. Não dá para ganhar um set por seis a cinco."

"E a partida?"

"No feminino a partida é uma melhor de três sets. No masculino, pode ser melhor de cinco."

"E quando o juiz fala 'love'? O que isso quer dizer?"

"Nada."

"Bom, na verdade quer dizer zero."

"Isso mesmo, quer dizer que você não tem ponto nenhum. 'Love' é o mesmo que nada."

Depois de acertar todas as respostas, eu ganhava um tapinha no ombro. E então começávamos a treinar.

Existem muitos treinadores que são inovadores, mas esse nunca foi o estilo do meu pai. Ele era adepto da beleza e da simplicidade de fazer as coisas da maneira como sempre foram feitas, só que melhor do que qualquer outra pessoa. "Se eu tivesse o mesmo comprometimento em aperfeiçoar meus fundamentos que você, *hijita*", ele me dizia, "ainda seria um jogador profissional." Essa era uma das poucas coisas que ele me falava e eu não acreditava de verdade. Eu sabia que pouquíssima gente jogava tênis profissionalmente depois dos trinta anos.

"*Bueno, papá*", eu respondia, e o treino começava.

Minha infância inteira foi ocupada por treinos. Treinos e mais treinos e mais treinos. Saques, drives, trabalho de pés, voleios. Saques, drives, trabalho de pés, voleios. Várias e várias vezes. Nas férias, depois da escola, nos fins de semana. Meu pai e eu. Sempre juntos. Nossa pequena equipe. O treinador orgulhoso e a aluna-prodígio.

Eu adorava saber que cada movimento do esporte tinha o jeito *certo* e o *errado* de ser executado. Sempre havia um objetivo concreto a alcançar.

"*De nuevo*", meu pai dizia enquanto eu tentava pela quinquagésima vez no dia aperfeiçoar o meu saque chapado. "Quero os dois braços se levantando na mesma velocidade e ao mesmo tempo."

"*De nuevo*", ele falava, um homem de quarenta anos de cócoras para fazer contato visual com alguém que batia em sua cintura. "Quando você saca com os pés juntos, precisa trazer a perna de trás para a frente *antes* de bater na bola."

"*De nuevo*", ele dizia com um sorriso. "Deixe o spin para o segundo saque, *hijita*. ¿Entendido?"

23

E, todas as vezes, aos meus cinco, seis, sete ou oito anos, ele recebia sempre a mesma resposta. "*Sí, papá. Sí, papá. Sí, papá. Sí, papá.*"

Com o tempo, além de "*De nuevo*", meu pai começou a dizer também "*Excelente*".

Todos os dias, eu almejava aqueles "*excelentes*". Até sonhava com isso. Deitava na minha cama com desenhos do Linus e da Lucy no lençol, olhando para a foto emoldurada do Rod Laver que tinha implorado para o meu pai comprar, e repassava os fundamentos na minha cabeça.

Em pouco tempo, meus drives eram potentes, meus voleios afiados, e meus saques fatais. Aos oito anos, conseguia sacar da linha de fundo e acertar o alvo, uma caixa de leite do outro lado da quadra, cem vezes seguidas.

As pessoas que passavam pela quadra se achavam muito espertas quando me chamavam de "mini Billie Jean King", como se eu não ouvisse aquilo umas dez vezes por dia.

Logo depois, meu pai começou a me ensinar sobre as estratégias de jogo.

"Na maioria das vezes, os jogadores vencem os games em que têm o saque", meu pai dizia. "*Decime por qué.*"

"Porque, quando tem o saque, esse é o único momento em que o jogador pode ditar o ritmo do jogo."

"*¿Y qué más?*"

"Se você sacar bem, pode controlar o serviço e a devolução. E até os ralis."

"*Exacto.* Vencer os games de saque é a base de qualquer estratégia."

"*Bueno, entiendo.*"

"Mas a maioria concentra todas as energias no saque. Aperfeiçoam tanto o saque que acabam se esquecendo da parte mais importante."

"A devolução."

"*Exacto.* O saque é sua garantia, mas uma boa *devolução* vence games. Se você não mantiver seu saque em todos os games, e o adversário também, quem leva o set?"

"O primeiro a quebrar o saque do outro."

"*Exacto.* Se você quebrar o saque do adversário em um game — somente um único game — e mantiver o seu saque, o set é seu."

"Então eu preciso ser uma boa sacadora e uma boa devolvedora."

"Você precisa ser uma jogadora completa", ele falou. "Ótima no saque, no voleio, nos drives e na devolução. Vem, vamos jogar."

Ele sempre ganhava, todos os dias. Mas eu nunca deixava de tentar. Partida após partida, todas as tardes depois da escola, às vezes duas vezes no fim de semana.

Até certa tarde nublada de janeiro, com o tempo um pouco mais frio do que de costume. Durante todo o dia, o céu estava ameaçando cumprir o que sempre prometia no sul da Califórnia, mas quase nunca acontecia.

Estávamos empatados no primeiro set quando devolvi dois saques seguintes com bolas cruzadas de forehand que foram tão velozes que meu pai não conseguiu alcançar.

E, pela primeira vez na minha curta vida, eu quebrei o saque dele.

"¡Excelente!", ele falou e jogou os braços para cima e correu até o meu lado da quadra, me abraçando e me girando no ar.

"Eu consegui!", exclamei. "Quebrei o seu saque."

"Conseguiu mesmo", ele falou. "Sim, conseguiu mesmo."

Uns dois minutos depois que eu venci aquele set, o céu desabou e a chuva começou a cair. Meu pai cobriu minha cabeça com a jaqueta dele e nós corremos para o carro.

Depois que entramos e fechamos as portas, olhei para ele. Seu rosto estava radiante, apesar de seu corpo tremer de frio. "Excelente, *pichoncita*", ele falou, apertando a minha mão. "*Muy, muy bien.*" Ele ainda estava sorrindo quando ligou o motor e saiu de ré do estacionamento.

Desse momento em diante, apesar de não conseguir vencer as partidas, eu me determinei a quebrar o saque dele pelo menos uma vez todos os dias. E conseguia.

No fim de cada sessão, voltávamos para o carro com duas marmitas do restaurante do clube ainda quentes no meu colo. Eu via casas enormes pela janela durante todo o trajeto até nossa garagem.

Meu pai estacionava e, antes mesmo de descermos, dizia: "Hoje nós fomos bem. Mas será que vamos fazer ainda melhor amanhã?".

Eu passava para ele a lista de coisas em que vinha pensando durante o caminho.

"Melhorar o trabalho de pés", eu dizia. "E não levantar o pulso." Ou então: "Não recuar muito antes de fazer um voleio curto".

Toda noite, ele acrescentava mais uma coisa em que eu não tinha pensado. "E manter os olhos na bola, não na raquete." "Fazer o movimento até o final no drive de direita."

E, toda noite, eu concordava balançando a cabeça. *Claro. Como fui me esquecer disso?*

Só então entrávamos e jantávamos juntos na frente da TV. Na maioria das vezes víamos só o noticiário noturno, mas eu adorava as raras noites em que ele me deixava assistir à sitcom da Lucille Ball. Ele na poltrona, eu no sofá, as bandejas na nossa frente. Ele ria muito. E por isso eu ria também.

Mais tarde, depois que eu escovava os dentes e vestia o pijama, meu pai me dava um beijo na testa e dizia: "Boa noite, minha Aquiles, a maior guerreira que o mundo do tênis já viu".

Depois de apagar a luz, eu enfiava a mão debaixo do travesseiro à procura da foto da minha mãe que tinha pegado na cômoda do meu pai.

Na imagem, ela está deitada em uma rede no quintal, sorrindo para a câmera comigo no colo. Tem uma laranjeira atrás de nós. Estou dormindo nos braços dela, seu queixo apoiado na minha cabeça, sua mão apoiando as minhas costas. O cabelo dela é comprido e levemente cacheado. Eu costumava passar o dedo naquela fotografia, por sobre o vestido dela, dos ombros até os pés.

Ficava segurando a foto junto do peito por um tempo e então enfiava de volta debaixo do travesseiro e dormia.

Uma noite, quando eu tinha uns oito anos, fui procurar a foto e vi que não estava mais lá.

Joguei o travesseiro no chão, levantei da cama num pulo e levantei o colchão. Como eu poderia ter perdido uma coisa tão importante? Comecei a gritar, com as lágrimas escorrendo pelo rosto.

Meu pai apareceu e me viu lá com o rosto todo vermelho, os olhos cheios de lágrimas e o quarto revirado. Sem perder a calma, pôs o colchão de volta na cama e me abraçou.

"*Pichoncita*", ele falou. "*No te preocupes*. Não aconteceu nada com a foto. Eu guardei de volta na gaveta. Está na hora de parar de ficar olhando para ela toda noite."

"*Pero* eu quero ficar olhando para ela toda noite."

Ele negou com a cabeça e me abraçou com mais força. "*Cariño*, tire isso da cabeça. É um fardo pesado demais para você carregar."

1966

Quando fiz nove anos, já tinha vencido todo mundo da minha idade no clube. Então meu pai chamou o filho de um dos alunos dele para me enfrentar, um garoto de treze anos chamado Chris.

"Não entendo por que deixam você jogar aqui", Chris foi logo me dizendo. "Você não é sócia." Estávamos junto à rede, esperando a partida começar. Nossos pais conversam aos risos.

"Nem você", retruquei.

"O meu pai é. O seu *trabalha* aqui. Está aqui para trabalhar para *nós*."

Nossos pais começaram a vir na nossa direção, e Chris resmungou: "Vamos logo com isso? Eu não estou com a mínima vontade de jogar contra uma menina de sete anos."

Dei uma boa encarada nele, sentindo os meus ombros ficarem tensos. "Eu tenho nove, seu idiota."

Chris se virou para mim com os olhos arregalados, mas não falou nada. Uma coisa que aprendi desde cedo é que os babacas geralmente ficam sem resposta quando são confrontados.

"Muito bem, crianças, melhor de três sets", o meu pai falou.

Chris ia sacar primeiro, e eu me posicionei agachada, pronta. Ele lançou a bola e mandou um saque lento com curva. Eu meti a mão na cruzada. Ponto meu. *Zero-quinze.*

Chris sacou de novo. Eu devolvi com uma passada. *Zero-trinta.*

No terceiro saque, fingi um bocejo. *Zero-quarenta.*

"Game para Carrie", meu pai anunciou.

Chris ficou até meio vermelho. Eu só não sabia se era de raiva ou de vergonha. Abri um sorriso para ele.

O restante do jogo foi bem rápido.

No último saque, eu só joguei a bola para o outro lado, sem me preocupar em colocar topspin ou velocidade no golpe. Ainda assim ele rebateu para fora.

"Você é muito ruim de tênis", eu falei enquanto apertava a mão dele.

"Carolina!", gritou meu pai.

"Desculpa, mas ele é mesmo", respondi. Em seguida, olhei para o Chris. "Você é mesmo."

Percebi o Chris olhar para o outro lado da quadra. O pai dele balançou a cabeça, revirando os olhos, e apagou o cigarro.

Eu me lembro de ter pensado: *É por isso que a gente precisa treinar, Chris.*

Quando ele saiu da quadra, meu pai pôs a mão no meu ombro e falou: "Isso foi bem impressionante".

"Não precisei nem fazer força", respondi enquanto íamos para os vestiários.

"Ah, você deixou isso bem claro. E foi bem cruel também."

"Por que eu seria legal com ele? O garoto falou que eu era uma menina de sete anos."

"As pessoas vão chamar você de um monte de coisas nessa vida", ele respondeu. "Sempre vai ter alguém falando mal de gente como nós."

"Porque nós não somos sócios do clube?", perguntei enquanto guardava as minhas coisas.

Meu pai deteve o passo. "Porque nós somos vencedores. Não vire uma pessoa rancorosa, Carolina", ele falou. "Não deixe que ninguém determine como você se sente."

Eu o encarei.

"Se eu disser que seu cabelo é roxo, significa que é roxo mesmo?", ele questionou.

"Não, é castanho."

"E você precisa me provar que é castanho?"

Eu fiz que não com a cabeça. "Não, está na cara que é."

"Você vai ser uma das melhores tenistas do mundo um dia, *cariño*. Isso está tão na cara quanto a cor do seu cabelo. Você não precisa provar nada para ninguém. Só precisa ser quem você é."

Eu fiquei pensativa.

"Da próxima vez que você enfrentar um garoto como Chris, eu quero ver uma linda partida de tênis mesmo assim", ele falou. "Entendeu bem?"

Eu assenti. *"Está bien."*

"E nós não choramos quando perdemos, mas também não contamos vantagem quando ganhamos."

"Bueno, entiendo."

"Você não está jogando contra seu adversário, e entende isso, não é?"

Fiquei olhando para ele, sem saber o que dizer. Mas queria que ele acreditasse que eu entendia tudo o que eu deveria ser — seria uma traição intolerável à nossa missão se eu estivesse confusa a esse respeito.

"Toda vez que entra em quadra, você precisa jogar melhor do que da última vez. Você jogou seu melhor tênis hoje?"

"Não", respondi.

"Da próxima vez, quero que você se supere. A cada dia você precisa superar o anterior."

Eu me sentei no banco ali perto e fiquei pensando. O que meu pai estava propondo era uma tarefa bem mais difícil. Mas, quando aquilo entrou na minha cabeça, não tinha mais jeito. Era isso que eu precisaria fazer.

"Entiendo", respondi.

"Agora vá pegar suas coisas. Vamos à praia."

"Não, pai", falei. "Por favor. Não podemos ir para casa? Ou sair para tomar um sorvete? Uma menina da minha sala falou que tem um lugar com sorvete de casquinha ótimo. Acho que podemos ir até lá."

Ele deu risada. "Nós não vamos melhorar o condicionamento das suas pernas com sorvete de casquinha. Só podemos fazer isso..."

Fechei a cara. "Correndo na areia."

"Sí, correndo na areia, *entonces vámonos."*

1968

Depois de mais dois anos ganhando de todas as crianças da cidade, fomos procurados por Lars Van de Berg, o principal treinador de tenistas juvenis do país.

Ele estava treinando uma menina de catorze anos chamada Mary-Louise Bryant em Laguna Beach. Mary-Louise já estava começando a ganhar campeonatos. Tinha chegado à semifinal do torneio juvenil de Wimbledon naquele ano.

"Lars ligou porque todo mundo em LA anda falando de você", meu pai contou enquanto pegamos a pista sul da rodovia rumo a Laguna Beach. Eu estava de saiote de tenista e camiseta polo branca, com um cardigã creme por cima, além de meias novas e um par de tênis branquíssimos e imaculados nos pés.

Meu pai tinha comprado tudo aquilo na semana anterior. Depois lavou as roupas e separou para eu vestir naquela manhã. Quando eu vi os babados na bunda da calcinha de tenista que ia por baixo do saiote, fiquei olhando para ele, torcendo para que fosse alguma brincadeira. Mas, pelo olhar no rosto do meu pai, ficou claro que era sério. Então eu vesti.

"Ele está fingindo que é só um joguinho amistoso", continuou o meu pai. "Mas na verdade quer ver se você representa uma ameaça para Mary-Louise."

Já havia rumores se espalhando sobre o meu futuro. Eu sabia que ia começar a competir em breve, assim como existem adolescentes que têm a certeza de que vão fazer faculdade. E, assim como no caso das universidades, eu achava que o meu pai estava procurando um jeito de conseguir pagar por aquilo.

Eu me remexi no assento, tentando dar um jeito de fazer com que o cardigã parasse de pinicar o meu pescoço. "E eu *sou* uma ameaça para Mary-Louise?", perguntei.

"É", respondeu o meu pai.

Eu abri a janela e olhei o oceano Pacífico passando sob nós.

"Quero que você pense no seu plano de jogo", meu pai falou. "Mary-Louise é três anos mais velha, então pode acreditar que é mais alta, mais forte e talvez até mais confiante. Como isso vai afetar sua estratégia? Você tem cinco minutos."

"Tá", respondi.

Meu pai aumentou o volume no rádio e se concentrou na estrada. Em pouco tempo, o trânsito foi ficando mais carregado até parar de vez. Olhei pela janela e vi as crianças na praia, brincando na areia. Duas meninas da minha idade estavam construindo um castelo.

O abismo entre mim e meninas como aquelas — como as que estudavam comigo — sempre tinha sido considerável, mas me pareceu quase intransponível ali.

Uma fração de segundo depois, o trânsito voltou a andar, e eu me perguntei por que alguém se daria ao trabalho de construir alguma coisa usando areia, sendo que no dia seguinte não estaria mais lá e todo o trabalho seria perdido.

"*Bueno, contame*", meu pai falou. "Qual é o seu plano de jogo?"

"Se ela for mais forte que eu, vou ter que fazê-la subir à rede o máximo possível e angular os golpes. E ela deve estar bem confiante, então preciso mexer com a cabeça dela logo de início. Se ficar preocupada em perder para uma menina de onze anos, então com certeza vai perder para uma menina de onze anos."

"*Muy bien*", ele falou, estendendo a mão espalmada para eu bater. "Minha Aquiles. Inigualável entre todos os gregos."

Eu segurei o sorriso enquanto avançávamos pela rodovia.

Mary-Louise ganhou o sorteio e escolheu sacar primeiro.

Fui para a linha de fundo e bati na palma da mão com as cordas bem esticadas da raquete. Depois segurei o cabo e o virei algumas vezes.

Olhei para os meus tênis novinhos. Percebi uma manchinha de sujeira na ponta, então me agachei para limpar.

Meu pai e Lars estavam sentados no banco. Lars tinha mais de um e oitenta de altura, cabelos loiros e um sorriso que nunca chegava a fazer os olhos se apertarem. Apresentou meu pai como "el Jaguar" para Mary--Louise em um tom que me incomodou.

Mary-Louise estava do outro lado da quadra com um saiote branco e uma blusa combinando com a faixinha no cabelo. Quando ficou totalmente de pé, deu para ver como era alta e magra, com um rosto anguloso e delicado. Talvez fossem os vincos perfeitos no saiote ou a maneira despreocupada com que ela segurava a raquete de madeira Dunlop Maxply Fort, mas deu para sentir que, apesar de nós duas nos sentirmos em casa na quadra, vínhamos de mundos bem diferentes.

Ela sorriu para mim, e eu fiquei me perguntando se aquela não era a menina mais bonita que já tinha visto na vida.

Eu não alimentava nenhuma ilusão de que era bonita. Era atarracada, tinha ombros largos, e minhas panturrilhas e meus antebraços eram mais grossos do que os de qualquer menina da minha turma. Algumas das garotas mais populares — as que usavam laços no cabelo e cardigã por cima do vestido, as que os meninos perseguiam no recreio — me xingavam quando a professora não estava ouvindo.

Quando entrei na sala um dia, Christina Williams cochichou bem alto para Diane Richards: "Lá vai ela. *Bum, bum, bum*", como se o peso dos meus passos fizesse o chão tremer enquanto eu ia até a minha carteira.

A turma inteira caiu na risada.

"Pelo menos eu não tirei nota vermelha na prova de matemática que nem você, sua inútil", falei enquanto me sentava.

A turma riu disso também. Mas aí Christina começou a chorar. A professora percebeu e chamou nós duas lá para a frente.

Quando foi pressionada, Christina chorou ainda mais e negou que tivesse me provocado. Eu mantive a cabeça erguida e admiti o que tinha dito.

E, de alguma forma, a covarde se safou, e eu fui mandada para a diretoria, de onde ligaram para o meu pai. Ele foi me buscar e me levou para casa.

Depois de ouvir a minha versão da história, meu pai me deu uma bronca e me mandou me olhar no espelho. Ele me falou que eu era bonita. *"Pichona, sos hermosa."*

Procurei no meu rosto algum sinal do que ele poderia estar falando. Eu tinha a pele morena e os olhos verdes da minha mãe. Tinha a cor do cabelo do meu pai. Mas o meu corpo, as minhas feições... Isso eu não sabia de onde tinha vindo. Queria ter cabelos cacheados iguais aos dos meus pais, e a altura da minha mãe, os pulsos finos e o nariz perfeito dela. E não tinha nada disso.

"Não sou nem um pouco parecida com a mamãe", eu disse por fim. Ela era inegavelmente linda, seu rosto era seu cartão de visitas.

"É, sim", ele respondeu. "E forte como ela."

Observei os meus ombros largos e os meus braços fortes. Por sorte, eu não precisava ser bonita. Meu corpo era talhado para a guerra.

E graças a Deus, porque eu estava prestes a usá-lo para acabar com a raça de Mary-Louise Bryant.

Zero a zero. Primeiro saque.

Mary-Louise lançou a bola para cima e mandou ver com a raquete. Enquanto corria para fazer a devolução, imaginei que a minha melhor alternativa era tentar me antecipar e encurtar as trocas de bola. Mas, enquanto me posicionava, vi Mary-Louise subindo à rede. Ela achava que eu não ia ter força para devolver com uma passada. E então, no último instante, mandei um drive mais profundo. Ela teve que correr para trás e mandou a bola na rede.

A primeira pontuação foi minha. Zero-quinze.

Olhei para o meu pai enquanto voltava para a linha de fundo. Ele e Lars me observavam, e os olhos de Lars estavam arregalados. Meu pai tentava conter um sorriso.

Eu me agachei e esperei o saque seguinte. Mary-Louise estava bem séria a essa altura. De repente, a bola passou por cima da rede, rápida como uma chicotada. Não consegui devolver.

Quinze iguais.

A cada saque, eu ficava mais atordoada.

Trinta-quinze.

Quarenta-quinze.

E, em um piscar de olhos, ela ganhou o primeiro game.

Olhei para o meu pai e vi a testa dele franzida. Não consegui decifrar o que ele podia estar pensando.

Era minha vez de sacar. Encaixei os saques exatamente onde queria. Fui preparando meus golpes com algumas trocas de bola de antecedência. Fiz Mary-Louise correr a quadra toda. Mas, todas as vezes, ela conseguia devolver. Os ralis mais longos terminavam sempre com ela levando vantagem.

Eu me coloquei em estado de alerta. Acertava todas as bolas. Mas, por melhores que fossem os meus golpes, não fazia diferença.

Ela levou o primeiro set por sete a cinco.

Eu já estava exausta. Meu pai me entregou uma toalha sem dizer uma palavra. Respirei fundo. Não podia perder; não era uma opção.

Pensei que, marcando aquele primeiro ponto, eu fosse desestabilizar a cabeça dela. Mas isso só serviu para acordá-la. Para ela dar seu melhor.

Eu precisava impedir que ela continuasse conseguindo winners. Ia partir para o ace em todos os saques. Era arriscado; eu podia cometer duplas-faltas. Mas senti que essa era a minha única chance.

Meu primeiro saque foi forte, e quicou alto. Ela se jogou para alcançar a bola, mas devolveu para fora. *Quinze-zero.*

Fiz a mesma coisa de novo. *Trinta-zero.*

Olhei para o meu pai quando fui pegar a bola, e vi um sorriso aparecer no rosto dele.

Mandei outro saque chapado, mas dessa vez bem perto do T. A bola passou direto por ela. *Quarenta-zero.*

Ela estava na minha mão. Senti um arrepio descer da cabeça até as costas. Senti minhas articulações e meus músculos se soltarem. Senti meus ossos vibrarem.

Meu saque seguinte foi uma bola baixa e rápida. Ela devolveu com spin, de um jeito que eu entendi sem precisar nem *pensar.* Sabia exatamente onde iria cair, como iria quicar, e mandei a bola para o outro lado usando toda a força do meu ombro. Ela rebateu para fora, pela linha de fundo.

Continuei jogando assim e ganhei o set. O placar estava um a um, e tudo seria decidido no último set.

O primeiro saque de Mary-Louise no game seguinte virou um outro rali, mas o ponto acabou com ela mandando um drive que veio bem baixinho e eu não consegui alcançar. Senti vontade de gritar quando a bola passou pela minha raquete. Mas eu sabia que meu pai não ia tolerar uma coisa dessas.

Aquela vibração toda pelo corpo tem um porém: ela pode ir embora com a mesma rapidez com que aparece.

Depois que ela marcou o último ponto da partida, eu caí de joelhos. Parecia que o mundo inteiro tinha se despedaçado. Fiquei no chão por um tempo, de olhos fechados.

Quando abri de novo, Mary-Louise e Lars estavam conversando tranquilamente perto do banco, e o meu pai estava de pé ao meu lado, com a mão estendida.

Meu pai tinha um rosto simpático e cabelos escuros e cacheados. Os cílios eram compridos, as sobrancelhas grossas e os olhos eram castanho--claros. Eu não consegui encará-los.

"*Vámonos*", ele disse. "Já podemos ir."

Eu me levantei e olhei para Mary-Louise. Eu sabia o que precisava fazer. Só precisava encontrar forças para isso.

Fui até ela. "Você jogou muito bem", falei. Enquanto as palavras ainda estavam na minha boca, consegui perceber que aquela não parecia eu falando. Minha voz estava seca e fria, sem nada do tom melodioso de sempre. Estendi a mão, e ela sorriu e me cumprimentou sem hesitar.

"Carrie", ela disse. "Fazia um bom tempo que eu não disputava uma partida assim tão dura."

"Obrigada", respondi. "Mas quem ganhou foi você."

"Mesmo assim", ela insistiu. "Eu não teria conseguido ganhar de você com onze anos."

"Obrigada", repeti. Mas ela sabia que só o que importava era que eu tinha perdido.

Meu pai e eu arrumamos nossas coisas e voltamos para o carro. Fechei o zíper da capa da raquete e a joguei no banco de trás antes de desabar no assento do passageiro.

Quando meu pai entrou, fiquei olhando para o porta-luvas, tentando segurar as lágrimas.

"*Hablemos*", ele disse.

"Você não devia ter me trazido para jogar com ela", eu falei, sentindo minha voz falhar.

Meu pai balançou a cabeça. "*Ni lo intentes*", retrucou. "Não é essa a lição a aprender aqui. Trate de tentar de novo."

"Eu odeio tênis", esbravejei, e então dei um chute no porta-luvas.

"Tira o pé daí", ele falou. "Você sabe que isso não se faz."

Fechei os olhos e tentei respirar. Quando abri de novo, não consegui encarar o meu pai. Olhei pela janela e vi, do outro lado da rua, uma mulher sair de casa e pegar a correspondência. Fiquei me perguntando se ela também poderia ter tido um péssimo dia. Ou talvez a vida dela não fosse nada parecida com a minha. Talvez ela vivesse sem nenhuma pressão, sem aquela sensação de que tudo dependia de ser boa ou não em determinada coisa. Ela seria atormentada pela necessidade de vencer sempre, assim como eu? Ou não precisava de nada disso para viver?

Olhei para o meu pai, mas a princípio ele não se voltou para mim. Desconfiei de que finalmente tinha conseguido decepcioná-lo, mostrando que não era digna da fé que ele depositava em mim.

"Já acabou?", ele falou quando se voltou para mim. "Parou com a histeria?"

"Você ainda... quer me treinar?", perguntei.

O rosto do meu pai se contorceu de um jeito que me deixou sem palavras. Ele balançou a cabeça e levou a mão ao meu rosto, limpando as minhas lágrimas com o polegar. "*Cariño*, como é que você pode me perguntar uma coisa dessas?" Meu pai baixou os olhos até encontrar os meus. "Estou mais orgulhoso de você do que nunca, como pai e como treinador."

"Como assim?"

"Eu sei que você está chateada porque perdeu o jogo", ele comentou.

"Eu *perdi*", falei. "Sou uma *perdedora*."

Papai balançou a cabeça, ainda com um sorriso no rosto. "Você é parecida demais comigo, *hija*. Mas preste atenção, por favor", ele disse. "Eu me concentrei tanto em ensinar você a ganhar que acabei não explicando que todo mundo perde jogos."

"Eu não sou que nem todo mundo. Eu tinha que ser a melhor."

Meu pai assentiu. "E vai ser. Você provou isso hoje. Foi a melhor partida que você já fez na vida."

Eu o encarei.

"Você já tinha acertado tantos drives que quicaram *quase* na linha de fundo como hoje?", ele perguntou.

"Não", respondi.

"Você já tinha feito três aces seguidos que nem hoje?"

Comecei a bater o pé no chão do carro enquanto ele falava. "Não", eu disse. "Meu primeiro saque estava entrando muito bem hoje."

"Você estava com tudo, *cariño*", ele falou. "Alcançou a bola em quase todas as jogadas."

"Tá, mas aí acertava na rede."

"Porque você ainda não é a jogadora que um dia vai ser."

Eu o encarei, sentindo o meu coração se abrir só um pouquinho.

"A cada partida que você joga, chega um pouco mais perto de ser a maior tenista que o mundo já viu. Você não nasceu pronta. Nasceu para *virar* essa pessoa. E é por isso que precisa melhorar a cada vez que entra em quadra. Não para derrotar a adversária..."

"Mas para virar a jogadora que eu vou ser", complementei.

"Agora você está me entendendo", meu pai respondeu. "Hoje você jogou como nunca antes na sua vida."

"E você está feliz", falei. "Comigo. Porque eu joguei bem."

"Porque você jogou *melhor* do que nunca."

"E vou melhorar a cada dia", continuei. "Até o dia em que virar a melhor de todas."

"Até você atingir plenamente o seu potencial. Isso é o mais importante. Nós não vamos desistir até você se tornar a melhor jogadora que pode ser", ele falou. "Não vamos descansar. Até sentirmos que isso virou verdade. *Algún día*."

"Porque aí eu vou ser quem nasci para ser."

"*Exacto*."

Meu pai se voltou de novo para o volante e engatou a marcha do carro. Mas, antes de sair, olhou para mim mais uma vez. "Nunca mais me pergunte, *hija*, se eu vou parar de treinar você", ele disse. "Nunca nem pense nisso. *Jamás*."

Assenti, abrindo um sorriso. Senti que tinha entendido perfeitamente o que estava tentando me dizer.

"Como hoje eu me saí bem", falei, alguns minutos depois, já no caminho para casa. "Fiquei pensando no que fiz na quadra. Sabe como é, as coisas que deram certo."

Meu pai assentiu. "*Contame.*"

Falei sobre as estratégias que usei, sobre as decisões no calor do momento, tomadas em frações de segundos. E, por último: "Antes de começar o jogo, eu limpei os meus tênis *también*".

Meu pai levantou as sobrancelhas.

"Acho que esse pode ser o meu ritual da sorte", falei. "Sabe como é? Todos os profissionais têm um."

Meu pai sorriu. "*Me encanta.*"

"É", eu disse. "E acho que isso vai me ajudar, sabia? Eu vou continuar melhorando cada vez mais. Até um dia chegar ao nível que preciso ter para virar uma profissional."

1971-1975

Aos treze anos, comecei a participar de torneios juvenis. Todo mundo ficou chocado, menos eu e o meu pai, quando ganhei o Campeonato Juvenil do sul da Califórnia e subi para o topo do ranking.

Na minha primeira vez em Wimbledon como juvenil, cheguei às quartas de finais. No ano seguinte, disputei a final. Em pouco tempo, percebemos que, apesar de ser muito boa na quadra dura e me virar bem no saibro, na grama eu era dominante. Ganhar o torneio juvenil de Wimbledon passou de sonho a objetivo.

Meu pai elevou a minha já puxada rotina de treinos ao máximo. Participávamos de todos os torneios que podíamos, nem que para isso fosse preciso faltar às aulas. Viajamos pelo país inteiro.

Eu também percebi que meu pai estava pegando o dobro de alunos quando voltávamos. Às vezes ele chegava tarde da noite em casa, todo feliz, de um jeito que me deixou bem desconfiada.

No início, pensei que ele tivesse arrumado uma namorada. Mas uma noite consegui descobrir a verdade: ele estava jogando a dinheiro com os ricaços do clube. Meu pai ganhava centenas de dólares em uma só noite.

Quando perguntei o motivo, ele falou que era para manter a mente ativa. Mas eu sabia quanto custavam o aluguel das quadras de grama, as passagens para Nova York e Londres e as taxas de inscrição nos torneios.

Na vez seguinte em que meu pai estava saindo para jogar, fui até os degraus da entrada do prédio e o chamei quando ele estava abrindo a porta do carro.

"Tem certeza de que você quer continuar com tudo isso?", perguntei.

Ele olhou bem para mim. "Mais do que qualquer outra coisa na minha vida", respondeu.

Respirei fundo. "Eu quero sair da escola e me dedicar só ao tênis."

O circuito Virginia Slims estava se mostrando lucrativo para as tenistas que se profissionalizavam. Eu já tinha nível para entrar na chave principal de alguns torneios. Meu pai não precisaria continuar arrancando dinheiro de otários por muito mais tempo.

"Ainda não", ele falou. Mas percebi que os lábios dele se curvaram de leve. E entendi o complemento da frase, que ficou no ar: *Ainda não, mas em breve.*

A não ser quando estava competindo, eu ficava na quadra das oito da manhã até o início da tarde.

Então, das três às cinco, fazia uma pausa para estudar com um professor particular que meu pai tinha encontrado na lista telefônica. Então meu pai e eu discutíamos estratégias de jogo por mais ou menos uma hora, e a conversa às vezes se estendia até a hora do jantar.

Depois disso, se eu não tivesse lição de casa, podia fazer o que quisesse por mais ou menos uma hora até ir para a cama às dez, para conseguir levantar às cinco e meia para correr, tomar o café da manhã e estudar mais um pouco de estratégia antes de voltar à quadra de novo às oito.

No primeiro semestre de 1973, quando eu tinha quinze anos, meu pai e eu fomos passar uma temporada em Saddlebrook, na Flórida, para eu poder treinar nas quadras de grama de lá todos os dias e afiar todos os golpes do meu arsenal enquanto me preparava para minha terceira participação no torneio juvenil de Wimbledon, em julho.

Foi em Saddlebrook que conheci Marco.

Meu pai contratou uma garota chamada Elena para ser minha parceira de treinos e me ajudar a melhorar as devoluções. Ela tinha quase vinte anos e um saque incrível. Quando batíamos bola juntas, eu sempre me perguntava por que Elena não afiava o restante de seu jogo para virar

41

profissional. Mas ela não parecia nem um pouco interessada. E isso me incomodava cada vez mais.

Em vez disso, Elena chegava lá todos os dias, mandava uns saques incríveis que me obrigavam a pensar mais rápido do que nunca e depois simplesmente ia embora.

Um dia, depois de algumas semanas, o irmão mais novo dela, Marco, apareceu na quadra.

Marco tinha dezesseis anos e mais de um e oitenta de altura, então era impossível não notar a presença dele do outro lado do alambrado, esperando Elena. Perto do fim do treino, o encarei por alguns segundinhos. Ele percebeu, e logo virei para o outro lado.

Mas, depois disso, ele continuou indo ver os treinos.

Eu não sabia o que era gostar de alguém — ter uma atração inexplicável por outra pessoa —, mas, no terceiro dia em que Marco apareceu, comecei a sentir uma leveza de espírito que era uma coisa totalmente nova para mim.

Ao longo das semanas, Marco começou a chegar cada vez mais cedo para esperar Elena. Às vezes eu sentia que ele estava me olhando, e precisava me esforçar para conseguir me concentrar no treino.

Eu me forçava a não olhar para os ombros perfeitamente quadrados de Marco, seu cabelo castanho-escuro, seus lábios carnudos, sua postura, tão relaxada, quando ele se encostava na grade. Tentava não imaginar como seria sentir as mãos dele nas minhas costas.

"Olhos na bola, Carrie!", meu pai gritou para mim certa tarde. "Presta atenção!" Ele balançou a cabeça. Fiquei abalada, mas aguentei firme e encerrei o treino com mais energia.

Depois que terminamos, meu pai foi reservar a quadra para o dia seguinte. Enquanto Elena recolhia suas coisas, Marco entrou e veio até mim.

"Oi", ele falou.

"Oi."

"Eu sou o Marco", ele se apresentou.

"Carrie."

"Eu sei", ele respondeu com um sorriso. "Pelo jeito, todo mundo aqui sabe quem você é."

Elena pôs a mochila no ombro e fez um gesto avisando que queria ir embora. Marco falou para ela esperar no carro e se virou de novo para mim.

"Já faz um tempo que eu quero conversar com você, mas o seu pai está sempre por perto."

"Ah." Por um momento, imaginei que ele fosse me chamar para sair, e a minha pulsação acelerou tanto que pensei que fosse desmaiar.

Se ele me chamasse para sair, eu ia dizer o quê?

Meu pai tinha me falado alguns dias antes que eu precisava praticar em duas sessões, para treinar meu backhand e meu forehand de dentro para fora. E eu levaria bomba — não ia passar mesmo — no simulado do exame de equivalência para tirar o diploma do ensino médio enviado pelo meu professor particular na semana anterior. Prometi ao meu pai que estudaria o fim de semana inteiro. Não teria como dizer sim. Mas a vontade de que ele me convidasse ficava mais forte nas minhas entranhas a cada segundo.

"Pois é, então...", ele falou, mas não terminou a frase. Fiquei olhando para o rosto dele, desesperada para saber o que se passava na sua cabeça. Senti um peso, uma pressão nos quadris. Não sabia o que eu precisava tão desesperadamente que ele fizesse, mas percebi o quanto aquela sensação era forte.

Em vez de dizer alguma coisa, Marco apoiou uma das mãos no alambrado e eliminou a distância entre nós. Fiquei olhando para os seus lábios enquanto ele aproximava a boca da minha. Quando finalmente me beijou, não hesitei nem por um instante. Retribuí o beijo com meu corpo todo, me encostando nele, querendo que cada parte de mim tocasse cada parte dele.

Aqueles lábios eram tão macios, e suas mãos quentes começaram a descer dos meus ombros para as minhas costas.

Inclinei a cabeça para trás quando sua boca encontrou meu pescoço e gemi baixinho, esquecendo de tudo que não fosse aquele garoto e a sensação que suas mãos me provocavam.

E então, de repente, ouvimos o barulho de passos no cascalho. Era meu pai voltando. Marco afastou as mãos.

Tudo acabou quase tão depressa quanto começou. Marco sussurrou: "A gente se vê", e se mandou quando meu pai chegou. Meu pai pegou a raquete dele, foi para o outro lado da quadra e começou a pedir os golpes que queria que eu treinasse.

Eu golpeei a bola com a disposição de sempre, mas por dentro me sentia inquieta por estar guardando meu primeiro segredo. Foi como abrir a porta e deixar uma lufada de ar fresco entrar em casa.

Durante o mês seguinte, todos os dias depois do treino, Marco estava lá. Quando meu pai e Elena não estavam por perto, ele me beijava no canto da quadra. Fiquei até com vergonha do quanto me sentia ansiosa por esses momentos, do quanto estava desesperada para fazer cada vez mais, do quanto pensava nele quando não estávamos juntos.

Eu senti uma necessidade insaciável daquele toque, um desejo por aquele corpo. Era exatamente como a minha fome de vencer. A sensação de que havia um vazio dentro de mim. Por mais que eu vencesse, nunca seria o suficiente. E o mesmo valia para Marco.

E não era uma coisa não correspondida. Ele também parecia sentir essa necessidade de estar comigo. Dava para perceber isso pela maneira como me agarrava, pelo olhar dele quando eu tinha que ir embora. Me senti alegre e radiante talvez pela primeira vez na vida, me deliciando com a sensação de ser desejada.

Fico surpresa com o que Marco e eu conseguíamos fazer nos poucos instantes de que dispúnhamos naquela primavera na Flórida, com o quanto as coisas avançaram. Com o tempo, arrumamos um jeito de ir parar no banco de trás do sedã velho dos pais dele, estacionado em um canto isolado do estacionamento.

Marco abriu um novo mundo para mim, me mostrou novas coisas que eu podia fazer com o meu corpo. E eu me sentia consumida por isso. Podia passar o dia todo castigando meu corpo — deixando os meus músculos tão cansados que eu parecia pesar toneladas. Mas, em poucos minutos, Marco conseguia me deixar leve e desfazer o aperto no meu peito.

"Você é meu namorado?", perguntei em uma tarde de junho enquanto baixava a minha blusa e arrumava o cabelo. O torneio juvenil de Wimbledon ia começar em apenas duas semanas.

"Acho que não", Marco respondeu. "Nós não saímos juntos nem nada."

"Bom, de repente podemos fazer isso", falei. "Depois do torneio.

Começa daqui a algumas semanas e, quando terminar, posso convencer meu pai a voltar para cá."

"Eu não quero que você volte só por minha causa", Marco falou, e me beijou na boca. Quando voltou a se afastar, estava sorrindo. Eu adorava aquele sorriso — as covinhas quase imperceptíveis, mas que de perto dava para ver direitinho.

"Mas a gente se gosta..."

"Claro", ele disse. "Mas está tudo bem do jeito que está agora. Cada um pode fazer suas coisas e depois... isso." Marco me beijou no pescoço várias vezes, e eu fechei os olhos, prestes a me render.

O pouco que eu sabia sobre Marco me intrigava. Ele era um aluno mediano no colégio e não praticava nenhum esporte. Seus pais não estavam muito interessados em saber por onde ele andava. As únicas coisas que ele fazia eram tocar guitarra e tentar reunir sua banda na garagem para ensaiar o máximo possível. Eu era incapaz de imaginar o mundo dele, mas não conseguia resistir à tentação de tentar.

Eu gostava daquele jeito dele de falar muito sem dizer nada. Ele nunca levava nada a sério. Nada parecia importante. Às vezes, eu o imaginava fora daquele carro, na mesa de um restaurante, estendendo a mão para segurar a minha, para mostrar para todo mundo que ele *me escolheu*.

"Só estou dizendo que, se a gente quiser, eu posso dar um jeito", falei.

"Até parece que você ia ter tempo para ir a uma festa comigo ou fazer alguma coisa que eu estivesse a fim. Você é obcecada por tênis."

"Eu não sou *obcecada* por nada", respondi. "Estou comprometida com a vitória. E dou duro para isso."

"Tá", Marco falou. "Então vamos deixar as coisas como estão."

Eu não tinha gostado da resposta, mas, na tarde seguinte, fui encontrá-lo no banco traseiro daquele carro com um sorriso no rosto.

Talvez Marco e eu nunca saíssemos para jantar. Talvez eu não fosse o tipo de garota para virar a namorada de alguém. Talvez fosse daquelas para beijar quando não tinha ninguém olhando e nada mais. Se fosse assim, tudo bem. Eu não iria me rebaixar a pedir mais. Mas isso não queria dizer que eu não podia ter um refresco, que meu corpo não merecia o que ele tinha para dar.

Quando fui embora de Saddlebrook e viajei para Londres, sabia que provavelmente nunca mais veria Marco de novo. Mas não chorei. Enquanto via o avião subir acima das nuvens, pareceu bem óbvio para mim que apareceriam outros como ele — que era fácil encontrar um Marco agora que eu sabia que queria um.

Porém, quando o avião se estabilizou no ar, olhei para o meu pai, que conversava com a comissária de bordo. Eu não conseguia entendê-lo. Fiquei encarando-o, sem entender por que parecia alguém tão afastado de mim naquele momento.

Havia uma distância entre nós que antes não existia, um abismo sem uma ponte para atravessar.

Algumas semanas depois, ganhei o torneio juvenil de Wimbledon. E os outros três campeonatos juvenis que disputei em seguida. A imprensa começou a me chamar de "novo fenômeno do tênis".

Meu pai recortava as manchetes dos jornais esportivos, que diziam coisas como NOVATA CARRIE SOTO CONTINUA IMBATÍVEL. Ele emoldurava os recortes e os pregava no meu quarto. Quando saiu uma matéria com o título O ESTILO DE JAVIER SOTO É O FUTURO DO TÊNIS FEMININO?, ele pendurou na geladeira.

O telefone começou a tocar tanto que precisamos comprar uma secretária eletrônica. Repórteres queriam entrevistas; uma fabricante de raquetes me ofereceu um patrocínio.

E então veio o contato da representante do circuito Virginia Slims. Na mensagem que deixou, ela sugeriu que estava na hora de eu começar a jogar a chave principal dos torneios.

Meu pai e eu nos olhamos.

Meu momento tinha chegado.

1975-1976

Na manhã do meu primeiro jogo no circuito Virginia Slims, meu pai foi conversar comigo antes de eu ir para o vestiário. "Você pode rir e conversar com as outras jogadoras se for preciso", ele disse, "mas não se esqueça de que elas não são suas amigas, são suas..."

"Inimigas."

"Adversárias", corrigiu.

"Dá no mesmo", retruquei.

"E, como conversamos, todo mundo vai estar de olho em você, para ver se é tão boa quanto andam dizendo. Ignore tudo isso. Preocupe-se em *ser* boa, não em provar que é."

"*Bueno, entiendo.*"

Quando eu me virei para entrar no vestiário, a porta se abriu e acertou meu ombro com força. Quem saiu foi Paulina Stepanova.

Dezoito anos de idade, um e oitenta de altura, cabelo louro quase branco, braços com a potência de canhões — vinda do nada. Uma jogadora de fundo de quadra dos arredores de Moscou. Era a adversária que eu não esperava. Estava no circuito fazia só dois meses e já tinha chegado na final do Aberto da Austrália.

Quando passou por mim, Paulina mal olhou na minha cara. "*Izvinite menya*, eu não vi você aí. Você é tão baixinha."

Abri um sorrisinho amarelo e me virei para o meu pai. "Eu quero acabar com a raça dela."

No meu primeiro ano no circuito, ganhei alguns torneios importantes e logo me profissionalizei, faturando dezenas de milhares de dólares.

Estava enfrentando os maiores nomes do tênis, atletas que tinha admirado durante anos, como Ampara Pereira, e jogadoras que antes estavam sempre um passo à frente de mim, como Mary-Louise Bryant. Porém, os jornais só falavam em Stepanova.

PAULINA ESTÁ UM NÍVEL ACIMA DAS OUTRAS. STEPANOVA É OVACIONADA DE PÉ.

Em público, eu mantinha a compostura. Depois, porém, nos hotéis e nas longas viagens de avião, eu espumava de raiva.

"Ela está onde *eu* deveria estar", falei para o meu pai.

"É o seu primeiro ano no circuito", ele respondeu. "Nem tudo acontece em um estalar de dedos. Não se preocupe com as outras e continue trabalhando. Você vai chegar lá."

Eu fiz o que ele me falou. Sempre fazia *tudo* o que ele mandava. Sessões extras de treinamentos, sem folgas aos domingos. Passava horas assistindo às gravações dos jogos das minhas adversárias. Vi Mary-Louise Bryant enfrentar Tanya McLeod e Olga Zeman contra Ampara Pereira. Assisti às partidas de Stepanova contra todo mundo. Inclusive contra mim.

Fui fazendo ajustes com meu pai. Aprendi a me antecipar e a encurtar as trocas de bola contra Stepanova, a deixar o jogo mais lento contra Mary-Louise, a começar com tudo contra Tanya McLeod, a tentar irritar Pereira.

Durante o ano de 1975, fui subindo no ranking.

61ª

59ª

30ª

18ª

16ª

12ª

11ª

No segundo semestre de 1975, finalmente tive a chance de conquistar um título contra Stepanova, quando nós duas disputamos a final do Thunderbird Classic. Eu nunca a tinha vencido num torneio importante antes. Mas, quando chegou o terceiro set, eu estava mais centrada e energizada do que nunca, e comecei a sentir aquela vibração familiar nos ossos.

Com o placar em seis a seis, fomos para o tiebreaker. Continuei firme. O placar chegou a doze a doze, mas eu percebi que ela estava ficando mais lenta. Cometeu uma dupla-falta, e, em seguida, eu fiz um ace.

Fim de jogo. Venci.

Mais tarde, durante a coletiva de imprensa, tive a confirmação de que a vitória tinha me colocado no top 10 do ranking mundial. Abri um sorriso quando ouvi a notícia. Um repórter comentou: "Não estamos acostumados a ver esse sorriso. Você deveria sorrir mais". Eu imediatamente franzi os lábios.

Na entrevista de Stepanova, alguém perguntou a ela: "Hoje você e Carrie Soto mostraram que são adversárias do mesmo nível. Você concorda?".

Ela ficou em silêncio por um instante antes de se inclinar na direção do microfone.

"Meu ombro começou a doer hoje de manhã. Consegui jogar mesmo com dor, mas isso tem seu preço. Caso contrário, Carrie não teria ganhado. Ela não tem jogo para me vencer quando estou cem por cento."

"Que palhaçada é essa?", falei para o meu pai quando ouvi aquilo na TV. "Ela estava bem! Não estava machucada coisa nenhuma! Que palhaçada!"

Meu pai pediu para eu ignorar, e eu tentei fazer isso.

No fim do ano, eu já era a quarta do ranking. Stepanova era a terceira.

Em uma entrevista para a *SportsPages*, perguntaram para Paulina se ela achava que "Soto × Stepanova" iria virar uma rivalidade histórica. Tínhamos nos enfrentado na final de dois Grand Slams naquele ano, além de vários outros torneios pelo mundo. Os repórteres esportivos começaram a chamar nossos duelos de "Guerra Fria".

"Pois é, Carrie Soto, as pessoas andam falando bastante nela", respondeu Stepanova. "Mas ela precisa perder no mínimo uns cinco quilos se quiser ganhar de mim quando estou cem por cento. Não chega nem a ser uma rivalidade."

Quando li isso na suíte do hotel onde estava hospedada, larguei a revista e dei um chute em uma lata de lixo, que foi parar do outro lado do quarto e lascou a parede.

Meu pai balançou a cabeça. "Se controle, *hija*. Você não está competindo com ela. Está competindo com você mesma."

"Eu estou competindo com ela, *sim*", respondi. "E estou perdendo."

"Nesse esporte as coisas acontecem devagar", meu pai me falou, na viagem de volta do Aberto da Austrália de 1976, onde perdi para Stepanova na semifinal e ela foi a campeã da merda do torneio.

"Já estou cansada de ver as coisas acontecerem devagar", respondi. O café da manhã tinha acabado de ser servido no avião, e meu pai devorou o dele. O meu continuava intocado. "Preciso vencer todas as vezes que entrar em quadra contra ela."

"Ela está jogando melhor que você no momento", ele argumentou. "Mas você pode melhorar. Esse é o seu segredo, o seu potencial é ilimitado. Nós vamos dar um jeito nisso."

Eu abri com força a persiana da minha janela. "Eu não quero ter potencial ilimitado. Quero ter mais vitórias."

Apesar de eu já ter dezoito anos, meu pai pôs a mão no meu ombro como se eu fosse uma garotinha e falou: "Você é uma Soto, assim como eu. Nós não gritamos nem damos chilique se as coisas não dão certo. O que nós fazemos?".

"Fazemos as coisas darem certo", falei, virando a cabeça para a janela. Por um momento, eu me esqueci de onde tínhamos saído e para onde estávamos indo. Só quando olhei para baixo lembrei que estávamos em cima do oceano Pacífico.

"*Bien*", ele disse.

Algum tempo depois, eu me virei de novo para ele. "Estou confirmando meu saque muito bem contra ela. Na maioria das vezes, os sets vão para o tiebreaker."

"*Es cierto*", confirmou meu pai, sem tirar os olhos da revista que estava lendo.

"Mas ela tem mais potência nos golpes do que eu", continuei. "Às vezes não consigo tirar a velocidade da bola dela. Acabo escolhendo as jogadas erradas."

Ele ficou em silêncio.

"Você falou que eu ia ser a maior tenista da minha geração. Disse que eu tinha que virar a jogadora que posso ser. E então, o que vamos fazer? Eu preciso de você...", insisti. "Preciso de você para chegar lá."

Ele fechou a revista e me encarou. *"Dame un minuto. Estou pensando."*

Meu pai ficou de pé, se espreguiçou e começou a andar de um lado para o outro no corredor do avião. Então de repente voltou a se sentar. "Seu slice."

"Meu slice."

"Vamos refinar o seu slice, deixar mais afiado, deixar perfeito. Isso vai tirar toda a velocidade do jogo dela. Transformar em uma jogada mortal..." Ele balançou a cabeça. "Que vai acabar com ela."

Meu pai e eu treinamos o meu slice durante meses, até virar meu melhor golpe. Foram horas e horas de aperfeiçoamento. Minha angulação se tornou brutal. E eu aprendi como e quando lançar mão disso a meu favor.

Ampara Pereira foi parar no chão quando usei meu slice contra ela. Tanya McLeod não tinha mais chance contra mim. Olga Zeman caiu de joelhos e chorou naquele verão quando ganhei dela sem perder nenhum set. Depois dessa partida, uma repórter me perguntou diante das câmeras que conselho eu daria para as adversárias que estavam sofrendo quando me enfrentavam.

Eu respondi: "Sinceramente? Melhorem o nível do seu jogo".

Essa entrevista foi exibida em todos os programas esportivos do país. Meu pai balançava a cabeça toda vez que ouvia. "Isso foi bem desnecessário, Carolina".

"Mas foi isso o que *eu* fiz", lembrei a ele. "Por que todo mundo fica tão mal quando escuta a verdade?"

"Estão chamando você de 'Carrie Coração de Pedra' agora", meu pai lamentou certa vez.

Ninguém gostava do meu estilo. Mas quem poderia contestar os meus resultados? Não era só McLeod, Pereira e Zeman que eu estava deixando na poeira.

Stepanova estava desmoronando. Meu slice acabou com ela na semifinal de Wimbledon. E, dois dias depois, conquistei meu primeiro Grand Slam com uma vitória sobre Mary-Louise Bryant na final.

Meu primeiro troféu de Wimbledon.

No dia seguinte, dormi até as oito pela primeira vez em muito tempo. Quando acordei, ouvi a televisão ligada na sala de estar da suíte do hotel, e meu pai se deliciando com o que nós dois lutamos tanto para conseguir.

"Esse pode ser só o começo de uma sequência incrível de vitórias em Wimbledon", ouvi o apresentador dizer quando me levantei da cama. "O slice de Carrie Soto é mesmo uma arma formidável, e foi fundamental para ajudá-la a derrotar sua compatriota Mary-Louise Bryant ontem. E, o que talvez seja ainda impressionante, liquidou sua maior rival, Paulina Stepanova, na semifinal."

"Mas, Brent", interrompeu o comentarista, "Paulina disse na entrevista que estava com um problema no tornozelo."

Eu fui pisando duro até a sala de estar e desliguei a tv.

"Toda vez que ela perde para mim, é porque está machucada?", falei para o meu pai, levantando o tom de voz.

Meu pai não se alterou. "Seu jogo ainda pode melhorar", falou. "Então vamos nos concentrar em deixar seu tênis impecável, em vez de perder tempo com quem não sabe perder."

Aberto dos Estados Unidos de 1976.

Stepanova e eu nos enfrentamos na semifinal. Ganhei o primeiro set sem dificuldades. O segundo estava cinco a quatro para mim. Eu só precisava confirmar o meu saque para derrotar Stepanova por dois sets a zero e ir para a final.

Mandei um ace bem na linha. Stepanova esperneou. Foi reclamar com o juiz de cadeira, mas a marcação foi mantida. Ponto para mim.

Stepanova voltou para a linha de fundo balançando a cabeça. Quando a plateia começou a vaiar a marcação do juiz, ela levou a mão ao peito e fez beicinho, como se estivesse sendo roubada.

Eu ignorei a encenação e saquei de novo. A bola bateu na linha e quicou bem alto.

Stepanova se esticou o máximo que conseguia. Conseguiu devolver o saque, mas acabou pisando torto e torcendo o tornozelo.

Quando mandei a bola de volta para o outro lado, vi que ela estava caída no chão. Um fisioterapeuta entrou correndo na quadra. Ele ajudou Stepanova a se levantar e a amparou enquanto ela saía mancando. Um tempo médico foi pedido.

Eu me sentei e enxuguei a testa. Comi uma banana. Bebi água. Pouco tempo depois, um representante da organização do torneio veio falar comigo.

"A srta. Stepanova está solicitando um adiamento."

"Como é que é?", perguntei.

"A equipe dela precisa de mais tempo para enfaixar o tornozelo e avaliar a lesão."

"Um adiamento?", falei, dando mais um gole na minha água. "Não, de jeito nenhum. Se ela estivesse no meu lugar, não me concederia isso nem em um milhão de anos. Não mesmo."

O homem se afastou e foi falar com Stepanova. Olhei para o meu pai no box. Percebi que ele entendeu exatamente o que eu estava fazendo. Ele balançou a cabeça positivamente para mim.

Quando voltamos para a quadra, Stepanova me olhou de cara feia. Era inacreditável. Que direito ela tinha de ficar irritada?

"Se você está machucada mesmo, devia abandonar a partida", falei. "Como você sempre diz nas entrevistas, só perde para mim quando não está cem por cento."

"Eu jamais daria a vitória de graça para você", ela retrucou.

"É difícil aceitar que eu sou melhor que você, né?", rebati.

Ela deu risada. "Como você pode ser melhor que eu se estou na sua frente no ranking, *druzhok*?"

A plateia começou a aplaudi-la. Ela respondeu com um aceno e foi mancando para a linha de fundo.

Ela era genial. Sabia que ia perder o jogo, mas pelo menos tinha dado um jeito de conquistar a simpatia de todo mundo. De alguma forma, conseguiu sair por cima, dando a entender que eu estava me aproveitando das lesões dela para vencer.

Eu caí na armadilha dela.

Foda-se, pensei. Se ela queria jogar, então ia ter que estar disposta a forçar aquele tornozelo. E eu ia explorar esse ponto fraco.

Mandei um saque potente bem aberto para obrigá-la a correr. Ela conseguiu devolver, e eu mandei a bola lá para o outro lado da quadra. Stepanova tentou ir atrás, mancando. A careta no seu rosto deixava claro que ela estava com muita dor. Ganhei o ponto.

Eu podia imaginar o que ela estava passando — quase conseguia *sentir*. O tornozelo inchado, a dor terrível que se espalhava pelo corpo quando ela se apoiava naquele pé, a sensação de que poderia ir para o chão de novo a qualquer momento.

Por outro lado, era match point para mim.

Antes de voltar mancando para a linha de fundo, ela se aproximou da rede e disse: "Só assim para você ganhar de mim. Então aproveite".

"Sabe que eu vou acabar com você, né?", respondi, sem me preocupar em baixar o tom de voz. As câmeras estavam todas voltadas para nós; o juiz de cadeira estava ouvindo. "Vou fazer você correr tanto que vai arrebentar esse tornozelo de vez."

Meu coração disparou. Voltei para a linha de fundo. Enchi os pulmões de ar. Então mandei um saque veloz como uma bala de canhão, bem na direção da porra do pé dela.

Ela saltou para o lado para sair da frente da bola — e foi parar no chão. Estava aos prantos.

"Game, set e partida. Soto."

Metade da plateia aplaudiu, mas a outra metade estava vaiando de um jeito que eu nunca tinha ouvido antes.

Na entrevista coletiva depois do jogo, me perguntaram se eu estava arrependida de ter tentado fazer Stepanova estourar o tornozelo. Eu me inclinei para perto do microfone e respondi: "Não".

A sala de imprensa ficou tão silenciosa que eu conseguia ouvir até as batidas do meu coração.

Na manhã seguinte, em uma matéria intitulada "Uma guerra nada fria", um jornalista me chamou de "Machadinha de Guerra". Em questão de dias, esse virou o meu novo nome.

23 DE JANEIRO DE 1979

Aos vinte anos, eu tinha quatro títulos de Grand Slam. Dois em Wimbledon, um no Aberto dos Estados Unidos, e eu tinha vencido Stepanova na final do Aberto da Austrália em uma batalha de quase três horas de duração, um dos jogos mais longos e de maior audiência da história do tênis.

Nossa rivalidade dominava os cadernos de esportes dos jornais. A GUERRA FRIA CONTINUA NA QUADRA. SOTO GANHA GRAND SLAMS, MAS STEPANOVA LEVA MAIS TÍTULOS. STEPANOVA × SOTO PEGA FOGO EM LONDRES. Mas, mesmo assim, no ranking de fim de ano, ela ainda estava em primeiro lugar.

A rivalidade se tornou tão popular — e dava tanto pano para manga na televisão — que tornou meu pai famoso também. As câmeras adoravam o bonitão Javier Soto. Os jornais estampavam fotos do "Jaguar" todo orgulhoso no box reservado aos jogadores. Uma delas tinha a legenda: *O homem que ensinou a Carrie Soto tudo o que ela sabe.*

Em 1978, ele lançou um livro, *A beleza dos fundamentos*, que foi para as listas dos mais vendidos e se tornou uma referência entre os manuais de tênis. Houve uma época em que ele inclusive se tornou um convidado recorrente no talk show do Johnny Carson.

As pessoas o adoravam. E ele não demorou a pegar gosto pela fama. Parecia satisfeito com o que tínhamos feito juntos, com as nossas realizações. Seus sonhos haviam sido realizados.

Os meus, não.

"Eu é que deveria ser a número um", falei enquanto almoçávamos em um clube de tênis na Flórida. Tinha acabado de vencer Stepanova em Houston, na final de um evento do Avon Championships. "Já mereço isso a esta altura."

"Vamos comer em paz, por favor", meu pai falou.

"Quero bater o recorde de todos os tempos de títulos de Grand Slam", eu disse, levantando o tom de voz. "E eu não posso fazer isso se não acabar com ela *toda vez* que a gente se enfrentar."

"*Hija...*", meu pai falou, em um tom de leve advertência. Ele continuava insistindo que eu não deveria dar escândalo nem dentro, nem fora de quadra. E eu fazia o meu melhor nesse sentido, mas isso exigia um grande esforço. E por isso as equipes de transmissão dos jogos começaram a me chamar de "travada" e "robótica".

Eu já tinha lido mais de uma coluna de opinião em revistas de esportes comentando que *Carrie Soto se comporta mais como uma máquina do que como uma mulher*, e que *A Machadinha de Guerra nunca parece contente com suas vitórias*. As outras jogadoras do circuito diziam nas entrevistas que eu não era muito simpática. Como se eu precisasse virar amiga das mulheres que eu vencia semana após semana dentro de quadra.

Eu lia os tabloides no aeroporto e, sempre que o meu nome era citado, tinha alguma alfinetada sobre minha falta de sorrisos.

Nem sei quantas vezes encontrei gente falando mal de mim enquanto folheava uma revista. Eu entregava na mão do meu pai para não continuar vendo aquilo. Mas, cinco minutos depois, voltava a ler e continuava me torturando.

Por melhor que eu fosse na quadra, isso nunca bastava para a opinião pública.

Não bastava eu jogar um tênis quase perfeito. Eu precisava fazer isso e *também* ser simpática. E meu carisma teria que parecer uma coisa natural e sem esforço.

Não poderia parecer que eu estava *tentando* fazer as pessoas gostarem de mim. Ninguém poderia desconfiar de que eu *queria* a aprovação do público. Eu via o que a imprensa escrevia sobre jogadoras como Tanya McLeod, o desprezo que mostravam por ela porque tentava parecer fofinha. E eu sentia esse mesmo desprezo.

Mas pelo amor. Isso já era pedir demais.

E ficava cada vez mais difícil à medida que eu ia acumulando vitórias.

Tudo bem se eu ganhasse, desde que parecesse *surpresa* quando isso acontecesse e atribuísse tudo à sorte. Eu nunca deveria mostrar o quanto *queria* vencer, ou, o que era ainda pior, que acreditava que *merecia* ganhar. E jamais deveria, em circunstância nenhuma, admitir que não achava que as minhas adversárias eram tão boas quanto eu.

A maior parte dos comentaristas... eles queriam uma mulher com lágrimas de gratidão nos olhos, como se devesse seu sucesso a eles, como se devesse tudo o que tinha a eles.

Não sei se algum dia eu já tive aptidão para esse tipo de comportamento, mas, aos vinte anos, era simplesmente impossível aprender a ser assim.

E isso tinha um preço.

Eu era uma campeã de Grand Slams, número dois no ranking mundial, mas tinha menos patrocinadores do que qualquer outra jogadora entre as top dez. Não tinha nenhuma amiga, nem no circuito, nem na vida.

E, apesar de dormir com um monte de gente, o relacionamento mais duradouro que tinha conseguido manter foi com um ator com quem estive algumas vezes no Chateau Marmont enquanto ele fazia um filme em LA.

Era um grande fã de tênis. Estava na plateia quando fui campeã em Wimbledon no ano anterior. Talvez tivesse sido por isso que pensei que ele pudesse gostar de mim *de verdade*. Mas, depois de algumas semanas, sem nenhuma explicação, ele parou de me ligar.

Fiquei achando que poderia ter perdido meu número. Então descobri quem era o agente dele e tentei deixar um recado. Depois de ouvir o silêncio constrangedor do outro lado da linha, percebi que ele não tinha perdido o meu número coisa nenhuma.

Então era melhor eu virar a número um daquela porra de ranking. Afinal, o que mais eu tinha na vida?

"A Stepanova não é tão boa quanto eu, pai", eu disse. "Mas continua conseguindo ganhar mais títulos do que deveria, e é por isso que está ficando na minha frente no ranking de fim de ano."

"Você já passou várias semanas em primeiro lugar", ele disse. "O ranking de fim de ano não é o melhor parâmetro."

"Eu deveria ser a melhor por *todos os parâmetros*", respondi.

Meu pai largou o garfo e ficou me olhando enquanto eu falava.

"Se eu não sou a número um no fim do ano, é porque não ganhei os jogos que precisava, então ainda não sou a melhor."

Meu pai franziu a testa. "*Como quieras*, Carolina."

"Precisamos treinar *mais*", eu disse. "Nós dois. Passar o dobro do tempo na quadra. Você precisa analisar o meu jogo e descobrir o que eu não estou fazendo direito. Stepanova está mais veloz agora, para acompanhar o meu ritmo. Você reparou?"

"*Hija*, você é tudo o que nós sempre quisemos. E o tempo vai mostrar que você é a melhor jogadora entre as duas", falou. "Stepanova vai sair de cena daqui a pouco. Ela está destruindo aquele ombro. E o seu reinado vai ser mais longo."

"Se eu for a número um só depois que ela parar, não vou ser a melhor, e sim ela."

"Mas você vai entrar para a história como a mais vencedora."

"Eu quero deixar isso bem claro desde *já*. Nós precisamos de um plano."

Meu pai empurrou o prato na mesa. "*Hija*, não sei como você pode ficar muito melhor do que já é."

"Como assim?"

"Acho que você prestou um desserviço a si mesma", meu pai disse, por fim, me olhando bem nos olhos. "Eu sempre disse para você desde pequena que poderia ser a melhor de todas. Mas nunca deixei claro que o importante é a busca pela excelência, e não as estatísticas."

"Quê?"

"Só estou dizendo que, quando você era criança, eu falava em termos de... grandiosidade. Mas, Carrie, não existe essa história de melhor do mundo sem sombra de dúvidas. Não é assim que o tênis funciona. Não é assim que o mundo funciona."

"Eu não vou ficar aqui ouvindo esse tipo de insulto."

"Como assim, insulto? Só estou dizendo que não existe como definir quem é a melhor de todos os tempos. Você está concentrada na questão do ranking. Mas e quem ganhar mais títulos na carreira? Não pode ser considerada a melhor? E quem tiver o saque mais veloz já registrado? Ou quem acumular mais dinheiro em premiações? O que eu estou falando é para você dar um passo atrás e reavaliar suas expectativas."

"Como é?", retruquei, me levantando da mesa. "Reavaliar minhas expectativas?"

"Carrie, me escute, por favor", meu pai pediu.

"Não", falei, jogando as mãos para o alto. "Nem tente usar esse tom de voz tranquilo e fingir que está sendo bonzinho. Porque não está. Se existe alguém no mundo que é tão boa quanto eu — ou até melhor — significa que não atingi o meu objetivo. Se você quer treinar alguém que fica satisfeita em ser a número dois, então é melhor procurar outra pessoa."

Joguei o guardanapo na mesa e saí do restaurante. Atravessei o saguão do clube e fui até o estacionamento. Ainda estava furiosa quando meu pai me alcançou, já no carro.

"Carolina, pare de fazer escândalo", ele falou.

"Você tem ideia do quanto é difícil?", gritei. Mesmo para mim, foi um choque ouvir a minha voz naquele volume. "Dar tudo de si e mesmo assim não conseguir? Nunca chegar lá e ainda ter que aparecer todo dia com um sorriso no rosto? Tudo bem não poder dar escândalo na quadra, mas eu vou dar escândalo aqui, sim, pai. É o mínimo que você pode me permitir. Pelo menos uma vez na vida, me deixa gritar e extravasar!"

Começou a juntar gente no estacionamento, e deu para ver que todo mundo sabia quem eu era. E quem meu pai era. E exatamente o que estava acontecendo.

"O QUE VOCÊS ESTÃO OLHANDO? VÃO CUIDAR DAS SUAS VIDINHAS PATÉTICAS!"

Entrei no meu conversível e fui embora.

Assim que voltei para a minha suíte no hotel, me sentei no sofá e peguei o telefone na mesinha de canto. Coloquei o aparelho diante de mim e fiquei só olhando por um tempo antes de tirar o fone do gancho e discar.

"Alô?"

"Oi, é a Carrie." Meu coração começou a bater mais forte; senti meu rosto esquentar. Ficava olhando para a porta toda hora, ciente de que o meu pai podia entrar a qualquer momento.

"A Machadinha de Guerra! Finalmente!", disse Lars Van de Berg. "Já nem sei mais quantos recados deixei para você."

Ele vinha ligando cada vez mais depois que a carreira de Mary-Louise começou a estagnar.

"Bom", falei. "Para mim não é um telefonema tão simples de fazer."

"Pois é, imagino."

"Eu sou a número dois do mundo", continuei, apoiando o telefone entre a orelha e o ombro e me inclinando para a frente, com os cotovelos apoiados nos joelhos. "Mas deveria ser a número um."

"Eu concordo", disse Lars.

"Javier acha que ser a número dois é uma grande realização, e que eu deveria ter orgulho", contei.

"Bom, ele é seu pai. Eu tenho três filhos, e quero muito a felicidade deles", Lars respondeu. "Mas às vezes sinto que ser o melhor em alguma coisa e ser feliz são coisas incompatíveis."

"Pois é", eu disse. "*Exatamente.*" Eu me levantei e levei o telefone para a varanda. Fiquei olhando as palmeiras balançando ao vento. Tinha uma brisa soprando, e me senti grata por isso, apesar do friozinho de janeiro na Flórida.

"Carrie, me escute. Eu sou um dos melhores treinadores do tênis feminino, você sabe disso. Todo mundo sabe disso desde que Chrissy Salvos ganhou oito títulos quando foi treinada por mim em 1962. O que Mary-Louise e eu fizemos juntos é espetacular, considerando a capacidade dela. Mas ela não está jogando no nível que eu preciso."

"Isso abreviaria a carreira dela", comentei. "Se você fosse treinar outra pessoa."

"Talvez. Mas isso não deve ser uma preocupação sua."

"Ela se preocuparia, se a situação fosse inversa. Levaria em conta os meus sentimentos."

"Sim, é verdade." Ele suspirou. "E ela ainda se pergunta por que nunca atingiu todo o potencial que tinha. Olha só, eu nunca treinei uma jogadora com tanto talento quanto você. E um treinador não tem como chegar ao auge de sua capacidade se não tiver a jogadora *perfeita*. Eu nunca vou saber do que sou capaz enquanto não treinar alguém como você. Preciso que você seja o meu melhor trabalho. Eu sou um escultor. E você é a melhor matéria-prima com que eu poderia querer trabalhar. E eu entendi isso lá em 1968, na primeira vez que você enfrentou Mary-Louise. E vou dizer agora o que falei para o seu pai naquele dia: ele fez um bom trabalho aprimorando seu talento, mas o próximo passo é comigo."

Olhei de novo para a porta da suíte. "O que você pode fazer que o meu pai ainda não fez?"

"Você quer ter essa conversa agora?", ele perguntou.

Fiquei olhando para as pessoas andando pela rua lá embaixo. Os carros saindo do meio-fio e se juntando ao tráfego. A família batendo papo na esquina enquanto esperava o sinal abrir.

"Foi por isso que eu liguei", falei.

"Bom", ele disse. "A distância entre a jogadora que você é hoje e a jogadora que quer ser..."

"Eu quero ser a melhor jogadora do mundo", esclareci.

"Essa distância não é muito grande. Estamos falando de uma melhora de meio por cento, mas que é fundamental. E não é mudando sua estratégia que isso vai acontecer. É eliminando o nanosegundo de atraso que você chega na bola antes de devolver com seu slice. É aprimorando sua capacidade de mudar no último instante o ângulo do seu saque. É uma sintonia fina, e vai ficar ainda mais fina. As mudanças que precisamos fazer no seu jogo vão ser quase imperceptíveis. Olhando de fora, ninguém vai ser capaz de ver, mas Stepanova vai sentir na pele, a cada jogo que perder para você nos próximos dez anos."

Eu ouvia a minha pulsação rugindo nos meus ouvidos; meu rosto estava quente. "Tá", respondi. "E como vamos fazer isso?"

"Como você treina o seu condicionamento físico?", ele quis saber.

"Eu corro e faço repetições de golpes na quadra."

Lars deu risada. "Isso não basta. Stepanova tem razão sobre uma coisa — você precisa perder pelo menos um quilinho. Precisa fazer sprints, agachamentos, levantar peso. Você poderia saltar para pegar no smash as bolas que vêm por cima. Quase nunca faz isso — é uma fraqueza no seu jogo, na minha opinião. Quero ver o que vai acontecer quando você bater de cima para baixo. Pegar alguns lobs da Stepanova antes de quicar no chão. Podemos começar daí e depois ver como a coisa evolui."

"Não", falei, balançando a cabeça. "Se for para fazer isso, quero saber agora mesmo se você acredita que eu posso acabar com ela. Ser a número um."

"Se eu for seu treinador e você não virar a número um do ranking do ano", ele falou, "vai ser uma vergonha para mim."

Senti um escudo se formando ao meu redor, uma casca grossa. "Certo", respondi. "Eu volto a ligar para a gente conversar melhor. Não conte nada para ninguém."

Quando me virei para dentro da suíte, meu pai estava parado ao lado da mesinha de centro.

Estava me encarando, com os olhos arregalados e cheios de lágrimas. Eu nunca o tinha visto assim antes.

"O que foi que você fez?", ele disse baixinho. Sua voz era pouco mais que um sussurro, e saiu embargada da boca dele. "Carolina."

"Eu não posso continuar com um treinador que tem menos ambição para mim do que eu mesma", respondi. Meu tom de voz se manteve firme, apesar de eu não conseguir sequer encará-lo.

"Se é isso que você pensa, então você me entendeu mal", meu pai retrucou. "*Y lo sabes.*"

"Não sei, não", eu disse.

"*Cariño*, desde a primeira vez que você segurou uma raquete, eu venho falando do seu potencial para ser extraordinária", meu pai continuou. "Não vejo como um pai pode ter para a filha uma ambição maior que essa."

"Você dizia que achava que eu tinha nascido para ser *a maior de todas*", rebati. "Mas agora, de uma hora para outra, eu tenho que me contentar com o que tenho. Em ser a segunda melhor."

"Não foi isso que eu disse. O que eu falei é que você já é ótima. Que já alcançou tudo o que eu sonhei para você."

"Por quê? Porque você já vendeu todos os livros que queria?"

Meu pai ficou boquiaberto. "Como você pode me dizer uma coisa dessas?"

Não respondi. Ele já sabia a resposta. Se um treinador precisa de matéria-prima, foi esse o papel que eu desempenhei para o meu pai.

"Quando vejo você jogando, o que vejo é perfeição", ele falou. "Vejo a jogadora que sempre acreditei que você poderia ser. Então fique feliz com o que você já tem. Com o que você já fez, com quem você já é. E não condicione isso a ser a número um."

"Por que eu desistiria de querer mais *logo agora*, pai? Você me criou para ser *a melhor de todas*. Isso significa ser a número um. E eu ainda não sou. Por que você quer mudar isso agora?"

Meu pai se sentou numa poltrona próxima, mas eu não conseguiria ficar sentada.

"Pelo menos seja sincero comigo", falei, balançando a cabeça. "*Decime la verdad, papá.*" Os meus olhos estavam ardendo e começando a se encher de lágrimas. "Você não acredita que eu sou capaz?", questionei. "Que eu não consigo tomar dela o primeiro lugar?"

Ele fechou os olhos e suspirou. Eu o encarei, limpando a lágrima que caiu do meu olho. "Depois de todo esse tempo, você desistiu de mim?", perguntei.

Ele não abriu os olhos. Nem respondeu.

"*Respondeme*", insisti. "*¿Creés que puedo hacerlo?*"

Ele jogou as mãos para o alto. "Por que você não escuta o que eu estou tentando dizer, Carolina?"

Cheguei mais perto dele. Minha respiração se tornou mais lenta; minha boca se curvou para baixo. "Você acha que eu posso tomar o lugar dela, pai?", questionei. "Sim ou não."

Ele enfim olhou para mim, e juro que meu coração começou a se partir antes mesmo de ouvi-lo dizer: "Eu não sei".

Fechei os olhos e tentei me manter firme, mas as minhas pernas quase cederam. Eu me sentei, mas logo em seguida me levantei de novo.

"*Te podes ir*", eu disse.

Corri até a porta e a escancarei. "*¡ANDATE DE ACÁ!*", gritei para ele.

"Carolina", disse o meu pai.

"Saia do meu quarto", falei. "Não temos mais o que conversar."

"Carolina, você não pode fazer isso com o seu pai."

"Eu estou falando com o meu treinador", rebati. "Fora."

Meu pai ficou de pé, mas os ombros dele desabaram. As pálpebras estavam semicerradas, parecendo pesadas. Ele abaixou a cabeça.

"*Te amo, hija*", ele disse ao sair para o corredor.

Eu fechei a porta.

Na manhã seguinte, eu acordei e fui para a quadra sozinha. Meu pai voltou para casa em LA naquele dia mesmo.

1979-1982

Pouco tempo depois, comecei a treinar com Lars seis vezes por semana, mesmo em dia de jogo. Em questão de meses, perdi um quilo e meio de gordura e ganhei meio quilo de massa muscular, quase toda concentrada nos braços e nos ombros.

Meu saque ficou mais forte. Eu conseguia correr uma fração de segundo mais rápido. Meus drives estavam mais potentes.

Mas foi o meu salto o que mais melhorou. Lars me fez pular mais alto do que nunca. De repente, passei a dispor de ângulos melhores para sacar, me antecipava melhor para chegar nas bolas antes de quicar e estava mandando devoluções que *não tinham resposta*. Foi a maior evolução do meu jogo desde que eu tinha aprimorado o meu slice. Era quase impossível fazer uma bola passar por mim.

Em setembro, eu já havia vencido Stepanova no Aberto da Itália e em Roland Garros, e tinha chegado mais longe do que ela em Wimbledon.

Na primeira rodada do Aberto dos Estados Unidos, entrei no vestiário como segunda cabeça-de-chave. Eu sabia que só enfrentaria Stepanova se chegássemos à final. Havia jogadoras espalhadas por toda parte, batendo papo. Eu nem olhei para ninguém.

Suze Carter, uma jogadora de dezessete anos que era novata no circuito, veio falar comigo. "Estou torcendo para você ganhar", ela falou. "Está todo mundo dizendo que, se você levantar o troféu, não tem como manterem Stepanova como primeira do ranking."

Ines Dell'oro, uma especialista em voleio que já tinha uns bons anos de estrada, pôs a mão no ombro de Suze. "Nem gasta a sua saliva. A

Machadinha de Guerra não fala com ninguém aqui. Ela se acha melhor do que nós."

Olhei para Suze. "Obrigada", eu disse.

E depois me virei para Ines. "Eu sou a número dois do ranking. E você é... o quê? A número trinta, talvez? Então, nesse caso, sim, eu sou melhor que você."

Conforme previsto, Stepanova e eu nos enfrentamos na final.

E, apesar de ainda faltarem meses para a divulgação do ranking de fim de ano, nós duas sabíamos o que estava em jogo naquela partida. Era o que determinaria quem terminaria o ano como a número um.

E, em duas horas e dez minutos, ganhei o jogo e o campeonato.

Depois da comemoração e da premiação, enquanto voltava para o vestiário encontrei Lars parado no túnel, sorrindo. "*Prachtig*, Soto! Belos saltos, do jeito que eu ensinei", ele falou. "E agora você vai terminar o ano como a melhor do mundo." Ele me deu um tapinha nas costas e logo em seguida não estava mais lá. Tinha saído para falar com a imprensa.

Eu não voltei para o vestiário. Fiquei ali, imóvel. Fiquei esperando pela sensação que sempre imaginei. E que alguém me abraçasse e me dissesse que eu tinha derrotado minha inimiga assim como os gregos fizeram com os troianos...

Mas, obviamente, isso não aconteceu.

No último trimestre daquele ano, venci Stepanova no US Indoor, no Thunderbird Classic e no Porsche Grand Prix. Na Emeron Lion Cup, com o ombro dela já pedindo trégua, ganhei o jogo sem perder nem um set sequer.

Em dezembro — já como primeira do ranking por trinta semanas seguidas — viajei para Melbourne. O Aberto da Austrália começava na véspera de Natal. Em menos de uma semana, o ranking de fim de ano seria divulgado.

Naquela noite, no meu quarto de hotel, enquanto ouvia as cantigas natalinas que vinham das ruas lá embaixo, finalmente peguei o telefone para ligar para o meu pai. Fazia quase onze meses que não nos falávamos.

"Alô?"

A voz dele, antes uma presença tão constante todos os dias que era quase como a minha, estava ausente da minha vida. Pensei que fosse soar desconhecida ou estranha, mas, em vez disso, me pareceu profundamente familiar, como se nada tivesse mudado.

"Hola, *papá. Feliz Navidad*."

Houve um silêncio do outro lado da linha, e por um momento cheguei a me perguntar se ele desligaria.

"*Feliz Navidad, cariño*. Eu estou orgulhosíssimo de você."

Meu peito ficou ofegante, e foi impossível evitar que as lágrimas escorressem pelo meu rosto. Ele ficou em silêncio enquanto eu recobrava o fôlego.

"*Pichona*, você precisa entender que, aconteça o que acontecer entre nós, eu nunca vou deixar de me sentir orgulhoso. Vou estar sempre acompanhando você."

"Estou com saudade", falei.

Meu pai deu risada. "E você acha que eu estou como, curtindo como nunca?"

Enxuguei as lágrimas.

"Mas você está se saindo muito, muito bem", ele complementou. "Então continue assim. Lute pelo que você quer. Como sempre fez. E eu vou estar sempre aqui, para quando você precisar de mim."

Terminei o ano como a tenista número um do ranking mundial feminino. Quando a notícia foi oficializada, abri uma garrafa de champanhe sozinha no meu quarto de hotel. Mas não consegui servir uma taça só para uma pessoa.

Depois do Aberto da Austrália, fui para a casa do meu pai. Quando abriu a porta, ele estava segurando duas taças de Dom Pérignon. Eu o abracei e virei a taça ali mesmo.

Mais tarde, desfiz as malas no quarto de hóspedes. Meu pai assou uns filés na churrasqueira, e tentamos encontrar uma nova forma de nos comunicarmos.

Eu poderia perguntar para o meu pai por que tinha uma gilete feminina e uma escova de dentes a mais no banheiro dele? Ele iria me perguntar sobre as fotos que começaram a aparecer nos tabloides que me mostravam entrando e saindo dos hotéis com vários homens diferentes?

Em vez disso, nossas conversas ficaram só no nível superficial, com coisas do tipo "Parece que o inverno já acabou mesmo, né?", ou "Ah, então agora você bebe refrigerante em vez de água tônica?".

Mas, no meu segundo dia em casa, ele me chamou até a sala e perguntou se eu queria sair para tomar sorvete.

"Sorvete?", perguntei. "Como assim?"

"Lembra quando você era criança e vivia me pedindo um sorvete de casquinha ou um sundae?"

"Isso... não parece muito a minha cara."

Meu pai suspirou e pegou a chave do carro. "Vamos lá, *por favor, hija*."

Olhei o relógio. "Preciso ir para a quadra treinar daqui a pouco."

"Só vai levar meia hora", ele disse. "Você tem meia hora para passar comigo."

Naquela tarde, chupei um sorvete de casquinha no banco da frente do Mercedes novinho dele, observando o movimento da rua.

"Isso é gostoso", comentei.

Ele assentiu. "Desculpa nunca ter deixado você fazer isso antes."

"Não", falei. "Isso só me fortaleceu."

Dava para ver pela expressão no seu rosto que ele não concordava. E eu pensei: *Está vendo, pai, é por isso que você não é mais o meu treinador.*

Mas, depois disso, a atmosfera entre nós ficou mais leve. Fomos ao cinema juntos. Saímos para jantar. Comprei um chapéu panamá novo para ele, e ele me deu seu velho tabuleiro de xadrez, "porque você precisa pensar sempre quatro jogadas à frente".

No dia anterior à minha volta ao circuito, eu estava fazendo as malas quando o meu pai veio me procurar. "Queria conversar com você sobre uma coisa", falou, enquanto eu ia guardando pares e mais pares de Adidas. Era a minha principal patrocinadora depois das raquetes Wilson, e eu estava criando uma linha de tênis com eles, chamada Carrie Soto

67

Break Points. Apesar de não ser popular como Stepanova ou McLeod, também tinha fãs. Não dava para negar que, quando entrava em quadra, eu dava um show. E o número de espectadores nas arquibancadas — e os contratos de patrocínio — estavam começando a refletir isso.

"Tá", falei.

"Você está saltando cada vez mais alto na quadra, para pegar os lobs da Stepanova."

"Pois é, eu sei", respondi. Parei de arrumar as malas e olhei para ele. "E está dando certo. Eu ganho dela o tempo todo agora."

"Mas as suas aterrissagens estão muito pesadas", falou. "Na temporada de saibro, pode ser que isso não seja problema, mas nas quadras duras..."

"Minha aterrissagem está ótima."

"Confie em mim, eu sei do que estou falando. Você está aterrissando toda hora no pé direito, e precisa dobrar mais a perna. Estou preocupado com o seu joelho..."

"Lars disse que está tudo certo. Sem melhorar a minha impulsão, eu não teria..."

"Eu não quero falar sobre Lars com você", meu pai interrompeu.

"E eu não quero falar sobre o *meu jogo* com você."

"*Está bien*", respondeu. E saiu do quarto.

No início dos anos 1980, conversávamos pelo telefone todos os dias quando eu estava em viagem, e passamos a tocar em assuntos que nunca nos sentimos à vontade para mencionar antes.

Ele finalmente começou a falar sobre a minha mãe e da falta que sentia dela. Eu disse que pensava nela quando tudo ficava em silêncio ao meu redor. Ele me contou sobre o que ela queria para mim.

"Ela nunca deu muita importância para o tênis", ele me disse uma vez, quando eu estava em Roma para jogar o Aberto da Itália. "Achava que ser feliz era mais importante."

Eu ri. "Ganhar é uma felicidade", respondi.

"Exatamente, *pichona*. Eu tentava explicar isso para ela. Mas ela não era competitiva como eu e você. Ficava mais feliz vivendo o momento. E era muito mente aberta e tolerante também. Provavelmente aceitaria sem problemas você sair com tanta gente. Mas, *cariño*, eu não sei se me faz bem ver tantas fotos nas revistas de você com os seus... pretendentes."

Soltei um suspiro. "Estou me divertindo. Só isso."

Eu não sabia como explicar para o meu pai que aqueles caras não eram pretendentes, que quase nunca me ligavam uma segunda vez. Mas deixei que ele pensasse que era eu que não estava interessada, e não o contrário.

Eu era a "Machadinha de Guerra". Era fria. Era uma máquina. Claro, vários deles se sentiam atraídos pela força dos meus músculos. Mas eu não era o tipo de mulher que os homens estavam dispostos a levar para casa e apresentar para a mãe.

O tempo todo eu me lembrava de que não podia me deixar levar pelas mentiras que eles me diziam. Que me admiravam demais, que eu era diferente de todas as outras que já tinham conhecido. Viviam falando em passar as férias comigo, alugar um iate no sul da França, criando um futuro imaginário. Sabia que era preciso ignorar as promessas que aqueles homens faziam com tanta facilidade, promessas que eu queria tanto que pelo menos um deles cumprisse.

"Talvez seja melhor tentar encontrar alguém que faça bem a você", meu pai falou. "Alguém que não seja para sair uma vez só."

"Não é tão simples assim, pai. Não é que..." Minha vontade era de desligar o telefone. Mas também queria poder contar para alguém, quem quer que fosse, sobre o medo que eu estava começando a sentir, como se estivesse corroendo o meu estômago. *Ninguém me quer.*

"Você está escolhendo os caras errados, como aquele tal de Bowe Huntley. Por que ser fotografada saindo de um hotel com um chiliquento como aquele? Ele é o número dois no ranking da ATP e grita com o juiz de cadeira daquele jeito? Isso não é homem que se escolha."

"Então quem eu deveria escolher?"

"Aquele Brandon Randall é um bom sujeito."

Brandon Randall era o número um do ranking da ATP. Era chamado de "O Cara Legal do Tênis".

"*Sí, claro, papá*", respondi. "Eu adoraria sair com Brandon Randall, mas ele é casado. Com Nina Riva. Uma modelo profissional."

"A filha do Mick Riva?", meu pai perguntou. "Eu não suporto aquele sujeito. Enfim, alguém *como* Brandon, então. Um cara legal. Encontre um cara legal. Por favor."

1983

Brandon Randall era, *sim*, casado. Mas *não* o cara legal que meu pai achava que fosse.

Sei disso porque fui para a cama com ele no hotel em Paris depois das finais de Roland Garros em 1983.

Eu nunca tinha ganhado o Aberto da França antes. É disputado em quadra de saibro, a superfície mais difícil para uma jogadora de saque e voleio e trocas de bolas curtas como eu. Muita gente boa encerrou a carreira sem vencer lá nenhuma vez.

Mas então consegui derrotar Renee Levy na final daquele ano e senti a alegria diferente por saber que tinha vencido todos os quatro principais torneios do mundo.

Brandon e eu nos cruzamos no elevador no fim de semana em que vencemos nossos simples de torneios. Quando paramos no andar de Brandon, ele deu um passo para sair, mas então levantou o braço e segurou a porta. Em seguida me olhou bem nos olhos e disse: "Quer ir beber alguma coisa no meu quarto? Talvez fazer um brinde? Ao nosso sucesso?".

Olhei bem para a cara dele em busca de alguma pista sobre o que ele queria — o que estava realmente me dizendo. Não dava para ter certeza. Mas aceitei mesmo assim.

Enquanto preparava minha bebida, ele me contou que seu casamento com Nina estava por um triz. "Ela não me entende", falou. "Mas alguma coisa me diz que você, sim."

Era uma coisa tão clichê que me deu até vergonha.

Na manhã seguinte, enquanto estávamos deitados sob os lençóis branquíssimos do hotel, Brandon me falou que eu era a única pessoa no mundo que o fazia se sentir menos sozinho.

"Eu tento explicar para as pessoas a pressão que carrego nos ombros, e como as fases difíceis são difíceis demais às vezes. Mas elas não sabem como é. E agora eu estou me dando conta do óbvio: quem além de você, uma igual, poderia me entender de verdade?"

Foi muita pretensão da parte dele me tratar como uma igual. Eu tinha muito mais títulos de Grand Slams do que ele. Mesmo assim, deixei que fizesse aquela comparação.

Deitada na cama dele, com o sol entrando pelas janelas enormes, senti que talvez não estivesse destinada a ficar sozinha, no fim das contas. Talvez fosse uma mulher tão única, tão excepcional, que só conseguiria estabelecer uma conexão verdadeira com alguém como Brandon, que fosse tão determinado quanto eu.

Fiquei com medo de que fosse só um lance de uma noite e nada mais. Só que Brandon continuou me ligando. Continuou me procurando! A proximidade entre nós foi crescendo, como um balão se enchendo de ar.

Houve um momento, no meio daquilo tudo — quando estávamos juntos em segredo, e ganhando títulos, e sendo campeões em Wimbledon na mesma semana —, que pareceu até coisa do destino. Eu analisava o meu histórico com os homens e encarava cada um deles como um dominó que precisava cair para me permitir chegar até aquele.

Durante os meses em que ficamos juntos, finalmente senti como era pertencer a alguém. E foi bom como eu imaginei que seria.

No verão de 1983, destruí Paulina Stepanova em todas as vezes que nos enfrentamos. O ombro dela, antes uma mera desculpa, estava se deteriorando visivelmente. Ela havia caído trinta posições no ranking.

Pouco antes do Aberto dos Estados Unidos, ela anunciou que ia se aposentar. Fiquei chocada com o fato de que aquela que havia sido minha maior adversária ia se tornar uma página virada.

Até se aposentar, Stepanova havia conquistado só nove títulos de Grand Slam. Eu já tinha doze. E ela não ganharia mais nenhum.

Na manhã seguinte ao anúncio, Brandon pediu nosso café da manhã no quarto. Quando chegou, ele me parabenizou por ter tirado Stepanova do caminho de uma vez por todas.

"Acabou", ele disse. "Não existe mais rivalidade. Ninguém mais pode questionar quem levou a melhor."

Segurei o rosto dele entre as mãos, com um sorriso tão escancarado que precisei me segurar para não deixar tudo tão na cara.

Ele me beijou, e eu pensei: *Tenho tudo o que sempre quis.*

Como uma perfeita imbecil.

Fomos pegos em flagrante no fim de julho. Ele abandonou Nina logo depois, e os tabloides noticiaram o fato durante todo aquele mês de agosto — e foi quando a crueldade do que eu estava fazendo se tornou óbvia.

Eu estava na capa de todas aquelas revistas que ficavam nos caixas dos supermercados. NOVAS CONQUISTAS: BRANDON E CARRIE MONTAM SEU NINHO DE AMOR NO BEVERLY HILLS HOTEL, DEIXANDO NINA RIVA COM O CORAÇÃO PARTIDO e BRANDON E CARRIE CRAVAM UMA MACHADINHA DE GUERRA NO CORAÇÃO DE NINA RIVA.

Mas, mesmo assim, eu não terminei com tudo.

Nem quando os paparazzi começaram a nos seguir, nem quando a *NowThis* publicou uma foto de Nina chorando na frente de um mercado em Malibu. Nem mesmo quando Brandon tentou reatar com ela e foi rejeitado. Ele voltou rastejando para mim, e eu o aceitei mesmo assim. Estava iludida demais, desesperada demais para acreditar que tinha encontrado uma coisa que era verdadeira.

E, depois de tudo isso, foi ele quem terminou com tudo quando me deixou para ir ficar com outra mulher em dezembro.

Demorei um tempinho para me recuperar. Mas, mesmo depois de me reerguer, não dava mais para ignorar a hostilidade que vinha das arquibancadas. As manchetes dos tabloides ficaram ainda piores. Escreviam coisas como: CARRIE SOTO E A SOLIDÃO NO TOPO DO MUNDO. E aquela que talvez tenha sido a pior de todas: EXISTE ALGUÉM DISPOSTO A AMAR UMA MACHADINHA DE GUERRA?

Eu estava acostumada a ser vista com antipatia pelas pessoas, mas nada poderia me preparar para me ver cercada por paparazzi quando saía de um restaurante, de ouvir como se não fosse nada de mais a perguntas do tipo: "Como é a sensação de ser considerada uma vagabunda?".

Eu usava óculos escuros e boné quando saía na rua. Fugia de qualquer um que estivesse com uma câmera, me escondia dentro dos quartos de hotel, mal olhava para as arquibancadas durante os jogos. A Sportsade me tirou dos seus comerciais de TV; a venda de ingressos dos torneios estava em baixa, e começaram a dizer que a culpa era minha.

Eu senti um milhão de coisas diferentes.

Mas o sentimento mais forte foi: ter amolecido meu coração para Brandon, mesmo que só um pouco e por pouco tempo, tinha sido um erro. Eu jamais faria uma bobagem como essa outra vez.

1984-1989

Um monte de gente me detestava em 1984, mas me concentrei só no meu jogo e ganhei todos os quatro Grand Slams. Bati o recorde de mais semanas como número um do ranking e descobri que as vitórias fazem as pessoas mudarem de ideia rapidinho. Parecia que eu tinha conseguido recuperar uma parte da simpatia do público.

Em 1985, ganhei Wimbledon pelo segundo ano seguido. Em 1986, conquistei o tri e o Aberto dos Estados Unidos.

Quando estreei em Wimbledon em 1987, eu tinha vinte e nove anos. Todo mundo queria saber se eu conseguiria vencer meu vigésimo Grand Slam e bater o recorde de simples de torneios. Todos os jornais afirmavam que a minha carreira estava chegando ao fim.

Ganhei a final sem perder um set. E lá estava: o meu recorde.

Pouco antes dos trinta, eu não era só a melhor. Era a melhor *de todos os tempos.*

Naquela quadra, enquanto os organizadores do torneio traziam meu troféu, minha carreira toda passou diante dos meus olhos.

Os treinos de fundamentos com o meu pai na infância. O jogo contra Mary-Louise Bryant. As vitórias nos torneios juvenis, a entrada nas chaves principais. A subida no ranking, o aperfeiçoamento do meu slice. A melhor na impulsão, o triunfo definitivo sobre Stepanova. A dominação.

Eu era a jogadora de tênis mais vencedora segundo todos os parâmetros. Aquela com o maior número de títulos de Grand Slam, o maior número de semanas em primeiro lugar no ranking da história do circuito, o maior número de simples de torneio e de aces ao longo da carreira, o maior número de anos encerrados no topo do ranking. A atleta mais bem paga da história do esporte feminino.

Eu era a Carrie Soto que sempre acreditei que poderia ser.

Recebi o troféu naquele dia assim como todos os outros — com uma expressão estoica e um discurso curto. Mas, daquela vez, enquanto acenava e me retirava da quadra, saí mancando.

Meu joelho esquerdo estava acabando comigo. Muitas vezes, ficava dolorido e inchado o dia todo. Eu sentia uma dor aguda quando o dobrava demais ou apoiava muito peso naquela articulação específica. Estava tomando injeções de cortisona, mas que não resolviam. Isso estava começando a me deixar mais lenta em quadra. E, apesar de conseguir suportar a dor na base da pura força de vontade, eu sabia que não conseguiria fazer isso por muito tempo.

"*Hija*", meu pai falou ao telefone. "Você precisa operar."

"Para com isso", falei, com um tom de irritação.

Mas eu sabia que ele estava certo. Antes do Aberto dos Estados Unidos, meu joelho estava tão ruim que eu precisei tomar infiltrações de analgésico, e mesmo assim perdi na semifinal para Suze Carter. No começo do ano seguinte, tive que desistir de disputar o Aberto da Austrália.

Fiquei um tempo afastada e, quando voltei, não me encontrei mais. Durante todo o ano de 1988, não ganhei nenhum simples de torneio.

Pouco antes do início do torneio de Wimbledon de 1989, Lars veio conversar comigo na academia do hotel onde eu estava em Londres.

"Acabou, Carrie", falou. "Eu fiz o que pude. Você ganhou tudo o que poderia ganhar."

"Não, ainda não acabou. Eu posso..." Olhei para o chão e depois para ele, disposta a admitir o que vinha negando fazia tanto tempo. "Eu preciso operar. E depois posso voltar."

"Para continuar perdendo? Para deixar todo mundo ver que a rainha está morta?"

Eu fiz uma careta. "A rainha não está morta", falei.

Lars balançou a cabeça. "Carrie, o seu corpo, o seu jogo, tudo isso tem uma data de validade. E essa data chegou. Você está com trinta e um anos. Está na hora de parar."

"Não sei, não. Talvez esteja. Mas talvez não."

"Está, sim."

Eu o olhei bem nos olhos, começando a entender o que estava acontecendo. "Você já tem outra jogadora em mente", falei. "Já está decidido."

"Isso não importa. Seu corpo já era, Carrie", ele respondeu. "E eu não vou querer ficar por perto para ver a versão inferior de você que vai voltar da cirurgia. Não estou nem um pouco a fim."

"Eu posso dar a volta por cima. Os melhores anos da minha carreira podem ser os próximos."

"Não depois dos trinta", ele rebateu. "Nem tente me obrigar a fingir que acredito nisso. Se quiser continuar depois de Wimbledon, não vai ser comigo como treinador."

Lars se levantou e saiu andando. E eu fiquei ali, naquela academia fria e fedorenta, olhando para uma bicicleta ergométrica. Meu joelho doía só de pensar em pedalar.

Mesmo assim, eu o ignorei e entrei na chave principal de Wimbledon. Pela primeira vez em quase dez anos, não cheguei nem às oitavas de final.

Caí tanto no ranking que não entrei como cabeça de chave no Aberto dos Estados Unidos.

"Faça a cirurgia e veja como é que você fica", meu pai falou ao telefone. Eu estava em Nova York, me preparando para disputar o torneio como wild card. Ele estava em LA, se instalando na propriedade que eu tinha comprado para nós dois. A casa principal para mim, a de hóspedes para ele, uma piscina e uma quadra de tênis. "Você só vai saber se dá para curar o seu joelho se tentar."

"E me arriscar a perder de novo? Na frente de todo mundo?", retruquei. "Você não está vendo como as pessoas estão adorando isso? O meu fracasso? Não. Eu não vou dar esse gostinho para elas. Não mesmo."

"Então vai fazer o quê?", perguntou.

"Eu não vou ter essa conversa com você", respondi. "Nem agora, nem nunca. Você não tem nenhuma influência nessa decisão."

"Tá", ele falou. "*Está bien.*"

77

Dois dias depois, em agosto de 1989, desisti de disputar o Aberto dos Estados Unidos e anunciei a minha aposentadoria. "Eu tive uma carreira vitoriosíssima durante um longo tempo no mundo do tênis", falei enquanto lia meu pronunciamento. "Conquistei tudo o que queria. Acho que os meus feitos vão ser lembrados durante décadas. Mas agora, estou fora. Obrigada."

Depois disso, nunca mais disputei uma partida profissional.

Até agora.

O RETORNO

Outubro de 1994

Três meses e meio antes de Melbourne

Acordo às sete e quinze. Bebo uma vitamina de mirtilo e como amêndoas cruas e sem sal no café da manhã. Visto minha calça de moletom e uma camiseta. Coloco uma faixa na cabeça.

Às oito em ponto, meia década depois da aposentadoria — e quinze anos depois de ser treinada pela última vez pelo meu pai —, vou para a minha quadra de tênis, pronta para o treino.

O sol brilha forte sobre as montanhas, e o céu está totalmente limpo, a não ser pelas palmeiras de quinze metros de altura que cercam o perímetro do meu quintal. É silencioso aqui, apesar de o tráfego frenético de veículos de LA estar logo ali, do outro lado do portão de entrada.

Não me interessa o resto da cidade. Estou concentrada *nesta* quadra, *neste* chão sob os meus pés. Eu vou preservar o meu recorde. Vou derrubar Nicki Chan.

"Podemos começar", diz o meu pai. Está de camisa polo e calça chino. Olhando para ele, percebo que está muito mais grisalho do que da última vez em que estivemos em quadra juntos, e mais magro também. Mas sua postura e conduta são as mesmas de quando eu era criança.

"Estou pronta", respondo. Ele não consegue conter o sorriso.

"Tem três coisas que eu quero avaliar hoje", ele diz.

Eu me agacho e encosto nas pontas dos pés, alongando as pernas. "Primeiro, o meu saque", digo, me sentando e segurando meu pé direito com as duas mãos, e depois o esquerdo.

Meu pai balança a cabeça. "Não, *eu* vou falar o que quero ver, não precisa tentar adivinhar. Não é um questionário."

Fico de pé, estranhando aquele tom de voz. "Tá."

Ele se senta no banco junto à quadra, e eu ponho o pé ao seu lado para continuar o alongamento.

Meu pai começa a citar sua lista. "*Uno*", ele diz, "seu saque. Quero saber o quanto você ainda tem de poder de fogo, e de controle também."

"*Está bien.*"

"A segunda é o trabalho de pés. O que eu quero saber é: com que velocidade você consegue ir de um lado ao outro da quadra? Como está sua agilidade?"

"*Perfecto. ¿Qué más?* Preparo físico?"

Ele me ignora. "A terceira é o preparo físico."

Assinto com a cabeça.

"Seu preparo físico melhorou bastante com Lars", meu pai comenta. Faço uma careta ao ouvir o nome dele. "O que ele acrescentou ao seu treinamento para deixar você tão em forma?"

Não sei ao certo como responder, como ter aquela conversa com ele. "Além da impulsão?", eu digo, por fim.

"Não vamos forçar seu joelho com muitos saltos. Você já fez uma cirurgia de reconstrução do ligamento cruzado anterior, e se romper de novo..."

"*Bueno, papá. Basta, ya lo entendí.*"

"Então, o que mais ele acrescentou à sua rotina?" Ele me encara e não desvia o olhar. "*Contame.*"

"Treino de condicionamento", respondo. "Eu já corria, mas ele acrescentou ginástica aeróbica, calistenia, musculação."

Ele balança a cabeça e revira os olhos. "Você treina para jogar tênis com coisas que não têm nada a ver com tênis. Genial."

"Foi você que perguntou. E deu certo."

Meu pai assente. "*Bien, bien, bien.*"

Ficamos em silêncio por um momento. Escuto o jardineiro ligar o cortador de grama na casa ao lado. "Então... vai querer fazer isso ou...?"

Meu pai balança a cabeça. "*Sí, estoy pensando.*"

Fico aguardando enquanto ele reflete. Começo a alongar o pescoço.

"Nicki vai achar que a melhor estratégia é cansar você", meu pai comenta.

"Todo mundo que jogar comigo vai achar isso. Tenho trinta e sete anos. Vamos cansar a velhinha."

Meu pai dá risada. "Você não faz ideia de como é ser velho."

"Em termos gerais, é claro que não, pai", respondo. "Mas, no tênis..."

Ele assente. "Então o mais importante agora é melhorar sua resistência física."

"Sim, concordo."

"Então vamos começar com uma corrida de quinze quilômetros todos os dias."

Já faz alguns anos que eu não corro quinze quilômetros, mas tudo bem. "E depois disso vamos começar a trabalhar com bola?"

Ele faz que não com a cabeça. "Depois disso vamos fazer agachamentos e sprints, além de pular corda para melhorar o trabalho de pés. Imagino que era isso o que você mais fazia com Lars, não? E então você vai nadar, para fortalecer os músculos, mas sem impacto. Aí você almoça e, só à tarde, começa a trabalhar com bola."

"Assim eu vou morrer", comento.

"Não reclame."

"Sem chance que vou fazer um triatlo completo todo dia sem reclamar", retruco.

Meu pai abre a boca para responder, mas eu o interrompo. "Eu não sou mais criança. Às vezes vou querer dar minha opinião também. Às vezes, enquanto estiver correndo quinze quilômetros, vou reclamar. Mas vou fazer o que você mandar, e você vai me manter na linha, e quem sabe em breve nós podemos ganhar mais um Grand Slam. *¿Está bien?*"

Ele me encara, impassível por alguns momentos. Então abre um sorriso e estende a mão. "*Perfecto.*" Então, por sete dias seguidos, calço meus tênis de corrida e mando ver.

Corro o mais rápido que posso, enquanto meu pai me acompanha com um carrinho de golfe, gritando: "*¡Más rápido! ¡Más rápido!*".

Meus pés nunca param de se movimentar. Ele grita: "Se você não estiver na ponta dos cascos, vai ficar para trás!".

"*Sí*", respondo todas as vezes. "*Lo sé.*"

"*¡Vamos, más rápido!*", ele grita sempre que percebe que estou diminuindo o ritmo. "Não estamos aqui fazendo cooper. Estamos correndo para ganhar um torneio!"

Tento dar uma resposta de tempos em tempos, na língua que me vier à mente primeiro. Mas, ao final de quinze quilômetros, paro de gastar meu fôlego à toa.

As corridas são administráveis. É depois disso, quando estou pulando corda e ele fica ao meu lado gritando coisas como "¡Más rápido!" e "¡No pares!" que sinto vontade de gritar.

Mas, em vez disso, eu me concentro na queimação nas panturrilhas e nos braços.

E depois vem a natação. Chegadas e mais chegadas na piscina. Os meus braços e ombros vão ficando mais lentos por causa do cansaço, mas meu pai está lá na beira, gritando "Usa esos brazos", como se ele fosse um sargento e eu estivesse em treinamento militar.

Todos os dias, saio da piscina com os braços dormentes e as pernas bambas. Sou como uma bezerrinha recém-nascida, incapaz de manter o equilíbrio.

No sétimo dia, depois da última chegada, mal tenho forças para subir a escada e sair da piscina. Tudo dói — meus músculos das coxas estão doloridos, meus ombros e meus bíceps ardem muito. Não consigo melhorar meus tempos.

Eu me deito no deque, e meu pai chega com uma toalha. Ele se senta ao meu lado.

Olho para ele. Sei que vai franzir a testa antes mesmo de ele fazer o movimento.

"Está muito ruim?", pergunto.

Meu pai inclina a cabeça para o lado. "Sua corrida está um pouco lenta. Seus fundamentos precisam de polimento. E seu nado..." Ele respira fundo. "*Mirá*, levando em conta sua idade e o tempo que ficou fora das quadras, é bem impressionante. Mas não é suficiente para ganhar um Grand Slam, *cariño*."

"*Sí, lo sé.*" Enxugo o rosto e me sento no deque. Chacoalho a cabeça e olho para o céu. Está bem límpido e azul, sem nenhuma nuvem, nenhuma obstrução.

Isso tudo é uma puta de uma palhaçada. Sair da aposentadoria depois de tantos anos? E ainda achar que vou ganhar um Grand Slam? Eu estou maluca?

"Acho que você está no caminho certo", ele comenta.

Eu me viro para olhá-lo.

"Você é a pessoa mais esforçada que eu já vi na vida", meu pai diz. "Se decidir se dedicar cem por cento a isso, vai conseguir."

Assinto com a cabeça, incomodada por ele mencionar primeiro o *esforço*, e não o *talento*. "Obrigada."

Ele bate o ombro no meu e sorri. "Só estou dizendo que, apesar de ainda ter muito chão pela frente, acredito que você possa ser a melhor do mundo de novo. Estou confiante."

Começo a cutucar as unhas da minha mão esquerda. "Ah, é?", pergunto. "Tem certeza?"

"Absoluta. Mas escute só, *hija*", meu pai diz, colocando o braço ao redor dos meus ombros e me abraçando. "Não faz diferença se eu estou confiante."

"Na verdade, faz, sim", respondo, com uma irritação na voz que pega nós dois de surpresa.

Meu pai balança a cabeça, mas não diz mais nada. Assim como eu, não está interessado em desencavar coisas que estão enterradas há muito tempo.

"Foi a sua confiança em si mesma que te levou ao topo da primeira vez. E você pode fazer isso acontecer de novo", meu pai diz, por fim.

Eu sei que ele tem razão. Durante décadas, meu talento e minha motivação se mostraram devastadores para todo mundo que cruzou meu caminho. Se cada um de nós é abençoado com um dom, o meu é a determinação.

"*Você* acha que consegue ser melhor que ela?", meu pai pergunta.

Minha resposta vem em um piscar de olhos. "Acho."

"E vai saber lidar com a decepção se não conseguir?"

Essa resposta exige mais tempo de reflexão. "Não."

Ele fecha os olhos e balança a cabeça. "Muito bem", meu pai diz com um suspiro. "Então não há tempo a perder."

Estou sentada em uma poltrona no escritório da minha agente, perto das janelas que vão do chão ao teto. Já faz sete anos que trabalho com Gwen.

Assinei com ela depois de passar por duas agências comandadas por homens que só sabiam me dizer para "ser sensata" quando eu já estava fazendo justamente isso. Marquei reuniões com todos os agentes da cidade, até que encontrei Gwen Davis, uma mulher negra nascida e criada em Los Angeles que havia trabalhado em uma agência gigante do setor de entretenimento antes de mudar de ramo para montar sua própria empresa e começar a representar atletas.

"Se precisar, pode me mandar para a puta que pariu", ela falou naquela primeira reunião. "E, se eu achar que preciso, vou fazer a mesma coisa. Nossa relação precisa ser de sinceridade absoluta. Não vou ser sua puxa-saco. Não vou desperdiçar seu tempo nem o meu com isso."

Assinei com ela na mesma hora.

Hoje, no escritório dela, olho pela janela e vejo Beverly Hills — as palmeiras, as ruas largas e as casas enormes. Daqui, consigo ver a coroa dourada no alto do prédio da prefeitura.

Me viro para Gwen, que está sentada em um sofá ao meu lado. Tem cinquenta e tantos anos e está usando um terninho vermelho e sapato de saltos baixos. Às vezes me pergunto se ela não está no lugar errado — é uma mulher impressionante e glamourosa demais para atuar só nos bastidores.

A assistente dela, Ali, entra na sala em seguida. Seu cabelo preto e comprido está preso com uma caneta em um coque que já começa a desmanchar. Está usando uma camisa de flanela, calça jeans preta e botas.

O fato de Gwen não se importar com as roupas que sua assistente usa no trabalho, enquanto ela está sempre elegantíssima, me faz gostar das duas ainda mais.

"Um chazinho para você", Ali me diz, me entregando uma caneca. "E um muffin que eu sei que você não vai comer."

Eu dou risada. "Preciso voltar para a quadra ainda hoje, e nem gosto de muffins", respondo.

"Da próxima vez, vou trazer amêndoas cruas sem sal", Ali diz. Sei que ela está tirando sarro de mim, mas, sendo bem sincera, eu prefiro *mesmo* as amêndoas.

Ali entrega o café de Gwen antes de sair.

Gwen dá um gole e olha para mim. Ela levanta uma sobrancelha enquanto põe o café com cuidado sobre a mesa de centro, ao lado de um livro de fotografias com minha foto na capa. Foi lançado em 1990, e tem imagens minhas jogando em Wimbledon ao longo de quinze anos. *Soto na grama* é o título.

Ela me encara quando volta a se recostar no sofá. "Tem certeza de que quer voltar?"

"Eu não estaria aqui se não tivesse certeza."

"Isso não é brincadeira", ela acrescenta.

"E eu tenho cara de quem está brincando?"

"Enfim, os seus patrocinadores..."

"Eu sei."

"Você tem um compromisso com a nova campanha da Elite Gold no começo do ano que vem."

"Eu sei."

"E a ação comercial da edição dos campeões da Gatorade vai sair em breve, com você como destaque."

Eu assinto.

"Seus Break Points são a linha de tênis mais vendida da Adidas no momento."

Uma das coisas mais surpreendentes da minha aposentadoria foi o quanto se revelou lucrativa. Pelo jeito, quando eu saí de cena nas quadras, as pessoas esqueceram o quanto me detestavam — e eu me lembrei do quanto gostavam dos meus tênis.

"Eu sei disso também", respondo.

"Isso tudo só existe porque é uma lenda. E foi uma das *melhores atletas* do mundo."

"Sim, e vou provar que *ainda* sou."

"Mas e se..."

Dou uma boa encarada nela, desafiando-a a dizer o que acha.

Ela muda de assunto. "Em termos de faturamento, acho que seria mais rentável para você ser comentarista de TV ou dirigente da WTA, em vez de jogadora. Podemos posicioná-la como uma figura de referência no mundo do tênis, uma autoridade. Assim você pode se manter ativa e relevante."

"Para começo de conversa, ninguém está interessado no que eu tenho para falar", respondo.

Gwen ergue as sobrancelhas, pensativa, mas em seguida concorda comigo.

"E, em segundo lugar, não é uma questão de grana. É uma questão de honra."

Gwen se inclina na minha direção e põe a mão no meu braço. "Preciso que você pense bem nisso, Carrie. *Honra* é uma coisa que... às vezes, é só sinônimo de *ego*. E para mim o dinheiro sempre vem antes do ego. Essa é a minha opinião pessoal."

Olho bem para ela antes de responder. "Eu agradeço o conselho, mas a decisão já está tomada."

"Só estou tentando garantir o seu futuro", Gwen me diz, recuando. Ela pega um muffin, parte um pedaço com a mão e leva à boca.

"Gwen, esse esporte é tudo o que eu sempre tive", explico.

Ela assente. "Eu sei disso."

"E agora tudo o que eu fiz está prestes a ser arrancado das minhas mãos. E não vai me restar mais nada."

"Isso não é ver..."

"É, sim", interrompo. "É a verdade. Eu não posso deixar Nicki superar esse recorde. E preciso de você ao meu lado."

Gwen dá um gole no café e volta a pôr a caneca sobre a mesa. "E você está certa de que essa é a melhor atitude a tomar?"

"É a única atitude possível. Não consigo pensar em nenhuma outra."

"Muito bem", ela responde. "Então eu estou dentro. De corpo e alma."

Percebo pelo olhar inseguro no rosto dela que Gwen está com medo de que eu acabe dando muito prejuízo para nós duas. E, apesar de sentir uma pontada de raiva por essa falta de confiança, sei que é hora de ficar quieta e não exigir mais do que posso conseguir.

"Obrigada", digo. "E se prepare para admitir que estava errada."

"Eu não vou precisar admitir nada", ela rebate. "Acredito em você de verdade. Então, qual é o plano?"

"Vou jogar os quatro Grand Slams do ano, e vou ganhar no mínimo um para retomar o meu recorde."

"Então, no primeiro ano depois de sair da aposentadoria, você tem a certeza de que vai ganhar um Grand Slam?"

"Sim, tenho", responde.

"E se Nicki ganhar outro primeiro?"

Meus ombros ficam tensos, e tento não cerrar os dentes. "Pode deixar que eu me preocupo com isso."

"Certo", ela diz. "Entendido. E você vai jogar todo o circuito da wta?"

Faço que não com a cabeça. "Não, só quero participar de alguns torneios bem específicos. Mas não sei se a itf ou a wta aceitariam isso."

Gwen se levanta e aperta o botão do interfone no aparelho telefônico sobre a mesa. "Ali, você pode ligar para alguém da itf ou da wta e descobrir — da forma mais discreta possível, por favor — se uma jogadora como Carrie poderia entrar como wild card em todos os Grand Slams que quiser?"

"Pode deixar."

Gwen desliga o interfone. "Ok, e agora? Do que mais você precisa?"

"Uma boa parceira de treinos seria bom, se você puder conseguir uma. Não alguém só para bater bola. Tem que ser uma jogadora de alto nível. Para eu saber se estou pronta para encarar as melhores."

Gwen balança a cabeça. "Precisa ser alguém no auge da forma, para ajudar você a chegar no nível em que Nicki está."

Não me agrada ouvir essa insinuação de que estamos tão distantes. "Bom, a questão com Nicki é... mas, sim, alguém no auge da forma."

"Podemos fazer uns telefonemas", Gwen responde. "Para ver quem estaria disposta a treinar com você."

"Tá", digo. "Tudo bem. Mas não Suze Carter — eu não suporto essa garota. Nem Brenda Johns. Mas qualquer outra serve. As duas são tão... metidinhas. Que tal Ingrid Cortéz? Ela está fazendo Nicki suar para ganhar os torneios. De repente podemos trabalhar juntas por um tempo."

"Algo mais?"

"Preciso que a Wilson me mande raquetes novas. E que a Adidas mande uniformes e os novos Break Points com as cores dessa temporada. Será que eu preciso contratar uma assistente de novo? Para cuidar da questão dos voos e das hospedagens?"

"Se forem só quatro torneios, Ali pode fazer isso."

"Ok, obrigada."

"Mas você vai arrumar suas próprias malas. Não sou sua mãe."

A piadinha deixa a atmosfera carregada por um momento. Quando sua mãe está morta, isso nunca sai da sua mente — e sempre volta à tona com esse tipo de comentário. Isso acontece o tempo todo, mesmo quando a pessoa que está falando nem percebe. Mas dá para notar que Gwen sentiu que cometeu uma gafe, e me sinto grata por ela simplesmente não dizer nada e seguir em frente. Não tem nada pior do que precisar consolar outra pessoa pela morte da *minha* mãe.

"E o que mais?", Gwen quer saber.

Mas, por um breve instante, eu me pergunto o que minha mãe pensaria de mim hoje. Se teria orgulho do que estou tentando fazer. Não sei a resposta, e me dou conta de que faz muito tempo que não me pergunto isso. E que nunca soube a resposta.

Ali bate na porta e entra. "Beleza! Agora fiquei animada. Já tenho suas respostas."

"Então me diga", peço.

"Como você é uma ex-número um no ranking da wta e já ganhou todos os Grand Slams, tem seu wild card garantido em qualquer evento da wta ou da itf."

"Boa!", falei. "É assim que se fala."

"Você pode escolher quais torneios quer jogar. Precisamos preencher uma papelada para isso, mas não vai ser problema nenhum encaixar você como wild card no Aberto da Austrália, daqui a três meses."

"Eu vou ser cabeça de chave?"

"Não", responde Ali. "Os pontos que você ganhou no passado não têm mais validade. Você não é ranqueada, então não pode ser cabeça de chave. Pelo menos não até começar a ganhar jogos", ela diz com um sorriso.

Eu me vejo dali a três meses, na quadra verde e dura de Melbourne, olhando para a minha adversária do outro lado da rede, seja ela quem for. Quase consigo ouvir a plateia, sentir a tensão sufocante se formando no ar.

Faz muito tempo que não jogo um torneio. E ainda mais sem ser cabeça de chave.

Isso me deixa eletrizada, como se fosse uma adolescente de novo, diante de uma montanha que preciso subir, jogo após jogo, até chegar ao topo. Faz tempo demais que não sinto a deliciosa dor da escalada.

O seguinte comunicado foi divulgado hoje por Carrie Soto por meio de sua agente, Gwen Davis.

Para divulgação imediata (11/10/1994)

CARRIE SOTO ESTÁ DE VOLTA

Vou interromper minha aposentadoria na temporada de 1995 para jogar os quatro principais torneios do circuito — o Aberto da Austrália em janeiro, Roland Garros em maio, Wimbledon em julho e o Aberto dos Estados Unidos em setembro — para retomar o recorde mundial de mais simples de torneio em Grand Slams.

Parabenizo Nicki Chan por seus feitos no tênis feminino, mas o domínio dela chegou ao fim.

Eu estou de volta.

Soto sai da aposentadoria para destronar Chan

Los Angeles Daily
12 de outubro de 1994

Grande nome do mundo do tênis feminino, Carrie Soto, 37, conhecida como "Machadinha de Guerra", anunciou sua intenção de abandonar a aposentadoria para defender seu recorde de simples de torneio em Grand Slams. A força da natureza Nicki Chan, 30, vem sendo a principal figura do tênis feminino desde 1989, quando Soto parou de jogar, com vinte títulos nos principais torneios do circuito. Chamada de "Monstra" pelos fãs de tênis, Chan igualou esse recorde no mês passado.

Soto sempre foi uma figura controversa no mundo do tênis feminino, conhecida pela língua afiada e pelas estratégias implacáveis contra as adversárias em quadra. Se a ex-campeã vencer um Grand Slam, será a mulher mais velha a conseguir um título dessa envergadura na história do tênis.

"Eu encaro a volta dela como uma boa notícia", Nicki Chan declarou ontem em uma entrevista coletiva, ao ser informada sobre a decisão. "Fui uma admiradora de Carrie Soto durante toda a minha carreira. Seria uma honra enfrentá-la de novo."

Perguntada se Carrie Soto seria capaz de vencê-la, Chan pareceu se divertir com a ideia. "Bem", ela falou. "Isso é o que nós vamos ver, não?"

Transcrição

SportsNews Network
Wild Sports com Bill Evans
12 de outubro de 1994

Bill Evans: Muito bem, temos uma bomba no mundo do tênis feminino. Jimmy, qual é a sua opinião sobre isso? Carrie Soto, a "Machadinha de Guerra", está de volta? Como encarar isso?

Jimmy Wallace, editor da *SportsSunday*: Com certeza é uma coisa inesperada.

Evans: "Inesperada" é o mínimo. Carrie Soto encerrou a carreira depois de uma queda gigantesca no ranking no final dos anos 1980.

Wallace: Sim, é verdade. Mas acho que ela diria que foi por causa do joelho, que já foi tratado.

Evans: Mas ela já está fora do circuito há — o quê? — cinco anos? Isso é muito tempo no tênis feminino.

Wallace: Com certeza. E durante esse período surgiu Nicki Chan.

Evans: E um novo tipo de tênis.

Wallace: Pois é, acho que isso também. O tênis feminino se afastou do estilo saque e voleio. Estamos vendo mais jogadoras de fundo de quadra, que se baseiam na potência dos golpes. Soto sempre foi mais uma dançarina — ágil e elegante em quadra. Chan é pura força bruta — uma boxeadora. Ela é osso duro de roer.

Evans: A Machadinha de Guerra ainda é capaz de ser competitiva no tênis atual?

Wallace: Vamos esperar para ver. Mas tem outra coisa que eu acho importante assinalar.

Evans: E o que é?

Wallace: Soto não é só uma representante de estilo de jogo ultrapassado — ela é uma jogadora envelhecida. Nenhuma mulher conseguiu vencer um Grand Slam perto dos quarenta anos.

Evans: E tem mais uma coisa: nós queremos mesmo vê-la de volta? Ela não é uma pessoa muito querida... ou é?

Wallace: Bom, o apelido de Machadinha de Guerra não é à toa.

Evans: Mas pode ser que ela chegue a Melbourne e seja despachada logo de cara. E então tome a atitude mais elegante, que é sair de cena de novo.

Wallace: Acho que isso é bem possível, Bill. O tempo vai dizer. Caso contrário, Chan vai ter que lidar com ela.

Meu pai anda lendo muito os cadernos de esportes e acompanhando demais o noticiário.

"Que absurdo", ele diz, sentado à mesa do café da manhã na minha casa. "Estão insinuando que sua vitória é impossível."

Dou um gole na vitamina. Esse tipo de cobertura de imprensa me incomoda, mas não há nada que eu possa fazer a respeito. Quando decidi jogar tênis como profissão, aparentemente assinei um contrato permitindo que as pessoas falassem merda sobre mim pelo resto da vida.

Meu pai continua lendo o jornal. "Acho que eles deviam se lembrar de quem estão falando", ele comenta.

"Eu digo o mesmo", respondo.

Ele se vira para a TV, que está no mudo. "Espere um pouco", diz, se levantando e aumentando o volume. "Estão falando de você no *Morning in America*."

Eu olho para a televisão da cozinha.

O âncora Greg Philips está se dirigindo diretamente para a câmera, com uma fotografia minha em Wimbledon acima do ombro. Não suporto esse sujeito. Ele me entrevistou pelo menos uma dezena de vezes ao longo dos anos, e sempre me pergunta sobre o comprimento do meu saiote. Uma vez, nos anos 1980, nós nos estranhamos quando ele falou que eu era a recordista de Grand Slams no tênis feminino. Eu o corrigi ao vivo em pleno ar, esclarecendo que tinha mais títulos do que *qualquer* tenista.

"Vocês achavam que ela tivesse saído de cena!", diz Greg. "Mas a tenista estadunidense multicampeã Carrie Soto está voltando ao tênis para defender seu recorde de Grand Slams. Soto está aposentada das quadras há mais de cinco anos, e aos trinta e sete anos vai ser a jogadora *mais velha* do circuito. Mesmo assim, deu uma declaração ambiciosa, afirmando que vai ganhar pelo menos um torneio no ano que vem, um feito que, caso se concretize, faria dela a primeira mulher a ganhar um Grand Slam na Era Aberta já próxima dos quarenta anos. Seja como for que ela se saia, com certeza vai ser um ano agitado para o tênis feminino agora que a Machadinha de Guerra está de volta!"

Quando Greg anuncia um intervalo comercial e o logotipo do programa aparece na tela, estendo o braço para desligar a TV. Mas, quando vou apertar o botão, ouvimos a voz de Greg, clara como o dia, dizendo para alguém: "Qual é, 'a Machadinha de Guerra está de volta'? Era melhor dizer: 'aquela vaca está de volta'. Porque é isso que ela é".

Em seguida vem o som de uma mulher soltando um suspiro de susto, reações de espanto e depois o silêncio quando a emissora corta o microfone aberto. Um instante depois, a tela exibe o comercial de um adolescente fuçando na geladeira, afastando aquela "coisa roxa" porque quer um suco.

Desligo a TV e me viro para o meu pai. Ele está me encarando, com os olhos arregalados.

Finalmente resolvo falar: "Por acaso Greg Philips acabou de me chamar de vaca em rede nacional?".

Meu pai vai ficando cada vez mais vermelho; principalmente no pescoço.

"Chamou mesmo, não foi?", digo, paralisada. "Ele me chamou de vaca."

Meu pai se levanta da mesa e joga o jornal longe.

"Que dizer...", continuo. "Eu sabia que era isso o que eles pensavam. Só não achava que... que eles falavam isso abertamente."

Meu pai põe as mãos nos meus ombros. "*Pichona*", ele diz em tom de apelo. "Escute bem o que eu vou dizer."

"Isso não deveria ser surpresa para mim. Mas... me pegou de surpresa, sim. Por que isso é tão diferente de todas as outras coisas que sempre falaram sobre mim?"

"Porque é um desrespeito", ele responde. "E você conquistou o direito de ser respeitada. Mas me escute, *hija*. É sério."

"*Bueno*", digo, olhando para o meu pai.

"Eles que se fodam", é o que ele me fala. "Você vai entrar em quadra, ganhar todos os malditos jogos e mostrar que não está nem aí para o que eles pensam, e que não vai sair de cena coisíssima nenhuma."

Início de novembro

Dois meses e meio antes de Melbourne

Meu pai e eu estamos na quadra da minha casa, trabalhando no meu primeiro saque.

"*De nuevo*", ele grita, de pé do outro lado da rede, de agasalho. "*Necesitás ser mucho más rápida, hija.*"

Ele deixou um carrinho de supermercado cheio de bolas de tênis à minha direita. Eu pego outra, pronta para sacar de novo. Vamos passar o dia todo aqui, assim como fazíamos quando eu era criança. Vou acertar aquela caixa de leite até que meu pai se dê por satisfeito.

Ao longo do mês em que estamos treinando, meu jogo começou a voltar. Sinto que os meus músculos estão de prontidão. Minha velocidade está aumentando; minha potência só cresce a cada dia. Meu saque está forte — às vezes bate na casa dos cento e noventa quilômetros por hora. Meu controle e minha precisão estão excelentes. Meu pai está com cada vez mais dificuldade para antecipar a direção dos meus saques.

Ainda assim.

Meu corpo não é mais o mesmo de quando eu tinha vinte e nove anos. Não consigo correr tão depressa. Me canso mais rápido. Mudo de direção mais devagar. Às vezes sinto a cartilagem do meu joelho ranger quando estou saltitando. Quando estou treinando com a máquina de lançar bolas, nem sempre consigo puxar a raquete para trás de novo com a velocidade necessária. E mesmo quando dá tudo certo... está mais difícil. Tudo está exigindo mais esforço.

Na segunda hora de treinos à tarde, percebo que começo a cansar. Meus movimentos ficam mais abertos e menos controlados, e eu não os concluo direito até o fim. Meus golpes ficam um pouco mais fracos.

E, quando isso acontece, perco a cabeça com mais facilidade. Começo a errar mais, a ficar frustrada, a pensar demais. É enlouquecedor me esforçar tanto quanto antes e não conseguir os mesmos resultados. Jogar com o corpo que tenho é como cortar um filé com uma faca cega.

Enquanto me posiciono na linha de fundo e mando mais um saque por cima da rede, penso em Björn Borg. Ele era o melhor jogador do tênis masculino nos anos 1970, mas, quando voltou da aposentadoria, três anos atrás, não conseguiu vencer sequer um set. Um grande campeão, o padrão-ouro do jogo. E veja só onde foi parar.

Em que porra eu estava pensando?

Existe um motivo para eu estabelecer um recorde se conseguir ganhar um Grand Slam na minha idade: ninguém nunca conseguiu fazer isso antes.

Acerto a caixa de leite de novo. É o décimo saque seguido que acerto.

"*¡Excelente!*", diz o meu pai, mudando a caixa de lugar, colocando-a mais longe. "Quero ver quatro acertos em cinco, com a bola passando zunindo por mim até lá no canto. "*¡Vamos!*"

"*Sí, papá.*"

Lanço a bola para o alto e mando em alta velocidade por cima da rede, acertando o alto da caixa, que vai ao chão de novo. Olho para o meu pai, mas ele está pensando em outra coisa. Gwen está parando seu Mercedes na entrada da minha garagem.

Largo a raquete, pego uma toalha e bebo um gole de água enquanto ela caminha até nós.

"Gwen!", grita meu pai com sua voz retumbante quando vai recebê-la com um abraço. Para que tanto abraço? Por que as pessoas gostam de colar o corpo às outras para se cumprimentar? Um aceno já basta; um aperto de mão já é mais que suficiente.

"Javi!", responde Gwen, retribuindo o abraço.

"Você está radiante como sempre", meu pai comenta.

"Ah, para com isso, Javier", diz Gwen. Em seguida, se vira para mim. "Tenho notícias para você."

"E devem ser ruins, porque caso contrário você teria telefonado", digo.

"Carrie, você não tem como saber", intervém o meu pai.

"Não, ela tem razão. Eu estou aqui para dar um apoio emocional."

Eu me sento no banco junto à quadra. "O que foi?"

"Não está fácil arrumar alguém para ser sua parceira de treino."

"Sério mesmo?"

Gwen se senta ao meu lado. "Nós ligamos... para quase todo mundo na WTA."

"Com certeza algumas das meninas mais jovens vão querer aprender uma coisa ou outra comigo", respondo. "Você explicou que era uma coisa para beneficiar as duas partes? E a Ingrid Cortéz?"

Gwen desvia o olhar. "Ingrid acha que, como é a número quatro do ranking mundial, não tem nada a ganhar treinando com você."

Escuto meu pai bufar. "Ela tem um backhand horrível e está tendo seu saque quebrado por isso. Não passa de uma criança."

"E o restante do circuito?", pergunto.

"Sabe como é, as jogadoras que nunca jogaram contra você devem estar se sentindo meio intimidadas. E as que jogaram..."

"Me odeiam", complemento.

"Acho que algumas guardam alguns ressentimentos, pois é."

"Porque eu acabei com a raça delas e vou fazer isso de novo?", perguntou.

"Você tem um estilo que... joga as adversárias para baixo. As pessoas nem sempre apreciam o seu jeito de vencer."

"Da próxima vez que eu destruir alguém, vou lembrar de fingir que estou 'surpresa por ter dado tudo tão certo' e que 'o jogo podia ter ido para qualquer um dos lados'", retruco.

Gwen dá risada. "Certo, mas, enquanto isso, ficamos meio sem opções."

Olho para meu pai. "Que engraçado, né?", comento com ele. "Estou com trinta e sete anos, e mesmo assim ninguém quer jogar comigo."

"Eu vou contratar uma sparring para você", ele diz. "Afinal, nunca precisamos treinar com outras profissionais antes."

"Mas eu quero saber em que nível estou antes de entrar na quadra", explico para ele. "Agora não é mais como antes. Agora... eu preciso encarar minhas adversárias. Para ver se ainda consigo. E tem que ser aqui, em uma quadra privativa. Antes de fazer isso na frente do mundo todo."

Gwen assente com a cabeça.

"Você convidou a Nicki?", pergunto.

"Está me dizendo para convidar Nicki Chan para ser sua parceira de treino?", Gwen questiona.

"Não."

"Ah, ainda bem", diz Gwen. "Ali teve uma ideia."

Olho para Gwen e percebo que ela não veio aqui para me dar *apoio emocional*. Está querendo me vender uma *ideia*. "E qual é?"

"Eu fui agente de uma pessoa que está no mesmo barco que você", Gwen explica.

"E o que *significa* estar no mesmo barco que eu?"

Gwen ri. "Alguém que jogava tênis profissionalmente, já está com uma idade mais avançada, mas quer fazer um último esforço. Assim todo mundo se ajuda."

"De quem você está falando? Ilona Heady? Ela não tem nem trinta anos."

"Não", responde Gwen. "Não é Ilona."

"Ilona treinaria comigo?"

"Você ganhou dela em Monte Carlo em 1988 e disse na entrevista que foi um jogo 'vergonhosamente fácil'. Então, não, Ilona não toparia treinar com você."

"Mas foi *mesmo* vergonhosamente fácil. Eu fiquei com vergonha alheia por ela. Isso se chama *empatia*."

"Então quem é?", meu pai pergunta.

"Tá... Eu preciso que você abra a sua mente e me escute, por favor."

"Fala logo."

"Bowe Huntley."

Não converso com Bowe Huntley desde que dormimos juntos em Madri e ele nunca mais me ligou. "Só pode ser brincadeira", respondo.

"Aquele sujeito é uma vergonha para o tênis profissional", meu pai retruca. "Gritar com os juízes de linha? Jogar a raquete no chão? O que é isso?"

"Bowe parou de beber. E se divorciou no ano passado. Está em um momento de... reflexão. E, apesar dos chiliques... é um tenista muito talentoso, ainda assim. Mas o próximo ano vai ser o último dele no circuito da ATP."

"Ele é mais velho que eu", comento.

"Tem trinta e nove."

"E não ganha um Grand Slam há quase uma década", lembro.

"É verdade, mas ainda ganha um campeonato aqui e outro ali. E é um cara legal. De verdade. Saiu da minha agência há uns dez anos, quando assinou com a YRTA, mas a gente mantém contato. Ele não é o que parece."

"Ah, sim", meu pai diz. "Acho que Carrie conhece bem a peça..."

Olho feio para ele. "Tá, vamos parar com os comentários."

Gwen se vira para mim. "É o seguinte: se não for confortável para você, não precisa aceitar. Mas, se quiser se testar contra alguém de alto nível... Bowe está à disposição."

"Você já falou com ele?"

"Eu não ia tentar com você sem saber antes se ele aceitaria."

Troco um olhar com meu pai.

"Você pode contratar uma sparring", ele diz. "Podemos fazer até um jogo de duas contra uma, para você precisar se movimentar pela quadra."

Penso a respeito. Eu me imagino cada vez mais confiante a caminho de Melbourne, treinando com amadoras, e levando uma surra quando enfrentar alguém do circuito. É um pensamento que me provoca um aperto no peito.

Por outro lado, também não estou nem um pouco a fim de conviver com Bowe Huntley. Isso me provoca um aperto no peito também.

"Sei lá", digo. "Preciso pensar."

Mais tarde, à noite, estou de moletom com uma água com gás na mão, me acomodando para ver um episódio de *Plantão médico*, quando o telefone toca. Deixo a televisão no mudo no momento em que a música de abertura começa.

Coloco a bebida de lado e pego o telefone, imaginando que seja meu pai para dizer que acabou o papel higiênico ou o xampu na casa dele e perguntando se pode vir buscar na minha.

Mas é Bowe.

"Ah, oi", digo.

"Há quanto tempo", ele comenta.

"Pois é", respondo. "Acho que faz mesmo."

"Enfim", ele continua, "me desculpe por ligar assim tão tarde, mas Gwen me falou que você pode querer treinar comigo, e eu me dei conta de que, se for para fazer isso, precisamos elaborar um plano o quanto antes."

"Você está interrompendo o meu novo programa favorito na TV, mas tudo bem, podemos conversar."

Bowe ri. "Você está vendo *Plantão médico*? O que está rolando?"

"Não sei, estou conversando em vez de assistir, porque você acha aceitável ligar para as pessoas às dez da noite."

"Bom, então eu espero", ele diz.

"Você quer que eu conte o que está rolando no episódio de *Plantão médico*? Por que não liga a TV?"

"Eu estou hospedado na casa de uma amiga querida que acabei de conhecer e que não acha necessário ter uma televisão em casa."

"Aff", respondo. "Não sei quem é pior, você ou ela." Eu me viro para a TV. "O dr. Lewis está conversando com o Carter." Faço uma pausa. "Você vai querer mesmo que eu fique narrando o episódio inteiro?"

"É", ele diz. "Só vai ter reprise no verão do ano que vem."

Eu me acomodo no sofá e cruzo as pernas. "Então tá. Agora eles estão levando um adolescente às pressas para o centro cirúrgico. Opa, agora assim! Chegou o George Clooney!"

"Eu adoro o dr. Ross."

"Eu gosto daquele que não leva desaforo para casa. Como é o nome dele?"

"Benton."

"Isso, ele é o meu favorito."

"Grande surpresa", Bowe comenta.

"Foi por isso mesmo que você me ligou?", questiono. "Para falar de *Plantão médico*?"

"Não", ele responde. "Eu quero saber se vamos mesmo fazer isso. Gwen me disse que você não gostou muito da ideia."

"Eu só disse que queria pensar melhor."

"Tá, e que tanto você tem para pensar?"

"Não sei, Bowe. É por isso que preciso de um tempo."

"Você precisa de tempo para *pensar* no que vai *pensar*?"

"Estou tentando ser bem cautelosa em tudo o que vou fazer nos próximos meses."

"Olha só", ele diz. "É uma boa ideia. Nós podemos ajudar bastante um ao outro. Você precisa de alguém para ajudar a te colocar em forma de novo. Eu preciso de alguém para me ajudar..."

"A lembrar como se faz para ganhar um jogo?", pergunto.

Bowe fica em silêncio por um instante, e então responde: "Você não é tão cativante quanto imagina".

"Se eu bem me lembro, quem as pessoas consideravam cativante era você."

"Tem *várias* pessoas que me acham cativante."

"Que bom para elas."

"Disso eu me lembro bem: todas as frases que saem da sua boca são afiadas como uma navalha."

"É, vai ver foi por isso que você nunca mais me ligou."

Ele ri. "Que absurdo."

"Foi exatamente o que aconteceu."

"Não foi, não. Eu passei uma boa parte dos anos 1980 bêbado e sem saber nem que torneio estava jogando, mas quero deixar uma coisa bem clara, Soto. Antes de você ir embora do meu hotel lá em Madri, eu falei: 'Mais tarde te ligo'. E você respondeu: 'É melhor a gente parar por aqui mesmo'. E eu lembro disso porque pensei: 'Uau, ela é demais mesmo'. E também pensei: 'Ela não quer mais nada comigo'."

"Quer que eu acredite que você ficou de coração partido?"

"Claro que não. Só não quero que você pense que eu sou um mulherengo, porque de verdade não sou."

"Você é um mulherengo, sim. Todo mundo sabe."

Bowe é o tenista que levou mais multas na história da ATP. Mas também já foi um dos melhores do circuito. Ganhou onze Grand Slams — a maior parte na Austrália e nos Estados Unidos no começo dos anos 1980. Foi um dos melhores devolvedores de saque que eu já vi. E também era escandaloso, bonito e cativante. E quase todas as tenistas da WTA sabiam que era melhor manter distância dele — e era exatamente esse o motivo por que nenhuma de nós fazia isso.

"Bom, não estou só querendo ir para a cama com você, é isso o que estou dizendo."

"Ah, sim, claro. Mas, mesmo assim, todo mundo acha você um cretino."

"E você uma vaca, ao que parece."

Eu dou risada. "*O cretino e a vaca*, a nova estreia da programação de outono da NBC."

Bowe solta uma gargalhada escandalosa. Não consigo conter o sorriso.

"E então, o que me diz? Vamos treinar juntos ou não?", ele pergunta. "Meu tornozelo está baleado. Meu pulso nunca mais voltou ao normal depois da cirurgia, dois anos atrás. Minhas costas estão acabando comigo. Sou o cara mais velho do circuito, mas ainda tenho sangue nas veias. E sei que você também. Além disso, conheço o seu jogo, Soto. Sei que é a melhor tenista nessa porra toda. Não interessa quanto tempo faz que você não joga. Se eu puder bater bola com você — e aprender alguma coisa —, estou mais do que disposto."

Olho ao redor da sala, pensativa, procurando um motivo para dizer não. Mas a verdade é que ele é a melhor opção que tenho para refinar meu jogo a tempo. E isso precisa ser a coisa mais importante. Nada pode ter mais peso que isso. "Tudo bem", respondo. "Hum. Quando você volta para cá?"

"Vou jogar em Frankfurt essa semana, e volto para LA logo depois. No domingo, logo depois que eu voltar, podemos começar. Eu procuro você."

"Está combinado", respondo. "Javier vai estar aqui. E você? Está treinando com quem? Com Gardner ainda?"

"Hã, não", ele diz. "Pete foi trabalhar com Washington Lomal, justo quem... Estou sozinho agora. Sem treinador."

Permito que o silêncio se prolongue demais. Bowe se explica alguns segundos depois: "Está tudo bem. Ele ficou comigo o máximo que podia. Sei muito bem como eu sou, Soto. A gente se vê na semana que vem".

Depois de desligar, continuo segurando o telefone, sem me sentir pronta para pôr o fone de volta no gancho ainda.

Meados de novembro

Dois meses antes de Melbourne

Estou sentada ao lado da quadra, me alongando, às oito e meia da manhã.

O ar está frio e carregado de sereno. O sol apenas começou a esquentar o dia. Fico olhando por cima do ombro a todo momento para a entrada da garagem, me perguntando quando Bowe vai chegar.

Meu pai se posiciona junto à linha lateral. "Ele já está dois minutos atrasado."

"Talvez isso tudo tenha sido um erro", comento.

Meu pai vira a cabeça na minha direção. "Eu considerei Bowe um erro assim que Gwen sugeriu o nome dele."

Alguns minutos se passam e eu me levanto para alongar os ombros e os braços, olhando mais uma vez lá para fora. Meu pai me dá uma encarada. "Você está nervosa", comenta. "Mas não deveria. Está sacando a uma velocidade que jogadoras das posições intermediárias do ranking não são capazes de sacar. Chan, com certeza. Cortéz e Antonovich, talvez. Mas só. Você está mais veloz do que na semana passada. Está disfarçando muito bem seus golpes. E isso só com um mês e meio de treino. Já está jogando em alto nível."

Olho para ele.

"E está melhorando a cada dia", meu pai acrescenta. "Já reparou nisso?"

Eu solto meu ombro e fico de pé com as costas retas. Ele tem razão. Em algum momento da minha carreira, parei de pensar assim. Só me concentrava em estatísticas e recordes, mas esse nunca foi o verdadeiro objetivo. Balanço a cabeça, recalibrando meus pensamentos, atordoada por um instante pela facilidade com que pude me esquecer dos ideais mais elementares com os quais fui educada.

As pessoas agem como se fosse impossível esquecer seu próprio nome, mas, se você não tomar cuidado, pode se afastar tanto do que sabe a respeito de si que deixa de se reconhecer como a pessoa que um dia foi.

"A cada dia, estou melhor que no dia anterior", digo.

Meu pai assente. "Então pare de viver no futuro, *cariño*. Não vá querer jogar sua estreia em Melbourne meses antes de chegar lá. Nós não sabemos a jogadora que você vai ser nesse dia."

"Vou estar dois meses acima do nível que estou hoje", respondo.

Um jipe para na entrada da garagem e Bowe salta. Parece mais velho e mais grisalho do que da última vez que o vi, mais desgastado — como uma carteira de couro que desbotou e rachou nas dobras. Ele nos vê e acena enquanto se encaminha para a quadra.

Meu pai me dá um tapinha nas costas. "Vamos ver do que o malandro ali ainda é capaz. Ele já chegou dez minutos atrasado."

"Seja simpático, pai."

"Vou ser simpático com ele, e você sabe disso", responde. "Mas eu tenho todo o direito de reclamar pelas costas."

Uma das grandes injustiças do mundo corrompido em que vivemos é que se considera que as mulheres vão decaindo com a idade, e que os homens, por algum motivo, vão se tornando mais profundos.

Mas Bowe me permite deixar de lado esse meu ressentimento. Ele está um caco, e eu o venço por dois sets a zero.

Quando o jogo-treino termina, Bowe se senta no chão e fica olhando para a raquete que segura. "Você acabou comigo", comenta.

"Minha filha é uma das melhores do mundo", lembra meu pai.

"Sim, eu sei", responde Bowe. "Mas mesmo assim."

Meu pai revira os olhos e entra para buscar mais água. Eu me sento ao lado de Bowe.

"Hoje deu tudo certo para mim", digo. "Não vou mentir."

Bowe levanta a cabeça. Seus olhos castanhos são bem grandes, e o cabelo, cortado bem rente, já está grisalho nas têmporas. A pele está maltratada pelo sol. Foram dez anos intensos.

"Você jogou bem mesmo", ele responde. "Não está muito longe da Carrie que conheci."

Fico surpresa com essa demonstração de magnanimidade. Eu não agiria assim se estivesse no lugar dele.

"Obrigada", digo. "Ainda tenho muito chão pela frente. Parece até que estou correndo na lama."

Bowe balança a cabeça. "Sei como é."

"E ser *boa* não basta", continuo. "Nem ser ótima adianta. Eu preciso ser..."

"Precisa ser melhor do que nunca para enfrentar essa nova geração de tenistas", Bowe complementa. "Eu vi algumas delas em ação. Chan é dominante, mas Cortéz também é letal."

"Pois é", respondo, sentindo meu corpo ficar tenso.

"Olha só, já faz anos que eu estou nessa fase da carreira, competindo contra jogadores com praticamente metade da minha idade. Algumas dessas tenistas que você vai enfrentar são vinte anos mais novas que nós. Estão com os joelhos novos em folha — originais de fábrica. Tudo nos conformes, sem nem ao menos uma fratura por estresse."

"Isso não me ajuda muito..."

"E com corações novinhos em folha. Que nunca foram partidos, que ainda não estão cansados de apanhar. Esse tipo de coração se recupera mais rápido."

"Você não..."

"Você sabe o estado do meu coração, né? Da minha alma? É tipo um colchão velho que já foi usado tantas vezes que, se você apoiar a mão, deixa uma marca permanente na espuma. Minha alma está assim nesse ponto. Um colchão velho que não consegue esconder as marcas de desgaste."

"Você sempre foi tão bom assim em se fazer de coitado?"

Bowe ri. "Por que você acha que eu bebia tanto?"

Eu me viro para o outro lado e empurro uma bolinha, observando sua trajetória enquanto se afasta cada vez mais da quadra.

"Escuta aqui", digo. "Eu não tenho como melhorar a não ser que você melhore também. Preciso enfrentar alguém que seja bom, e tem que ser *agora*. Então pare com essa choradeira e veja se tenta jogar direito."

110

Bowe desvia o olhar. "Não sei, não. Pode ser melhor procurar outra pessoa. Alguém da WTA."

Solto um suspiro. "Não é tão simples assim." Olho para a rede, que oscila sob a brisa, e me viro de novo para ele. "Ninguém da WTA quer treinar comigo."

Bowe arregala os olhos. "Sério?"

"Bowe, já estou cansada desse tipo de conversa. Não me venha com essa você também. Ninguém gosta de mim, e eu sei disso."

Bowe olha bem para mim. "Eu sempre gostei de você."

Eu reviro os olhos. "Sentir uma atração física por mim e gostar de mim são duas coisas bem diferentes."

Bowe me olha por mais um tempo. "Hã", ele começa. "Uau."

"Que foi?"

"Eu... você tem razão."

"E você já não sabia disso?" Balanço a cabeça negativamente. "Você já tem quase quarenta anos. Não é possível que seja tão imaturo."

Bowe franze a testa, mas tem a elegância de não apontar para o meu telhado de vidro.

"Por que você quer voltar?", ele pergunta. "Por que se submeter a tudo isso?"

Encolho os ombros. "Eu simplesmente não...", começo a dizer. "Não posso deixar que ela tire o meu recorde."

Bowe assente com a cabeça.

"E você, por que está fazendo isso?", questiono. "Por que não se aposenta?"

"Sei lá", Bowe responde com um suspiro. "Talvez seja melhor mesmo."

"Mas você não fez isso. Então deve ter um bom motivo."

"Acho que sim", ele diz. Em seguida levanta, bate a poeira do corpo e estende a mão para mim, mas faço questão de ficar de pé sozinha.

"Vamos jogar mais uma", ele propõe. "Melhor de três partidas. Eu não vou ganhar torneio nenhum com esse desempenho de hoje. E, para ser bem sincero, nem você."

"Tem certeza de que vai querer me enfrentar de novo?", pergunto enquanto me encaminho para a linha de fundo. "Você consegue suportar a vergonha de perder duas vezes no mesmo dia para uma mulher?"

"Como eu disse antes, Carrie", Bowe responde, "você não é uma pessoa tão cativante quanto imagina."

"Tudo bem", digo, dando de ombros. "Mas eu não me considero nem um pouco cativante."

Soto pode querer voltar, mas isso não significa que deveria

John Fowler

Coluna de opinião, Caderno de Esportes
California Post

Muito já foi falado sobre o retorno de Carrie Soto. Em sua entrevista à *SportsPages*, na semana passada, Carrie deu a entender que tem grandes chances de ser campeã em Melbourne no mês que vem, na abertura da próxima temporada. "Um monte de gente acha que estou maluca, mas já fiz muitas coisas incríveis na minha carreira. Não se esqueçam disso." Como se ela por acaso nos deixasse esquecer.

Soto é só mais uma em uma longa lista de celebridades que não consegue viver longe dos holofotes. A essa altura, seria de esperar que ela já estivesse se dedicando a formar uma família ou a administrar sua fundação. Mas não. Ela está de volta às quadras.

Durante a minha vida, vi muitos dos esportes que eu amo serem transformados em mercadorias, em máquinas de produzir celebridades em escala industrial, forjando campeões que não são exemplos de nada. Tonya Harding e Pete Rose são dois exemplos que me vêm à mente. Enquanto escrevo, o país inteiro está prendendo a respiração enquanto espera para descobrir que tipo de homem O. J. Simpson realmente é.

Ao que parece, o melhor que podemos esperar das lendas do esporte é que se transformem em figuras narcisistas usadas para vender refrigerantes, tênis e relógios.

E isso por acaso é surpresa? É apenas a consequência natural de começar a colocar fotos de atletas naquelas caixas de cereais matinais tantos anos atrás. Quando se aposentam, eles não suportam a ideia de ser como o restante de nós, que só veem o próprio rosto em fotos de família e diante do espelho. Eles querem estar de novo nos outdoors.

Em pouco tempo, Carrie Soto vai mostrar exatamente o que cinco anos longe das quadras significam para o corpo de uma tenista profissional. O que me interessa mais, porém, é descobrir o que esses anos fizeram com a sua mente.

Pelo jeito, ela está ainda pior do que naquela época: terrivelmente mais egocêntrica e ambiciosa do que nunca.

Se isso render uma boa história, quem sou eu para atrapalhar o espetáculo? Mas uma coisa posso afirmar: quando atletas estabelecem esse tipo de precedente em um esporte que tem como característica principal o cavalheirismo, ninguém sai ganhando.

Por que sou grata a Carrie Soto

Carta da editora

Helene Johannes
Vivant Magazine

Quando fiz onze anos, minha mãe se sentou comigo à mesa e explicou que eu já era uma mocinha e não podia mais continuar brincando de luta com meus irmãos mais novos no quintal.

"Isso não é mais de bom tom", ela falou. Antes tinha tentado atenuar a bronca me servindo um copo de sidra. "Preciso de você aqui comigo de agora em diante, me ajudando a fazer o jantar."

Naquela noite, fiquei sentada à mesa da cozinha vendo meus três irmãos brincarem de lutinha enquanto eu descascava batatas.

Minha mãe já morreu há um bom tempo, e meus irmãos são todos homens adultos hoje. Mas eu estaria mentindo se afirmasse que a lembrança de perder meu passatempo favorito com meus irmãos — correr no quintal nas tardes frias de outono, ouvir as folhas se partindo na grama quando derrubava um deles no chão — não é uma coisa dolorosa para mim.

Alguns homens têm permissão para estender indefinidamente sua infância, mas as mulheres sempre têm um trabalho a fazer.

Mas eis que aparece Carrie Soto, ousando voltar às quadras.

Senti uma grande alegria ao tomar conhecimento de seu anúncio no mês passado. E não apenas eu; várias de minhas amigas concordam comigo. Carrie

Soto está realizando um sonho de todas nós, voltando para uma despedida em grande estilo.

Quando pensamos no que o ano de 1995 pode nos trazer, nossa redação se concentrou nas *novidades*: estreantes, novatos, sangue novo. Nossa matéria de capa é sobre a estrela em ascensão Cameron Diaz, temos um texto sobre o que vem a seguir para Aaliyah e uma entrevista com Ethan Hawke e Julie Delpy, os protagonistas do próximo lançamento de Richard Linklater, *Antes do amanhecer*.

Contudo, eu gostaria de aproveitar a ocasião para celebrar também as pessoas de uma geração anterior que continuam na luta.

Todos sabemos que Carrie Soto provavelmente não vai ganhar torneio algum no ano que vem, e que talvez seria melhor se ela admitisse isso agora para nos poupar do constrangimento de fingir que acreditamos que ela conseguiria. É impossível negar o preço que a idade cobra do corpo de um atleta de alto nível, por mais injusto que isso possa ser. Ela vai ser uma mera sombra da Machadinha de Guerra dominante que conhecemos nos anos 1980. Porém, não é essa a questão.

Ela tem o direito de se divertir, de continuar jogando, de não precisar ajudar a preparar o jantar.

E eu, pelo menos, fico feliz por ela estar exercendo esse direito.

Dezembro de 1994

Um mês e meio antes de Melbourne

Dei um tempo nos cadernos de esportes por enquanto. Agora, enquanto bebo minha vitamina e como minhas amêndoas de manhã, leio os tabloides. Cindy Crawford e Richard Gere estão se divorciando, o que é meio que um choque para mim, apesar de não entender direito por quê.

Adoro revistas de fofoca. Não me canso do burburinho de quem está dormindo com quem e que nome as celebridades vão escolher para os filhos. É um dos muitos benefícios de não ter mais a minha vida sexual nas capas das revistas. Posso ler durante o café da manhã sem medo e ter um momento de paz em um dia exaustivo.

Depois de comer, vou malhar. À tarde, treino com bola. No fim da tarde, pouco depois das cinco, as luzes se acendem e Bowe aparece para jogarmos no vento frio da noite.

No começo, eu ganhava quase todas as vezes, mas ele melhorou rápido até demais. Em pouco tempo, passei a ganhar só quando disputávamos uma melhor de três. Bowe começou a vencer quando o jogo era uma melhor de cinco. Um lembrete doloroso de que preciso melhorar minha resistência física.

Hoje Bowe está jogando melhor do que nunca. Seu saque está mais preciso, e seu foco mais afiado. Seus golpes estão me pegando de surpresa. Ele quebrou meu saque várias vezes.

"Isso mesmo!", meu pai grita do outro lado da quadra. "Esse é o jogo que eu queria ver!"

"Quê?", Bowe grita de volta.

"Eu disse que é esse o jogo que eu queria ver!"

Bowe assente com a cabeça e saca. Acho que é a primeira vez que ouve meu pai se dirigir a ele, e fica sem saber o que responder.

Jogamos até as oito, quando ele enfim me vence. Perdi a concentração no último set, mandando os forehands para fora e os backhands na rede.

Meu pai nem precisa dizer nada. Sei o que ele está pensando só de olhar para o seu rosto. Se eu jogar assim na Austrália, estou liquidada.

Bowe guarda seu equipamento.

"Até amanhã, então?", pergunta. Combinamos de fazer uma última sessão antes que ele voltasse ao circuito da ATP. Vamos treinar um pouco em Melbourne também, antes do início do torneio — para eu me acostumar ao clima e às quadras. Meu pai programou os dias em que vou praticar meus fundamentos, os dias em que vou fazer jogos-treinos e os dias em que vou descansar. Ainda em dezembro, já sabe o que vou fazer a cada minuto até o fim de janeiro.

"Até amanhã", respondo.

"Eu topo só bater umas bolas também, em vez de fazer um jogo completo", Bowe sugere. "Nós dois precisamos treinar nossos saques. Estou conseguindo quebrar seu serviço mais vezes. Dá para sentir que meu backhand está ficando mais preciso, mas o meu saque... Eu ainda tenho que..."

"Você precisa passar uma semana inteira trabalhando no seu primeiro saque", meu pai interrompe. "Sua técnica é ridícula, considerando o que você é capaz de fazer."

"Pai..."

"Não, tudo bem", diz Bowe.

"Claro que sim!", continua Javier. "Porque você sabe que eu tenho razão. Você não devia sacar com os pés juntos. Porque seu saque não precisa ter mais força. Precisa ser mais bem colocado, precisa ser..."

"Sempre saquei com os pés juntos, a vida toda. É por isso que consigo aces contra caras como o cuzão do Randall."

"Randall parou de jogar sete anos atrás. Você não está conseguindo aces contra ninguém."

"Aonde você quer chegar com essa conversa?", Bowe pergunta, levantando o tom de voz.

"O que estou dizendo é que você precisa sacar com os pés afastados. Não sei como, mas você ainda tem força, só que perdeu a precisão. Está dependendo demais do segundo serviço. Se conseguir colocar o seu primeiro saque do outro lado mais vezes, vai ganhar mais pontos."

Bowe fica olhado para o meu pai. E depois para mim.

"Ele está certo", digo.

"Pois é", Bowe responde, pegando as coisas e se mandando. "Eu sei que ele está certo, porra. Até amanhã de manhã."

Quando Bowe vai embora, eu me viro para o meu pai.

"Por que você fez isso?", pergunto. "Você não é o treinador dele — nem gosta do sujeito, aliás."

Meu pai balança a cabeça de um lado para o outro. "Ele... ele está melhorando um bocado só de jogar contra você. E você... você está batendo bem mais forte do que na semana passada. Ele está mandando bolas de fundo de quadra com a mesma velocidade de Nicki e Cortés, e talvez Antonovich. E você... você está respondendo muito melhor do que quando nós começamos a treinar, *hija*. Já reparou nisso?"

"Então... está dando certo", digo.

"Sim", meu pai confirma. "Está dando certo."

Quando Bowe chega na manhã seguinte, mal olha na cara do meu pai.

Mas, quando vai sacar pela primeira vez, afasta mais os pés.

Meu pai fica na linha lateral marcando o placar. Percebo que está segurando um sorriso.

Janeiro de 1995

MELBOURNE

Uma semana antes do início do Aberto da Austrália

Meu pai e eu já estamos em Melbourne há duas semanas. Bowe viaja algumas vezes, para jogar os torneios de quadra dura de Adelaide e Sydney.

Sinto que estou perdendo alguma coisa quando ele viaja para participar do circuito da ATP. A temporada de tênis de 1995 já começou, e não me parece certo eu estar de fora. Mas não sou a mesma jogadora de quinze anos atrás. Minha melhor chance de conseguir ganhar um Grand Slam é me concentrando só nesses quatro torneios.

Toda manhã, meu pai e eu fazemos treino físico até a hora do almoço. E, quando Bowe está na cidade, fazemos um jogo-treino à tarde.

Um ou outro fã aparece às vezes, para nos ver batendo bola, mas hoje a plateia está bem maior. Deve ter umas vinte pessoas aqui, de olho no que estamos fazendo.

Não consigo deixar de olhar para a plateia. Não consigo manter os olhos na quadra, como deveria. Erro algumas bolas fáceis.

"Não podemos pedir para o pessoal ir embora?", pergunto para o meu pai no intervalo entre um game e outro. Bowe está um set à frente.

"Eu já pedi", meu pai responde. "Mas acho que não dá para fazer mais nada. Ainda mais com Bowe dando trela para eles."

Olho para Bowe e vejo que ele está acenando enquanto passa na frente da plateia. Em seguida dá um autógrafo e tira uma foto, com um sorriso aberto e quase radiante por baixo do boné.

Nas últimas semanas, ele fez alguns ótimos jogos nos torneios que disputou. Subiu algumas posições no ranking. Está na cara que existe um fato no jogo de Bowe que eu não levei em conta antes. Quando tem a energia da plateia a seu favor, os olhares concentrados sobre ele, seu nível só cresce.

"Vamos lá, Soto!", Bowe grita enquanto se posiciona na linha de fundo, pronto para recomeçar.

Eu me posiciono, ele faz o saque — rápido e mortal. Um ace.

Olho para o meu pai, que está com uma expressão impassível. Sinto os meus ombros ficarem tensos.

Em grande medida, o meu jogo está voltando, como se os meus músculos tivessem uma memória longa e generosa. Mas às vezes perco o controle dos golpes, e escolho as jogadas erradas. E isso não é um sinal de que estou pronta para encarar um Grand Slam.

Bowe consegue mais dois aces nos três games seguintes. Quando manda um drive potente no meio da quadra que não consigo alcançar, quase jogo a minha raquete no chão. Olho para o meu pai, que está com a expressão mais tensa.

Perco o game seguinte, e Bowe abre quatro a um no segundo set. Minha vontade é de interromper o jogo. Não quero toda essa gente me assistindo — é a primeira vez que me veem em cinco anos, e eu estou uma *lástima*. Sinto vontade de abrir um buraco no chão e me enfiar lá dentro. No meu game de saque, cometo duas duplas-faltas seguidas. *Merda. Merda. MERDA.*

Meu pai me puxa de lado. "O que está acontecendo?"

"Não sei."

"Sabe, sim."

"Não quero passar vergonha na frente dessa gente."

"Na semana que vem, na primeira rodada do torneio, o mundo inteiro vai estar assistindo."

"Valeu, pai."

"Trate de *se controlar*", ele diz. "Você não se esforçou tanto durante quatro meses para ficar travada justo agora."

"Acha que eu não sei?", retruco.

"*Hija*, você pode estar ou não em condições de vencer quando enfrentar suas adversárias. Isso é o que nós vamos ver. Mas nunca imaginei que você pudesse ter medo da verdade."

Respiro fundo. A verdade sempre foi um elemento que atuou a meu favor.

"Vamos lá!", Bowe grita. "Nada de falar com o treinador durante um jogo."

"Não é um jogo de verdade, Huntley!"

"Quando eu estou ganhando é, sim, Soto!"

Três horas depois, Bowe e eu estamos em um bar a algumas quadras da arena. Ele está bebendo água com gás e limão. Eu pedi um chá gelado.

"Não precisa fazer isso", ele diz quando pego meu copo. "Pode tomar bebidas alcoólicas na minha frente."

"Você não ia se sentir tentado a beber também?"

"Encaro essa tentação todos os dias. Isso não... isso não é um problema seu."

"Por que você parou de beber?", pergunto.

"Virou sessão de terapia agora?", ele questiona e, em seguida, solta um suspiro. "Parei porque não quero mais a vida que tinha quando bebia. Estou a fim de uma coisa mais tranquila, menos estressante, menos dramática. Com menos prisões por embriaguez em público e mais sábados à noite em casa."

"Só foi uma vez, né?", digo. "A prisão."

"Uma vez para mim já basta, obrigado", ele responde.

Estou sentada de frente para o sol, e sou obrigada a espremer os olhos.

"Quer trocar de lugar?", Bowe oferece. Faço que não com a cabeça; sempre gostei do sol.

Fico observando a tarde ensolarada. Não consigo parar de bater o pé no chão. Olho de novo para Bowe. Eu o derrotei com extrema facilidade na minha casa apenas seis semanas atrás. Mas agora, em Melbourne, quando eu deveria estar jogando ainda melhor, ele acabou comigo.

"Somos amigos agora?", pergunto.

Bowe dá um gole na água com gás e levanta as sobrancelhas. Ele abaixa o copo. "Não sei. Talvez sim. Ou talvez só colegas?"

"Nós estamos passando um bom tempo juntos", comento.

"Trabalhando."

"Ajudando um ao outro", argumento.

"Porque isso beneficia os dois."

Balanço a cabeça e dou um gole no meu chá gelado.

122

"Parece até que você nunca teve um amigo antes", Bowe diz.

Eu reviro os olhos. "Já tive amigos antes."

Bowe está com um brilho nos olhos. Conheço aquele sorriso cheio de malícia. "Mas não muitos."

"O que eu estou dizendo é... nós dois temos alguma intimidade? Podemos contar as coisas um para o outro?"

"Sei lá, Soto. Acabei de contar por que não bebo mais, então talvez. O que você quer me dizer?"

"Eu quero fazer uma pergunta. Do seu ponto de vista...", começo. "Por que eu fui tão mal hoje?"

"Não é o seu pai que tem que dizer isso?"

"Está falando do meu treinador, que por acaso também é meu pai?" Bowe levanta as sobrancelhas.

"Tem um monte de tenistas que são treinados pelo pai."

"Sim, quando estão começando a carreira. Você é uma mulher feita."

Considero interessante que, para ele, não foi um ato de traição o que fiz em 1979, quando demiti meu pai. Em vez disso, Bowe acha *infantil* eu ter voltado a treinar com meu pai agora.

"Bom, pelo menos eu tenho alguém que quer me treinar", retruco.

Bowe cerra os dentes e assente, sem dizer nada. Dá um gole na água, e a condensação no copo faz uma gota cair sobre a mesa. Está calor aqui do lado de fora, e o tempo vai estar ainda mais quente quando o torneio começar. Essa é uma vantagem que tenho sobre várias das adversárias que vou enfrentar — gosto do tempo quente e do sol escaldante.

"Tudo bem. Quer a minha opinião? Você cansou no segundo set", Bowe responde. "Mesmo assim está evoluindo, mas não muito. Então eu sei que, quanto mais colocar você para correr no primeiro set, mais chance tenho de vencer o segundo. Foi exatamente o que fiz hoje, e no segundo set você estava liquidada."

Fico decepcionada com a resposta. Já sei que meu preparo físico é meu ponto fraco. Meu pai e eu conversamos a respeito disso e, na semana que vem, vou fazer corridas de tiro curto de manhã para me condicionar a funcionar mais tempo em rotação máxima.

"Entendi", digo. "Obrigada."

"Seu joelho parece estar firme", ele acrescenta. "Mas você tem medo de apoiar o peso nele. Dá para perceber isso quando mando uma bola mais aberta no seu forehand — o que é fácil de fazer, porque você está sempre mostrando a sua direita."

Balanço a cabeça de novo; isso é outra coisa de que já sei. É interessante saber que ele percebeu, o que significa que minhas adversárias também podem notar.

Olho para a rua e vejo as pessoas que passam na frente do bar. Eu me pergunto quantas delas têm ingressos para o torneio — se é que alguém tem. Se alguma delas vai estar na arquibancada para ver o que consigo fazer. Quantas delas me chamam de "Machadinha de Guerra" quando na verdade querem dizer "a Vaca".

"Mas não foi por causa de nada disso que você foi mal *hoje*", Bowe continua.

Volto meu olhar de novo para ele. "Ah, ainda tem mais?"

"Foi você que perguntou."

"Vai em frente", peço.

"Seu jogo mental está um lixo."

"Como é? Meu jogo mental está ótimo. Minha seleção de golpes está afiadíssima como sempre. Eu ainda construo os meus winners com três ou quatro jogadas de antecedência. E você não consegue defender quase nenhum."

Bowe balança a cabeça. "Sim, mas não é disso que eu estou falando."

"Do que você está falando, então?"

"Lá nos anos 1980, você era inabalável. Sabia que o troféu tinha que ser seu porque merecia ganhar. Não tinha medo de nada."

"Isso... não é verdade."

"Bom, então sabia fingir melhor. Você já leu *O jogo interior do tênis*?"

"Eu poderia ter escrito *O jogo interior do tênis*."

"Então a resposta é 'não'. Porque, se tivesse lido, ia saber que alguém como você jamais poderia ter escrito aquilo."

"Como assim?"

"Quando você está em quadra... Bom, eu não estou dentro da sua cabeça, então posso estar errado, mas, cada vez que você erra, vai ficando mais e mais irritada. Para você, tem sempre muito a perder. Se eu consegui mexer com sua cabeça logo de cara, posso tirar você do jogo."

"Eu..." Faço menção de discordar, mas não consigo decidir o que dizer. Que *eu* não faço isso ou que *todo mundo* faz.

Bowe se inclina para a frente e tira o copo do caminho. "Esse cara, o autor do livro, ele diz que nós temos dois seres dentro de nós. O Ser 1 e o Ser 2. O Ser 1 diz: 'Vai, Huntley! Se concentra!'. E o Ser 2 é o Huntley que precisa executar o comando e se concentrar."

"Sei", respondo.

"É o Ser 2 que faz todo o trabalho, entendeu? O Ser 2 é quem vai ganhar o jogo. O Ser 2 é o herói. O Ser 1 só sabe gritar, se frustrar e atrapalhar."

"Entendi", digo.

"Então, Soto, escuta só", Bowe diz. Ele ameniza o tom de voz e se inclina na minha direção. "Fisicamente você é uma jogadora melhor que eu hoje. É fenomenal; isso não mudou."

"Obrigada."

"Mas agora tem uma fraqueza que nunca precisou enfrentar antes", ele complementa. "Nós estamos mais velhos. Nosso corpo está diferente. Não dá para ignorar isso só porque é uma coisa incômoda."

"Mas, se nós dois temos o mesmo problema, eu deveria ganhar de você, já que sou melhor jogadora."

"A diferença é que eu aceitei as minhas limitações, mas você não. Dá para sentir. Eu percebo que você está tentando superar isso. Está estampado no seu rosto. E, por causa disso, fica fácil te manipular. Posso bagunçar sua cabeça só deixando você com raiva de si mesma por não ser a Carrie Soto que acha que precisa ser — e assim eu consigo ganhar todas as vezes", ele explica. "E isso significa que Nicki vai atropelar você."

Dou um gole no meu chá. Mas depois não consigo afastar o copo da boca. Bebo todo o resto de um só gole. Em seguida olho para ele.

"Tá", digo. "Obrigada pelo conselho. De verdade."

Bowe se inclina para trás e levanta as mãos em sinal de rendição. "Se você não quer ouvir a resposta, não pergunta..."

"Eu agradeci, não foi? Que merda."

Bowe ri. "É verdade, agradeceu, sim." Ele dá um tapa na mesa. "Certo, minha vez de morder a isca. Fale você sobre mim."

"Não precisa ser um negócio olho por olho", respondo.

"Não, mas eu quero saber. Quero ganhar, Carrie", ele diz. "Quero uma vitória *importante*. Quero fazer alguma coisa relevante nesta temporada. Quero..." Ele me olha bem nos olhos, mas por pouco tempo. "Quero provar que mereço continuar no circuito esse tempo todo. Se eu fizer alguma coisa grande esse ano, todo mundo vai dizer: 'Ainda bem que ele continuou jogando', em vez de... essas coisas que dizem por aí."

"'Por que ele não desiste de uma vez?'"

"Isso mesmo, obrigado", diz Bowe.

Enquanto penso a respeito, mastigo um pedaço de gelo que sobrou no fundo do copo. "Você demora muito tempo para engrenar. Se enfrentar alguém como O'Hara ou Garcia, que começam com tudo, vai estar um set atrás antes mesmo de se dar conta do que está acontecendo."

Bowe assente. "Eu sei", responde. "Você tem razão."

"Seu saque está melhor agora que está afastando os pés, mas você não esconde direito os golpes. Eu sempre sei qual vai ser sua jogada seguinte."

"Como?", Bowe pergunta.

"Seu pé direito fica apontado para o ângulo em que você vai mandar a bola."

"Não fica, não", ele retruca, piscando várias vezes e balançando a cabeça.

"Fica, sim."

"Isso é loucura."

"Mas é verdade."

"Entendi", ele diz. "Isso foi... obrigado."

"Ainda não terminei. Você é preguiçoso demais em quadra. Precisa correr mais atrás da bola. Eu consigo um winner só de mandar uma bola mais aberta do que você está disposto a tentar alcançar. Todos os seus adversários acham você velho e sabem dos seus problemas nas costas. A primeira coisa que eles vão tentar é mandar as bolas mais abertas que conseguirem. Você tem que poupar suas energias, eu entendo, mas, se quiser ganhar alguma coisa, precisa estar disposto a se matar de correr atrás da bola, Huntley. E você não está a fim de fazer isso. Então não vai ganhar nenhum jogo importante."

Bowe cerra os maxilares; seus lábios estão contraídos. Ele parece prestes a se levantar e sair da mesa. Sinto uma pontada de decepção porque, como a maioria dos homens, ele está sempre disposto a falar, mas nunca a ouvir.

"Não é culpa minha se você não sabe lidar com críticas", comento.

Bowe abaixa a cabeça e fica olhando para a mancha de umidade que sua água com gás deixou no porta-copo de papelão com a propaganda da cerveja que ele não pode beber.

"Obrigado", ele responde por fim, levantando a cabeça. "Sério mesmo. Obrigado."

"Ah", falo. "Bom... então tá, de nada."

Bowe se inclina sobre a mesa e mantém o tom de voz bem baixo. "Eu quero ganhar, Carrie. Quero a plateia gritando o meu nome, porra. E quero saber, mesmo que seja só por um momento, que sou o melhor do mundo. Quero ter pela última vez esse gostinho."

Não consigo conter o sorriso. "Você tirou as palavras da minha boca."

Transcrição

Sports Australia
SportsLine com Stephen Mastiff

Stephen Mastiff: Falando um pouco da chave feminina de simples agora, em quem devemos ficar de olho este ano?

Harrison Trawley, editor da *SportsPages Australia*: Bom, Nicki Chan, é claro. Todo mundo espera que ela chegue à final. Mas também estou de olho em Ingrid Cortéz, e Natasha Antonovich. Estou empolgado para ver o jogo veloz e agressivo dela. E acho que as jogadoras com a mão pesada, como a italiana Odette Moretti, também vão fazer bonito.

Mastiff: Estou vendo que você não tocou no nome de Carrie Soto.

Trawley: [*risos*] Não, ninguém está nem aí para Soto. Mas, se é para falar das estadunidenses, acho que Carla Perez tem chance de se destacar.

Meados de janeiro

Véspera do início do Aberto da Austrália

Meu pai e eu estamos sentados na varanda da minha suíte no hotel, apreciando a vista da cidade e discutindo a chave principal, que foi anunciada hoje cedo. Estou na seção 7. Na minha estreia, vou enfrentar uma tenista tcheca de vinte e dois anos chamada Madlenka Dvořáková, especialista em saque e voleio. Nosso jogo vai ser no primeiro dia, na Arena Rod Laver, a quadra de maior destaque.

"Isso não é nenhum acaso", meu pai comenta. "Colocaram você na quadra central contra uma jogadora mal ranqueada. Você não é cabeça de chave, mas está sendo valorizada pela organização do torneio."

Balanço negativamente a cabeça. "Eles só estão fazendo isso para vender mais ingressos e ganhar mais dinheiro me mantendo no torneio por mais tempo possível."

Olho para a pequena parte de Melbourne que é possível ver do hotel, que inclui o rio Yarra atravessando a cidade. Já fiquei observando esse rio à distância muitas vezes na vida — como novata, como aspirante ao título, como campeã. E agora como alguém que está de volta ao jogo. Estou ao mesmo tempo surpresa por estar aqui de novo e com uma sensação de que na verdade nunca estive fora.

"Você vai entrar em quadra amanhã e vai ganhar dela", meu pai me diz. "*No le vas a dar tiempo ni de pensar.*"

Respiro fundo, imaginando a situação oposta à que meu pai descreveu. E se eu perder logo na primeira rodada amanhã? E se tudo terminar antes mesmo de começar? É uma perspectiva tão humilhante que me embrulha o estômago.

O telefone toca, e eu tenho um sobressalto. Vou até o quarto atender. "Alô?"

"Boa sorte amanhã", diz Bowe do outro lado da linha.

"Para você também."

"Porra, acabe com ela. É para fazer ela sofrer mesmo."

"Pode deixar", respondo. "Você também."

"A gente consegue", Bowe diz. "Pelo menos você, sim. Tenho certeza."

"Obrigada", respondo, com a voz quase embargada. Acabo me sentindo envergonhada da emoção que deixo transparecer. "Acho que agora não tem mais jeito. É tarde demais para voltar atrás."

"Pois é, agora não dá mais mesmo", ele diz. "Mas você não iria querer voltar atrás nem se pudesse, Soto."

ABERTO DA AUSTRÁLIA DE 1995

Quando acordo de manhã, percebo uma vibração nos meus ossos que não sentia fazia anos. Isso me pega de surpresa, essa alegria inesperada.

Eu me levanto bem cedo. O sol ainda não nasceu. Percebo uma espécie de controle que às vezes sinto quando acordo antes do que o resto do mundo. Fico com a sensação de que sou eu quem vai determinar como vai ser o dia, que o mundo está na palma da minha mão.

Vou me trocar para fazer uma corridinha rápida. Visto um short curto e uma camiseta e calço meus tênis. Desço para o saguão. Mas, antes de sair do hotel, a recepcionista me chama.

"Srta. Soto?", ela diz.

"Sim?" Eu quero sair logo para correr. "Pois não?"

"Chegou uma encomenda para você", avisa.

A funcionária do hotel está com um envelope forrado com plástico bolha nas mãos, e o endereço do remetente é o de Gwen. Dentro dele, uma caixa de presente não muito maior que um livro. Em cima do embrulho, um bilhete com a caligrafia inconfundível da minha agente.

Se existe alguém capaz de fazer isso, é você.
Faixa um — G.

Abro a caixa e encontro um Discman com um fone de ouvido e um CD já dentro do aparelho. É *Caribou*, do Elton John. Vejo o nome da primeira música e dou risada.

"Srta. Soto?", a moça diz, juntando as mãos.

"Sim?"

133

"Seria muito incômodo você me dar um autógrafo?"

Solto um suspiro, mas então lembro que tem um monte de gente querendo me jogar para baixo. Por isso decido ser simpática. "Não, claro que eu dou", respondo.

Ela me entrega um papel e uma caneta. "Uau, srta. Soto, isso é... É incrível", ela diz. "Muito, muito obrigada."

Pego a caneta, escrevo um *Vai com tudo, Carrie Soto* no papel e devolvo para ela.

"Muito obrigada, srta. Soto", ela diz. "Sou sua fã desde os treze anos, quando você foi campeã em 1985. Eu estava na arquibancada com o meu pai. Ele também adora você."

"Mesmo eu sendo uma vaca, arrogante e gananciosa? Você não liga?"

Ela ri. "Não, eu não ligo."

"Eu vou vencer o meu jogo hoje", digo.

"Disso eu tenho certeza", ela responde.

Aceno com a cabeça, tiro o Discman da caixa e coloco os fones. Dou um tapinha no balcão e sorrio para a recepcionista antes de ir para a saída. Aperto o play e começo a correr saguão afora.

Imediatamente escuto o riff de "The Bitch Is Back".

Corro pela calçada do hotel. Passo por pessoas que estão indo tomar café, pais que passeiam pela rua empurrando carrinhos de bebê. Quando viro a esquina e Elton John começa a cantar o refrão, sinto uma convicção — pela maneira como o sangue está pulsando nas minhas veias — de que Madlenka Dvořáková não tem a menor chance.

"Todos os olhares vão estar voltados para o seu primeiro saque no jogo, para ver como você está jogando aos trinta e sete anos. Já saia arrebentando logo de início", meu pai me diz em frente ao vestiário. "Quero que ela fique assustada, ouviu bem? Quero ver todo mundo naquela quadra assustado."

Assinto, olhando para a sujeira nos meus Break Points. Peguei os brancos com listras verdes, para combinar com minha regata e meu saiote brancos.

Ali — com meu pai ao meu lado no corredor, esperando para entrar na quadra — tudo parece ser como antes. Estou de volta à guerra, depois de anos sem ter me acostumado a viver em tempos de paz. Este é o único lugar onde minha vida faz sentido.

Pego minha raquete e a giro algumas vezes na mão. Meu braço inteiro começa a formigar, pronto para entrar em ação.

Por um segundo, me delicio com o burburinho da arena, que atravessa as paredes. Saboreio o silêncio do momento com o meu pai, quando ainda estamos na fase dos questionamentos, sem sermos obrigados a lidar com as respostas.

"*Te quiero mucho, pichona*", ele diz.

Abro os olhos. "Eu sei. Eu também amo você."

"Agora vai lá..." Ele me olha bem com uma intensidade que não vejo há anos, talvez desde quando eu era criança. "E mostre para todo mundo quem é a Vaca, a Machadinha de Guerra — seja lá como quiserem chamar você, isso não importa. Ninguém é capaz de deter você. E não são eles que definem qual é o seu nome. Carrie Soto está de volta."

Eu respiro fundo, limpo a sujeira dos meus tênis brancos e começo a caminhar — um passo de cada vez — para a quadra.

Soto × Dvořáková

ABERTO DA AUSTRÁLIA DE 1995

Primeira rodada

Não é nada ensurdecedor, de forma nenhuma, mas, quando entro na Arena Rod Laver, começo a ouvir: "Car-rie, Car-rie, Car-rie!".

Olho para a arquibancada e vejo os cartazes com o meu nome. SEJA BEM-VINDA, CARRIE!, e A VACA ESTÁ DE VOLTA!. Abro um sorriso ao ver esse, e aponto para a jovem que o segura.

Posso imaginar o que as equipes de transmissão devem estar dizendo em suas cabines, os eufemismos que estão usando para dizer que me consideram "velha demais" ou "arrogante demais". Vai ser um prazer obrigá--los a fazer a cobertura de uma vitória minha hoje. Respiro fundo e me preparo para fazer isso acontecer.

Madlenka Dvořáková parece uma figura minúscula e distante. Seu cabelo loiro e comprido está preso em um coque. Ela está usando uma regata azul-marinho e um saiote da mesma cor. Parece nervosa e na defensiva e, apesar de segurar o cabo da raquete com firmeza, percebo que os dedos de sua mão esquerda estão tremendo.

Eu ganho no cara ou coroa.

Enquanto me encaminho para a linha de fundo, meu peito começa a estremecer, de tão forte que meu coração está batendo. A plateia aplaude, e olho para o box reservado aos jogadores e vejo meu pai se acomodar em seu assento.

Uma voz ressoa nos alto-falantes: "A srta. Soto ganhou no cara ou coroa e escolheu começar sacando". Sinto as reverberações no meu esterno e começo a me preparar, sentindo cada parte do meu corpo retinir. Escuto o que vem a seguir na minha cabeça antes mesmo de sair pelo sistema de som, uma voz que conheço tão bem quanto o meu próprio nome.

Juízes de linha, a postos.

"Juízes de linha, a postos."

Jogadoras, joguem.

"Jogadoras, joguem."

Estou de pé na linha de fundo, com a bola na mão. Esfrego o feltro com o polegar, sinto sua aspereza. E então começo a quicá-la várias vezes, até sentir a clareza tomar conta da minha mente.

Lanço a bola para o alto, jogo o braço para trás e, mesmo antes de acertar o golpe, eu sei — *posso sentir* — que vai sair uma bomba da minha raquete.

A bola passa tão depressa por Dvořáková que ela mal tem tempo de dar um passo para o lado. A primeira pontuação é minha.

Sinto a vibração da plateia sob os meus pés, reverberando nos meus ossos. Olho para o meu pai, que acena com a cabeça.

Confirmo meu saque no primeiro game.

No segundo, a plateia enlouquece quando consigo um break point e grita quando quebro o serviço de Dvořáková, levando também o segundo game.

Confirmo meu saque no terceiro. Estou ganhando por três a zero.

No game seguinte, Dvořáková entra um pouco no jogo e consegue confirmar seu saque, mas nós duas sabemos que o primeiro set já é meu. Venço os três games seguintes.

"Set para Soto."

A plateia aplaude, mas algumas pessoas vaiam. Tento não prestar atenção e me mantenho concentrada. Não posso dar mole.

Na metade do segundo set, os golpes de Dvořáková já não têm mais a mesma potência, mas eu estou batendo na bola cada vez mais forte. Talvez seja a adrenalina da disputa ou o fato de ter começado a treinar mais pesado depois da conversa que tive com Bowe, mas me sinto no controle total das minhas forças. Não vou dar mole. Entro em todas as jogadas para matar.

Começo a sorrir durante as trocas de lado entre os games, quase eufórica. Estou me deleitando com todos esses sons de que senti tanta falta — os gritos da plateia, as gandulas correndo para dentro e para fora da quadra, os juízes de linha gritando suas marcações.

Eu estou ganhando esse negócio.

Meu último saque no segundo set passa direto por ela. Dou um salto no ar e cerro o punho quando a bola quica dentro e Dvořáková não consegue nem chegar perto. No meu primeiro jogo na volta da aposentadoria, não perdi sequer um set.

Sob os aplausos da arena, dou uma olhada em Dvořáková. Ela está com os dentes cerrados e a cabeça baixa. Parece perplexa por ter sido massacrada por mim. Uma tenista de vinte e dois anos que não está nem entre as cinquenta melhores do mundo, sem nenhum título de Grand Slam na carreira, pensou que fosse me vencer.

"Quem quer ser a próxima?", eu grito, com a raquete ainda na mão. Não sei se alguém na arquibancada me ouve, mas é bom poder berrar no meio daquela celebração toda.

Quando saio da quadra, meu pai está no túnel, me esperando.

"¡Excelente!", ele diz. "Perfeição absoluta. Você guerreou, você reinou."

"Foi só a primeira de muitas", respondo.

Meu pai sorri, mas não diz nada. Seu sorriso se alarga quando ele se vira e me acompanha até o vestiário. Pouco depois, já está rindo.

"Que foi?", pergunto. "No que você está pensando?"

"Nada", ele diz. "É que... essa é a parte que mais me fazia falta. Eu e você, aqui no túnel."

No jogo seguinte, venço por dois sets a zero uma tenista estadunidense que eu não conhecia, chamada Josie Flores. Quando fecho o jogo com um ace, dou um pulo e um rodopio no ar. Então atravesso a quadra saltitando com os braços erguidos.

Na coletiva de imprensa depois do jogo, ainda estou pilhada. Minhas vitórias são *inquestionáveis*, por mais que seja só o início do torneio, e me sinto quase totalmente despreocupada.

Foram meses de preparação, meses passando noites em claro, com medo. Mas, agora que chegou a hora de ser colocada à prova, estou arrasando.

As primeiras perguntas são as amenidades de sempre. "Qual é a sensação de estar de volta às quadras?" "Você esperava vencer seus dois primeiros jogos?" "Como está sendo ser treinada pelo seu pai de novo?"

Respondo com sinceridade. "É ótimo estar de volta." "Sempre que entro na quadra, espero vencer." "Meu pai e eu estamos muito contentes com essa oportunidade de trabalharmos juntos de novo."

Um homem de colete de lã levanta a voz: "Carrie, o que você tem a dizer para jogadoras como Ingrid Cortéz?".

"Acho que não sei do que você está falando."

"Hoje de manhã, na coletiva depois do jogo, ela disse que você devia ter continuado na arquibancada."

Isso é uma novidade para mim. Eu vi Ingrid nos vestiários — alta e mal-humorada, com seu cabelo loiro platinado, seus ombros largos e uma leveza no passo que só uma adolescente pode ter —, mas quase não falei com ela.

"Ela disse que nunca tinha ouvido seu nome antes do anúncio da sua volta da aposentadoria", ele acrescenta.

"Que bobagem — todo mundo que joga tênis me conhece. E, mesmo fora do esporte, meio mundo já ouviu falar de mim." Eu me afasto do microfone quando acabo de falar. Mas então me inclino para a frente de novo. "Ela pode me alfinetar o quanto quiser, mas uma coisa eu digo: sou grata a todas as mulheres que vieram antes de mim. Vocês não me veem saindo por aí dizendo que não sei quem foram as nove pioneiras, né? Não, porque sei o quanto devo a elas. E o que dizer de Althea Gibson, Alice Marble, Helen Wills? Suzanne Lenglen? Maria Bueno? Eu reconheço que só estou aqui por causa dessas gigantes. Se Cortéz não é capaz de fazer isso, problema dela."

"Mas será que não existe um fundo de verdade na declaração dela?", ele insiste. "Tem gente dizendo que o seu retorno é só um golpe de marketing. O que você tem a dizer sobre isso?"

Consigo ouvir o farfalhar dos cadernos e o som dos microfones sendo reposicionados, mas todos os olhares estão voltados para mim.

"Eu estou provando que consigo jogar em altíssimo nível", respondo. "Então todo mundo pode reclamar e chorar à vontade, mas tenho o direito de estar aqui."

Todos levantam a mão. Uma mulher jovem e determinada se destaca no meio dos jornalistas.

"Como você se sente quanto aos desafios que tem daqui para a frente?", ela pergunta. "Seu retorno pode ter sido polêmico, mas tem muitos torcedores adorando ver você jogar de novo. Na próxima rodada, a expectativa é que você enfrente Carla Perez. Ela pode ser a primeira adversária capaz de igualar a sua força. Então... os seus fãs podem continuar se gabando? Sua sequência de vitórias vai continuar? Você está confiante?"

Abro um sorriso que acaba virando uma gargalhada. "Eu vou passar por cima de Carla Perez e de qualquer outra que enfrentar até a final. Vou arrancar o coração delas de dentro do peito."

Por uma fração de segundo, todos os repórteres presentes ficam sem saber o que dizer.

Nossa, eu mandei mal nessa.

Transcrição

SportsHour USA
Mark Hadley Show

Mark Hadley: ... e Bowe Huntley está se saindo melhor que a encomenda. Ele destruiu Greg Simmons na primeira rodada e jogou pau a pau contra Wash Lomal.

Briggs Lakin: O que não é tarefa fácil, considerando que Peter Gardner deixou de treinar Huntley justamente para ir trabalhar com Lomal. Mas Huntley conseguiu ganhar o jogo.

Hadley: Na chave feminina, Nicki Chan está nadando de braçada, o que não é nenhuma surpresa. Mas dá para ver que o tornozelo está voltando a incomodar.

Gloria Jones: Ela é uma jogadora de muita intensidade. E quem tem esse estilo de jogo fica mais propenso a lesões, como todos nós sabemos. Mas, no caso de Nicki, parece estar tudo sob controle.

Hadley: Natasha Antonovich também não encontrou nenhuma resistência das adversárias. Mas vamos falar de Carrie Soto. Aqui temos algumas surpresas. O que me diz, Gloria? Você a enfrentou na época de jogadora, não?

Jones: Enfrentei, sim, Mark. Mas o que dizer sobre Carrie além de que ela está deixando todos nós de queixo caído nesse torneio?

Hadley: Ela é uma ex-número um do mundo. É mesmo uma surpresa ela ter chegado à terceira rodada? Dvořáková, Flores — nenhuma delas era uma adversária das mais impressionantes.

Jones: Bom, levando em conta quanta gente estava dando Soto como derrotada antes mesmo de ela pisar na quadra, eu diria que é um desempenho surpreendente, sim.

Lakin: Mas, Gloria, eu estou curioso, porque considero você extremamente elegante — sempre foi muito respeitosa e educada na quadra —, então adoraria saber o que tem a dizer sobre a postura de Soto.

Jones: Está falando dessa coisa de "Quem quer ser a próxima?".

Lakin: Pois é, gritar "Quem quer ser a próxima?" depois de vencer um jogo de primeira rodada parece muita pretensão, não?

Jones: Bom...

Lakin: E, depois do jogo contra Josie Flores, ela se vangloriou depois de vencer.

Jones: Ela dançou pela quadra.

Lakin: Isso não é se vangloriar?

Jones: Não sei. Mas...

Lakin: Se ela quer voltar, tudo bem. Você sabe que, desde o começo, venho dizendo que ela tem esse direito.

Jones: Sim, isso mesmo. Eu me lembro.

Lakin: Mas voltar e se comportar como uma louca é uma coisa bem diferente. "Vou arrancar o coração delas de dentro do peito?" Onde está a elegância? A compostura? Esse é um esporte de damas e cavalheiros.

Jones: Não sei se concordo com isso, mas entendo o que você quis dizer, Briggs. Carrie Soto nunca fez questão de agradar ninguém. Sempre foi assim. Se alguém achou que ela fosse pegar mais leve, estava muito enganado.

Hadley: Infelizmente, nisso eu concordo com você, Gloria. Projetando mais à frente, ela vai enfrentar Carla Perez. Não é uma adversária fácil. Carrie dá conta do recado?

Jones: Eu é que não vou dizer que não...

Lakin: Eu não apostaria meu dinheiro nela, só digo isso.

No meu quarto de hotel assisto Nicki enfrentar Andressa Machado. Nicki ganhou o primeiro set; o segundo está sete a seis para ela. É a vez de Machado sacar, e Nicki está correndo pela quadra sem parar, devolvendo todas as bolas. Não sei como ela não fica completamente exausta se deslocando nessa velocidade e batendo na bola com essa força.

Nicki chega ao match point. O saque de Machado vem baixinho e aberto; Nicki corre e acerta em cheio o backhand. A bola passa direto por Machado, definindo o jogo a favor de Nicki. A plateia aplaude. Os comentaristas ficam babando de admiração. "Nicki Chan chega fácil à terceira rodada, como se alguém tivesse alguma dúvida!"

Ninguém além de mim parece perceber que, quando sai de quadra, Nicki está apoiando a maior parte do peso no tornozelo esquerdo.

O telefone toca, e imagino que seja meu pai. Ele também não deve ter deixado passar aquele tornozelo. Mas não é meu pai, no fim das contas. É Bowe.

"Ah, oi", digo.

"Eu passei por cima do Lomal", Bowe conta. Mesmo pelo telefone, dá para perceber que está sorrindo.

"Fiquei sabendo", respondo. "Parabéns."

"Parabéns pela vitória sobre Flores", ele diz.

"Obrigada, obrigada. Ela não teve a menor chance."

"Não mesmo", ele comenta. "Mas isso a gente já sabia, né?"

"Sabia o quê?"

"Que, quando você voltasse, ia ser como se nunca tivesse parado."

"Acho meio cedo para dizer isso", respondo.

"Você tem aquele quê a mais, Carrie", Bowe me diz. "Sempre teve."

"E você também."

"Acha mesmo?", ele pergunta.

"Sim, acho", digo.

Bowe fica em silêncio por um instante — mais do que deveria. "Ainda está aí?", pergunto.

"Estou, sim", ele responde, mas com um tom de voz mais grave e silencioso, quase sussurrado. "Carrie, posso ir até seu quarto?"

Sinto meu corpo gelar.

"Carrie?", ele repete.

"Oi."

"Você ouviu?"

"Ouvi."

"E?"

"Não é bem assim", respondo. "Não é por aí."

"Mas pode ser", Bowe insiste. "Já foi antes."

"Mais de uma década atrás."

"Por favor, nem me lembre de quanto tempo faz."

"Só estou dizendo que... está tudo diferente agora."

"Mas não pode ter mudado para melhor?", ele pergunta. "Tipo, dessa vez não me dizer para eu não ligar? Ou, se disser, eu ignorar?"

"Bowe", respondo, balançando a cabeça. Meu coração está disparado, e imediatamente me irrito por ele me obrigar a me estressar por causa de sexo, quando na verdade preciso me concentrar no jogo. "Não."

"Tudo bem", ele diz, com o tom de voz de antes, de volta ao normal. "O recado está dado. Não toco mais nesse assunto."

"Ótimo. Melhor assim."

"Boa sorte contra Perez. Espero conseguir ver você passar por cima dela."

"Quem você pega na próxima rodada?", pergunto.

"O'Hara."

Respiro fundo, e ele percebe.

"A minha reação foi exatamente essa também", ele comenta.

"Você dá conta. Dá para ganhar."

"Ãham", Bowe respondeu, aos risos. "Você está parecendo a minha irmã, mas quem eu quero ouvir agora é a Carrie Soto."

Penso a respeito por um instante. "Ele vai querer cansar você. Se levar o jogo para o quinto set, sem chance. Então nada de ir para o quinto set. Tente quebrar o saque dele logo no começo — essa é a sua melhor chance de arrancar essa vitória."

"Pois é", Bowe responde. "Eu também estava pensando nisso. Que estou ferrado se for para o quinto set."

"Então mate o jogo em três", eu digo.

"Ah, claro, ganhar do O'Hara sem perder nenhum set?", Bowe retruca. "Moleza, né?"

"Pode ser. Só depende do quanto você quer vencer."

"Nem sempre é assim, Soto. Mas obrigado. Eu estava precisando dessa conversa."

Soto × Perez

ABERTO DA AUSTRÁLIA DE 1995

Terceira rodada

Está um calor de matar. Sinto o suor escorrer pela minha testa e chegar até a boca. Seco com a toalha enquanto recupero o fôlego ao lado da quadra.

Do outro lado está Carla Perez. É chamada de Bombardeira de Baltimore — e os comentaristas vivem falando da força do forehand dela. Mas eles nunca sentiram isso na pele, como estou sentindo hoje. É devastador. A bola vem como uma bala de canhão.

Ela me pegou de surpresa no primeiro set, mas voltei para o jogo no segundo, igualando a potência dela e angulando bem meus golpes. Agora estamos empatadas em cinco a cinco no terceiro.

Eu me posiciono na linha de fundo. Bato a bola no chão algumas vezes e olho para Carla do outro lado da quadra, curvada para a frente, à espera.

O sol está atrás de mim — estou sentindo o calor no meu pescoço, o que significa que está batendo no rosto de Carla. Mando um saque com quique alto, ciente de que Perez vai ter dificuldade para acompanhar toda a trajetória. Ela tira os olhos da bola, que acaba caindo no pé dela, e ela se atrapalha ao dar um passo atrás para rebater ainda na subida. A devolução vai para fora.

Confirmo meu saque, o que significa que só preciso de mais um game para levar o set e a partida.

A plateia começa a aplaudir. Eu conquistei a torcida. Dá para perceber isso quando olho para as arquibancadas.

E isso é uma coisa importante quando se joga diante de uma plateia — nem tudo se resume ao seu jogo. Também é preciso saber sentir a energia da torcida quando está a seu favor e ignorar quando está contra.

É preciso saber aproveitar o embalo quando está dando tudo certo e ter força para nadar contra a corrente quando a maré vira.

Nos anos 1980, eu me saía muito bem com a torcida a favor, mas com torcida contra também. Não precisava do carinho nem da aprovação de ninguém. Só precisava do maldito troféu.

Infelizmente para Carla, ela não tem essa determinação. Pelo menos não hoje.

Quando ela vai sacar pela sétima vez no game, é break point para mim.

Carla lança a bola para cima e manda por cima da rede, chegando forte. Devolvo bem na linha lateral, longe de seu alcance.

Quando vejo, meu pai está brandindo o punho cerrado no ar.

Carla joga a raquete no chão. Eu caio de costas na quadra, aliviada.

Estou nas oitavas de final.

No dia seguinte, no café da manhã, Bowe está no pátio do hotel, comendo ovos mexidos com torrada.

A placidez no seu olhar me lembra a superfície do oceano — tudo parece tranquilo, mas você sabe que lá no fundo existem tubarões devorando filhotes de foca.

Chego a pensar em dar meia-volta para que Bowe não me veja.

Ele perdeu para O'Hara ontem. Não foi só uma derrota, foi um massacre. Vi o resumo do jogo à noite, nos canais de esportes. Briggs Lakin falou: "Alguém, por favor, vá até lá e acabe com o sofrimento de Bowe Huntley".

Eu não estou condições de ir consolá-lo. Preciso me concentrar no meu jogo. Vou encontrar meu pai no saguão às oito para ir treinar.

"Você podia pelo menos não ficar me encarando desse jeito", Bowe diz de repente, sem levantar a cabeça, mas claramente falando comigo.

"Não é isso", respondo. "Eu estava... estava só tentando ver se você ia querer companhia."

Bowe dá uma risadinha irônica. "Você estava tentando decidir se me ignorava ou não, porque acha que a derrota é uma coisa contagiosa."

Olho bem para ele. Bowe fica bonito com suas roupas do dia a dia — uma calça jeans e uma camiseta preta com bolso na frente, o cabelo penteado. É como se fosse outra pessoa.

Pego minha vitamina de fruta e vou até a mesa dele. "Sinto muito pela sua derrota."

Pego uma cadeira e me sento.

"Obrigado", ele diz. "É muita gentileza sua, já que eu não faria o mesmo com você."

"Está falando sério?"

"Uma vez, depois que McEnroe perdeu um jogo para o Borg, não olhei mais na cara dele pelo resto da temporada de saibro, para não me contaminar pelo azar dele."

"E você ganhou muitos jogos nessa temporada de saibro?"

Ele inclina a cabeça. "Não."

"Eu não acredito nessa história de azar", comento.

Bowe revira os olhos. "Se não foi o azar que acabou comigo ontem, então o que foi?" Ele levanta o dedo antes mesmo que eu abra a boca. "Não responda."

"Foi você", digo. "O azar não estava jogando. Você estava. E não quebrou o saque dele logo de cara, como eu falei."

"Ah, como se fosse fácil pra caralho."

Encolho os ombros. "Poderia ter sido. Se você sacasse com os pés afastados, como Javier falou. Estava dando certo, e aí vou ver o vt do seu jogo ontem e você voltou a sacar com os pés juntos. Como um perfeito idiota."

Bowe balança a cabeça. "Sorte sua que vou embora daqui no primeiro voo. Assim não vou estar por perto quando você for destroçada pela Cortéz."

"Ah, vai se foder", eu respondo, levantando da mesa. "Eu só estava tentando ajudar."

"Me dizer o que eu *deveria ter feito* não ajuda em nada. Você sabe que tem muita gente que te detesta, né, Carrie? E vou te falar que não é sem motivo."

"Ou o problema pode ser que tem muito menino dodói por aí."

Bowe me encara, estreitando os olhos. "Você é..."

"O quê?", eu o desafio a falar.

"Não, deixa pra lá. Não vale a pena", ele diz. "Nem um pouco."

"Tudo bem, então você pode fazer o favor de ir se foder", retruco e saio andando.

Eu mal olho para trás quando meu pai sai do elevador com o meu equipamento. Ele está passando os olhos pelas pessoas, mas só me vê quando me aproximo. Está com um sorriso enorme no rosto.

"Ah", diz. "Não vi você aí. Estava comemorando?"

"Comemorando?", pergunto.

O sorriso dele se alarga ainda mais.

"Nicki Chan torceu o tornozelo no jogo contra Antonovich. Está fora do torneio."

"Não brinca", respondo.

Meu pai balança a cabeça.

"Eu posso ganhar", comento.

"Pode mesmo."

"Vou levar esse maldito torneio!", digo. "Enquanto ela cuida de um tornozelo que está estourado porque não executa os fundamentos direito, eu posso colocar as coisas no seu devido lugar."

"Pode mesmo, *cariño*", ele responde. "Mas não se continuar parada aqui só se gabando."

Estou na entrada do túnel, a dois passos da quadra. Dá para ouvir o barulho da plateia. Consigo ver, do meu ponto de observação estreito, um cartaz lá do outro lado da arena com os dizeres RUMO À FINAL, CARRIE!.

Só há três pessoas entre Ingrid Cortéz e eu — o segurança, meu pai e o treinador dela funcionam como uma barreira de isolamento entre nós. Ainda bem.

Ontem, ela disse na entrevista para um jornal: "Eu espero uma vitória rápida e incontestável, mas vou tentar não deixar a coisa tão vergonhosa para Soto".

Estou com a minha raquete na mão, mexendo no encordoamento, garantindo que está tudo no lugar. Tenho mais sete na raqueteira. Começo a saltitar um pouco nas pontas dos pés, com meus Break Points rosa-fluorescente e minha faixa da mesma cor na cabeça, para o cabelo não cair no rosto.

Meu pai põe a mão no meu ombro. Sinto todo o peso dele ali, da confiança que deposita em mim, da empolgação que está sentindo.

Na primeira fase da minha carreira profissional — na década e meia em que subi até o topo do ranking e fiquei por lá o máximo possível —, eu não curtia as minhas vitórias tanto quanto deveria. Simplesmente ganhava e partia para o próximo desafio.

150

Mas agora, quando me viro para olhar a plateia, percebo que, em pelo menos um aspecto, eu evoluí.

Agora que estou mais velha, sei que posso parar — mesmo em meio ao caos — e olhar ao redor. Respirar fundo, sentir o cheiro do protetor solar e da borracha da bola, a brisa batendo no pescoço, o calor do sol na pele. Nesse sentido, adoro o fato de não ser mais tão jovem.

Inspiro e prendo a respiração; deixo o ar preencher meus pulmões e estufo o peito. E então expiro, pronta para a ação.

Limpo as pontas dos meus tênis e entro na quadra.

Soto × Cortéz

ABERTO DA AUSTRÁLIA DE 1995

Oitavas de final

Estou curvada atrás da linha de fundo, esperando pelo primeiro saque de Ingrid Cortéz.

Ela tem mais de um e oitenta de altura. Seus dentes incisivos são grandes e pontiagudos e, quando sorri, parece estar prestes a morder alguém.

Ela lança a bola para cima e a manda na extremidade direita da área de saque. Eu faço a devolução. A busca pelo ponto vira um rali, vencido por mim. *Zero-quinze.*

Mais um saque, mais um rali. Ponto meu. *Zero-trinta.*

Olho para o meu pai e vejo um sorriso no rosto dele.

Cortéz saca de novo, e dessa vez a bola vem mais curta. Devolvo bem na linha de fundo. Ela manda de volta sem nenhuma força. Eu levo o ponto. *Zero-quarenta.* Já tenho um triplo break point no primeiro game.

Ela me subestimou. E dar uma lição nela é uma alegria para mim.

O sol já começou a queimar, de forma lenta e constante. A plateia resmunga. Olho para o box reservado aos jogadores para ver meu pai. Ele está balançando a cabeça, torcendo para eu levar esse game. Então olho para a seção ao lado e vejo Bowe se acomodando no assento.

Ele cancelou o voo, imagino. Cancelou para vir aqui e me ver enfrentar Cortéz.

Meu olhar se atenua um pouco quando o vejo. *Desculpa*, ele faz com a boca. Assinto com a cabeça.

Volto minha atenção para a quadra. O saque de Cortéz vem alto, forte e com topspin, o que torna sua trajetória difícil de prever. Mesmo assim, consigo pegar a bola na subida e fazer uma devolução profunda perto da linha de fundo, a meio metro do backhand dela.

O juiz de cadeira anuncia: "Game para Soto". Bowe vibra com o punho cerrado.

Em dez games, venço o primeiro set.

Em uma das mudanças de lado na quadra, olho para Cortéz. Ela fez tanta questão de dizer que não tinha medo de mim e foi atropelada no primeiro set. Eu esperava ver alguma manifestação de ansiedade ou preocupação, um sinal de que agora ela entende a adversária que tem pela frente.

Porém, em vez disso, quando me pega olhando, ela sorri, como se não estivesse nem um pouco preocupada.

No segundo set, os golpes de Cortéz vão ficando mais pesados e velozes. Seus saques fazem meu braço arder na devolução. Não demoro a fazer meus ajustes, reduzindo a velocidade da bola como costumava fazer com Stepanova nos anos 1980. Começo a usar o famoso slice de Soto.

A estratégia funciona, mas a pressão não para. Ela até deixa passar de propósito a oportunidade de mandar alguns winners. Simplesmente devolve a bola para o outro lado. Os ralis às vezes chegam a quinze, dezesseis trocas de bola.

Acabo soltando um ou outro drive de direita longo demais, e mando alguns backhands para fora na cruzada. *Porra.*

O sol está me maltratando. Dá para sentir isso no meu pescoço e nos meus ombros.

Dos cinco primeiros games do segundo set, Cortéz ganha quatro.

Na mudança de lado seguinte, não olho para o box das jogadoras, onde está meu pai, nem para Bowe. Cubro a cabeça com a toalha para pensar. A maré virou.

Assuma o controle da quadra. Não vá recuar agora.

Retomamos o jogo. A intensidade de Cortéz só aumenta. Estou tentando devolver seus golpes com a mesma potência com que chegam, usando todo o peso do corpo para rotacionar o ombro, sentindo meu cotovelo se tensionar todo. Quando rebato um de seus forehands, minha raquete quebra no meio.

A plateia reage aos gritos.

Pego outra raquete e solto um suspiro. *Se ganhar esse set, ela pode virar o jogo. Não deixe que ela vire o jogo. Não deixe. Simplesmente não deixe.*

Cortéz ganha o segundo set.

Estou ofegante e lavada de suor. Meu cotovelo está me matando. Estou começando a sentir pontadas no joelho. Despejo metade de uma garrafa d'água na toalha e ponho na cabeça para me refrescar e me isolar do mundo.

Preciso ganhar o próximo set. Caso contrário, é o fim. E não pode ser o fim. Ainda não.

É nessas horas que você sempre se destaca.

Largo a toalha e fico de pé. Balanço a cabeça com força, além dos braços e dos ombros, para aliviar a tensão. Eu me concentro e volto para a quadra.

Meu saque sai com o spin e a precisão que me tornaram famosa. A bola passa direto por Cortéz. Um ace. A plateia aplaude, e eu vibro com o punho fechado. Vou voltar para esse jogo.

O último set está empatado em cinco a cinco. Limpo o suor do rosto e tento alongar as pernas sem deixar que Cortéz perceba o quanto meu joelho está doendo. Ela não está sentando no banco durante as trocas de lado na quadra. Fica saltitando na ponta dos pés, como se estivesse ansiosa para recomeçar. Sinto um frio na barriga quando a vejo fazer isso — agora estou entendendo tudo. Ela ficou me jogando de um lado para o outro no segundo set para me cansar, e agora eu estou ficando mais lenta, enquanto ela ainda tem muita lenha para queimar.

Aperto a bola com força. Como posso ter entrado nesse jogo? Como pude ser tão idiota? Tão inocente! *Você fez exatamente o que ela queria! E agora está com a língua de fora, como todo mundo disse que ficaria!*

Volto para a quadra, e o bombardeio de Cortéz continua, sem nenhum sinal de arrefecer, me obrigando a correr de um lado para o outro, forçando todas as bolas possíveis no meu backhand, sabendo que não tenho energia suficiente para fugir da esquerda e bater de forehand.

Eu corro e bato forte na bola. Arranco alguns pontos dela, mas não faz diferença. Não consigo quebrar seu saque.

Agora está seis a cinco para ela. Se ela ganhar este game, leva o jogo. *CARRIE, NÃO VÁ PERDER ESTE GAME.*

O primeiro ponto é meu. *Quinze-zero.*

Ponto para ela. *Quinze iguais.*

Ponto para ela.

Ponto para ela.

Match point.

Meu saque quica baixo. Ela devolve perto da linha. *Não vá confirmar o que todo mundo está dizendo sobre você.*

Mando um drop-shot perto da rede. Ainda tenho como me salvar da beira do abismo.

Ela chega à rede e devolve com outra curtinha. A bola quica uma vez. Eu corro, mas, antes de chegar lá, a bola quica outra vez.

Sou dominada por uma tempestade de pavor — como se o céu tivesse se fechado e estivesse chovendo vergonha.

Cortéz me venceu. Estou eliminada do Aberto da Austrália de 1995.

"Você chegou às oitavas de final no primeiro torneio que disputou depois de voltar da aposentadoria, *hija*", é o que meu pai diz. Estou sentada na sala da fisioterapia, com um saco de gelo no joelho. "Isso é motivo de orgulho!"

"Desde quando uma derrota é motivo de orgulho?"

Daqui a pouco, preciso tomar banho e encarar a coletiva na sala de imprensa. Cortéz já está lá — se gabando toda, tenho certeza. E tem esse direito. Afinal de contas, ganhou o jogo.

Eu é que sou a porra da perdedora que vai ter que entrar lá e encarar todo mundo sabendo que fui vencida na bola *e* na inteligência. E o pior de tudo é que sei, tenho *certeza*, que ela não é uma tenista melhor que eu. Esse é o tamanho do meu fracasso.

"Você não tem paciência", meu pai comenta, balançando a cabeça. "E sei que isso não é culpa minha, porque é uma coisa que eu tentei ensinar. Mas você ainda não entendeu que as coisas não acontecem de uma hora para outra."

"Eu vou ignorar você agora", respondo, levantando e tirando o gelo do joelho. "E vou lá falar com a imprensa sobre ter jogado no lixo a minha chance de levar o título. Mas fique à vontade para repetir o seu sermão palavra por palavra mais tarde."

"Carolina...", meu pai me chama.

"A gente se vê lá no hotel."

Meu pai continua falando, mas não escuto. Saio andando para o vestiário — passando por entre todas as outras jogadoras — e entro direto no chuveiro.

Na coletiva, as câmeras e os repórteres estão todos concentrados em mim.

"Cortéz é uma adversária forte, mas que provavelmente não teria como vencer você no seu auge", uma jornalista começa a falar antes mesmo de eu me acomodar na cadeira. "Como é a sensação de saber disso?"

"Hoje eu não fiz meu melhor, e vou ter que aceitar as consequências disso."

"Depois de três bons jogos após o seu retorno", emenda um homem, "a derrota de hoje pegou você de surpresa? Como você está se sentindo agora?"

"Estou me sentindo como alguém que jogou mal e ainda precisa responder a um monte de perguntas sobre isso. Eu não estou feliz. Claro que não. Mas vou usar isso como combustível para jogar melhor das próximas vezes, como sempre fiz."

"Mas em algum momento o nível de todo mundo cai", um outro repórter emenda. "É isso o que estamos vendo aqui?"

"Por que você não vai perguntar para Dvořáková, Flores e Perez se o nível do meu jogo caiu?"

"O que você vai fazer agora?", pergunta outra jornalista.

"Vou voltar para casa e retomar os treinos para me preparar para ser campeã em Paris."

"Sim, mas o saibro sempre foi a superfície mais difícil para você", ela insiste. "Você só ganhou Roland Garros uma vez, em 1983."

"Pois é, eu sei", respondo. "Mas pode esperar para me ver ganhar de novo em 1995."

As perguntas continuam, mas me levanto da mesa e saio da sala.

De volta ao hotel, entro no elevador e vou direto para o quarto. Mas, no meu andar, vejo Bowe no corredor com a mala na mão.

Detenho o passo imediatamente.

"Eu não sabia se você é do tipo que gosta de ter companhia quando perde ou do tipo que quer que todo mundo suma da sua frente", ele se explica.

"Eu sou do tipo que quer que tudo mundo suma da minha frente", respondo.

Bowe assente com a cabeça. "Entendido", ele diz, pegando a mala. "Já vou indo."

Dou alguns passos na sua direção. "Não precisava ter remarcado seu voo", eu digo.

Bowe olha para a mala e depois de novo para mim. "Precisava, sim, na verdade", ele diz. "Eu... eu não tive a menor chance contra O'Hara, mas não teria chance contra ninguém que venci nesse torneio se não fosse por você."

"Porque nós treinamos juntos?", pergunto.

"É", ele confirma. "Mas também... por você estar fazendo isso. Por ter metido as caras e falado: 'Ainda tenho umas contas para acertar'. Randall está aposentado, Stepanova não joga mais. Nem McEnroe. Borg só passou vergonha tentando voltar tanto tempo depois com aquela raquete de madeira dele. Mas você, não. Você chegou com a atitude de uma assassina de aluguel. E isso... Isso fez eu me sentir menos ridículo, eu acho. Por estar tentando também."

Eu encosto na parede. Ele chega mais perto.

"Nem tente me beijar", aviso.

Bowe sorri e balança a cabeça. "Isso você já disse. Me rejeitar uma vez já basta para eu entender."

"Tudo bem", retruco. "Só estou avisando... não faça isso."

Bowe assente. "Desculpe por ter gritado com você de manhã. Você estava certa sobre o meu saque. E sobre o meu jogo."

"Eu... não precisava ter sido tão grossa."

"*Eu não precisava ter sido tão grossa: A biografia de Carrie Soto.*"

Eu dou risada. "Para onde você vai agora?"

Bowe encolhe os ombros. "Bom, eu não estou escalado para jogar a Copa Davis, obviamente", ele responde. "Mas vou para Marselha e San Jose. E depois Memphis. E segue o jogo."

"Eu sinto um pouco de falta disso", respondo. "Do lance da turnê. As viagens frequentes, a concentração constante. Você não tem como ficar pensando em uma derrota se já tem outro jogo logo em seguida."

"Você pode voltar para o circuito se quiser, né?"

Eu assinto com a cabeça, cutucando as unhas, sem olhar para ele. "Ainda não estou no nível de ser a jogadora dominante que ia querer ser."

"Você jogou bem hoje", ele comenta. "Ainda bem que fiquei para assistir. Sei que não terminou do jeito que você queria, mas ainda estou impressionado com o que vi aqui. Um monte de gente está, aliás."

"Obrigada", digo. E então paro de cutucar as unhas e o olho bem nos olhos. "Obrigada mesmo."

"Então a gente se vê em Paris, ao que parece", Bowe responde, pegando a mala de novo.

Eu confirmo com a cabeça. "Vou voltar para casa e tentar ficar em forma até lá."

"E eu vou estar nas quadras tentando tirar um coelho da cartola."

Bowe estende a mão para um cumprimento, que eu aceito. Fico surpresa com o calor de sua pele.

Ele se vira para ir embora.

"Você ainda tem um quarto?", pergunto. "Já deveria ter ido embora de manhã."

"Eu pego outro", ele responde. "Não esquenta com isso."

Tem um sofá-cama na sala de estar da minha suíte. Mas, em alguma hora da noite, ele iria bater na porta do meu quarto. Ou, pior ainda, eu iria para o sofá com ele.

Quando acelero a cena na minha mente, mal consigo suportar o que vejo. Ele vai dizer alguma coisa encantadora em algum momento, e eu vou começar a acreditar que é verdade, apesar de todas as evidências em contrário. E vou começar a gostar dele, ou vou me apaixonar por ele, ou vou sentir uma coisa que vou achar que nunca aconteceu antes comigo. E então um dia, quando eu estiver mais envolvida, ele vai deixar de gostar de mim ou de me amar, por um motivo ou por outro. E eu vou acabar com um vazio no peito.

"Tudo bem, então", digo. "Boa sorte. A gente se vê em Paris."

Transcrição

SportsHour USA
Mark Hadley Show

Mark Hadley: E Carrie Soto eliminada antes das quartas? O que dizer sobre isso?

Gloria Jones: Eu acho que ela se saiu muito bem.

Briggs Lakin: Foi como eu sempre soube que ia ser, ou seja, um retorno fracassado.

Jones: Nesse sentido, sim. Se ela quer ganhar um Grand Slam esse ano, então deveria ter passado das oitavas.

Lakin: Se ela não conseguiu chegar à final em Melbourne com Nicki Chan fora do páreo com o tornozelo baleado, não tem mais nenhuma chance de levar um Grand Slam este ano. Principalmente quando a Monstra estiver de volta. Vocês sabem que eu não sou nenhum fã de Chan. Detesto aqueles grunhidos todos. Mas ela é a melhor tenista do mundo hoje. Então essa era a chance de Soto ganhar um torneio, e foi perdida.

Jones: Sim, com essa última parte eu concordo.

Hadley: Vejam só! Pela primeira vez, todo mundo está de acordo sobre alguma coisa.

Lakin: Falando agora sobre as quartas, acho que Cortéz pode levar essa.

Jones: De jeito nenhum. Ela não passa por Antonovich.

Hadley: Bom, Chan não é mais nenhuma menina. Quem vai assumir a coroa depois que a Monstra sair de cena? Pode ser a grande chance para Cortéz ou Antonovich. Faturar um Grand Slam enquanto ela está fora. Mostrar quem é o futuro do tênis.

No voo de volta para Los Angeles, meu pai quer conversar sobre o que deu errado e sobre como posso me sair melhor da próxima vez.

"*Sí, pero*, eu joguei muito mal, pai", digo. "Estava me achando. Pensei que estava de volta à minha antiga forma, e não era o caso. Cortéz me pegou direitinho. E agora todo mundo que viu esse jogo sabe o que fazer para me deixar sem pernas."

"*Sí, y...*", meu pai responde, gesticulando para me estimular a continuar falando.

"Eu... eu preciso resolver isso."

Meu pai sorri. "*Nós* precisamos resolver isso. Precisamos pensar nas várias estratégias que cada jogadora pode usar e reagir mais depressa quando entendermos o que elas estão tentando fazer. E precisamos deixar seu voleio melhor do que nunca, para você não ficar dependendo das trocas de bola, se em algum momento sentir que está perdendo potência nos golpes." Eu percebo uma animação na voz dele — uma empolgação — que me deixa irritada.

"Sim, mas, por favor, vê se para de sorrir."

"Eu não consigo!", ele diz, jogando as mãos para o alto. "Eu estou animado. Agora vem a fase dois. Descobrimos em que podemos melhorar, e vamos fazer isso. O céu está aberto, os passarinhos estão cantando, o mundo está aos nossos pés."

Estamos a milhares de metros de altura. É noite fechada, e não tem passarinho nenhum por perto. Só a derrota e o cansaço da viagem em uma cabine pressurizada.

"Certo, *está bien*", respondo. "*Está bien.*"

* * *

Quando chegamos em casa, durmo doze horas seguidas. Tinha planejado passar o dia seguinte sozinha no quarto com as cortinas fechadas e pedir uma pizza superfaturada. Mas, quando abro os olhos, acabo me obrigando a ligar a televisão. Quero confirmar o que desconfio que aconteceu.

Ingrid Cortéz aparece na tela, segurando a Daphne Akhurst Memorial Cup. Ela ganhou a porcaria da final contra Antonovich.

Está lá, toda feliz. Como a menina que ainda é — cheia de alegria, vitalidade e ambição. De sorriso aberto; com o rosto todo vermelho.

Quando foi que perdi isso? A emoção do sucesso? Quando foi que ganhar virou uma *necessidade* de sobrevivência? Uma coisa que não me trazia alegria quando vinha, mas me deixava em pânico quando não vinha?

Antes mesmo de me dar conta do que estou fazendo, já estou de short e camiseta, batendo na porta do meu pai às oito e meia da manhã do meu dia de folga.

Ele abre de roupão e chinelo, limpando os olhos. Mas, quando me vê, se anima na hora.

"Vamos jogar", digo.

"Certo", ele responde. "Só vou pegar minhas anotações do que precisamos fazer."

Eu balanço negativamente a cabeça. "Não. Só vamos para a quadra. Para um jogo mano a mano. Por diversão. Nada de treino."

Meu pai sorri e junta as mãos, todo contente. "*¡Me encanta el plan!*"

Ele estende a mão espalmada para eu bater. Eu sorrio e o cumprimento.

"*Dame cinco minutos*", meu pai me pede. "*Y después jugamos.*"

Quando aparece de novo, é com o peito estufado e um sorriso no rosto. Ele saca primeiro, e depois leva um tremendo atropelo.

Fevereiro de 1995

Três meses e meio antes de Paris

O sol mal se levantou, mas já estou na quadra, posicionada e aquecida diante do meu pai.

"É o começo da temporada de saibro", ele diz. "O que passou, passou. Vamos pensar só em Paris. *¿Estamos de acuerdo?*"

"*Sí, está bien*", respondo. A derrota em Melbourne ainda machuca. A única coisa que pode curar isso é uma vitória em Roland Garros.

Como a imprensa fez a gentileza de me lembrar, só ganhei o Aberto da França uma vez. Doze anos atrás. Meus outros dezenove Grand Slams foram em quadra dura ou na grama, mas Roland Garros é disputado no saibro.

As quadras de saibro são mais macias; absorvem mais a força da bola, o que significa que são mais lentas. As tenistas correm mais devagar, a bola quica mais devagar e mais *alto* também, o que dá às adversárias mais tempo para reagir aos meus golpes. O saibro tira minha vantagem em quase todos os sentidos. Neutraliza minha velocidade, ameniza o efeito da minha precisão; nem os golpes mais angulados têm a mesma eficiência.

O saibro não é para quem tem velocidade. É para quem bate pesado. É um jogo de força bruta.

O saibro é o domínio de Nicki, e eu sinceramente espero que o tornozelo dela esteja fodido a ponto de tirá-la do torneio.

"Está pronta para dar duro?", meu pai pergunta, segurando uma bola de tênis.

"*Obvio que sí.*"

Ele joga a bola para mim. Eu a apanho. Então ele sai andando na direção da garagem.

"O que você está fazendo?", pergunto.

Ele se vira para mim, acenando com a mão e me chamando. "Hoje é dia de aventura, *hija*."

Solto um suspiro e vou atrás dele.

"Pode deixar a raquete e as bolinhas", ele avisa.

Lanço um olhar atravessado para ele. "Vou precisar dos meus tênis de corrida?"

Ele balança a cabeça de um lado para o outro. "Não, acho que não."

"Para onde estamos indo?", pergunto enquanto ele abre a porta do motorista de sua Range Rover verde, que ganhou de mim dois anos atrás.

"Faltam três meses e meio para Roland Garros", ele comenta.

Eu abro a porta do passageiro e entro no carro. "Sim, eu sei."

Ele liga o motor. "Um torneio em quadra de saibro..."

Meu pai engata a ré e se vira para trás para olhar. *Ah, não.*

"Não, pai. Não. *De ninguna manera*", digo.

"Carrie, *sí*", ele responde.

"*No, ni lo sueñes, papá.*"

"*Lo siento, pero ya lo estás haciendo.*"

"O que é isso? Eu tenho doze anos de novo agora? *No necesito hacer esto.*"

"Precisa, sim", ele responde. "É exatamente disso que você precisa."

Vejo um sorrisinho surgir no rosto dele quando sai com o carro para a rua. Em direção à praia.

Eu estou de frente para o mar em Santa Monica, com a areia quente e macia sob os pés.

"Você começa aqui", avisa meu pai. "Eu vou seguir pela beira da praia por mais oito quilômetros e espero você lá."

Lá vou eu de novo, ficar correndo na porra da areia.

E não é nem na areia molhada. É a areia seca e áspera que cede sob o peso do corpo e faz os pés afundarem a cada passada.

E correr assim faz tudo doer. As panturrilhas, as coxas, os glúteos. Tudo mesmo.

No *S.O.S. Malibu* parece tão fácil.

165

Olho ao redor e solto um suspiro. Atrás de mim, adolescentes com camisetas duas vezes maior e calça jeans rasgada estão circulando pelo calçadão da praia. Algumas mulheres de bermuda fluorescente de ciclista e top esportivo andam de patins, ouvindo walkman.

O que eu não daria para correr lá, em vez da areia...

Eu me viro para o norte, me concentrando nos quilômetros de praia que tenho pela frente.

"¿Y bien?", diz o meu pai.

A fadiga muscular provoca perda de agilidade. Você não consegue se posicionar direito. Suas bolas perdem força e precisão. Não consegue chegar aonde precisa para angular direito os golpes.

Ele tem razão. Preciso fazer isso.

"Está bien", respondo. "Oito quilômetros. Até daqui a pouco."

Meu pai bate com dois dedos na testa e volta para o carro. Fico observando enquanto ele volta para a Pacific Coast Highway e sai dirigindo para longe.

Olho para a areia. Depois respiro fundo e saio trotando.

No começo, é tranquilo; sempre é. E então, de repente, minha respiração fica pesada, e meus pulmões parecem mais pesados.

Depois de quarenta minutos, tenho certeza de que já corri os oito quilômetros. Meu pai está de palhaçada comigo; deve ter dirigido uns quinze quilômetros pela estrada.

Minhas coxas estão me matando. Estou ofegante, mas não posso diminuir o ritmo — preciso manter o ritmo que meu pai exige. Tenho que *conseguir*. Essa corrida é uma coisa que está sob o meu controle.

A areia está ficando mais quente, queimando as solas dos meus pés. O brilho do sol é ofuscante. O suor escorre pela minha testa, entrando nos meus olhos e ensopando minha camiseta.

Tento clarear meus pensamentos; escuto a minha respiração e, por um momento, paro de pensar no sofrimento que estou enfrentando. Fico pensando somente em Nicki Chan.

Filha de pais chineses, é nascida em Londres e pegou numa raquete de tênis pela primeira vez aos seis anos. Por ser canhota, já saía na vantagem logo de início. E foi boa, às vezes até ótima, em vários períodos durante a carreira como juvenil. Ela se profissionalizou e se deu bem. Eu me lembro de jogar com ela e de vencer. Mas então, em 1989, ela ficou seis meses longe das quadras e reconfigurou completamente seu jogo, trabalhando com um treinador chamado Tim Brooks.

Os drives de Nicki se tornaram brutais e seus saques mortais. Ela parou de jogar o que se costuma chamar de "tênis porcentagem" — ou seja, buscar sempre a jogada com menor possibilidade de erro. Em vez disso, passou a correr risco, buscando sempre a linha, e sempre com bolas que são verdadeiras balas de canhão, com uma capacidade física inigualável.

Nessa sua nova encarnação, ela é uma jogadora que se joga na bola e pula alto para buscar os smashes. Nas quadras de saibro, abre espacate e desliza como um jogador de beisebol tentando chegar à primeira base.

Seus fundamentos nem sempre são impecáveis; os golpes às vezes saem bem feios. Porém, ela consegue fazer o que todo mundo quer: vencer.

Infelizmente para Nicki, isso tudo é péssimo para o seu corpo. Ela se lesiona com mais frequência do que a maioria das adversárias — tornozelo torcido, cotovelo inflamado, joelho inchado, dores nas costas. Está com trinta e um anos, mas não dá para saber quanto tempo ainda vai aguentar. Mas o jogo dela tem uma beleza incrível também, uma entrega total, uma brutalidade. Ela não é uma dançarina. É uma gladiadora.

Fico me perguntando o que ela está fazendo neste exato momento. Se seu tornozelo já está curado. Ela vai estar pronta para Paris? Ou essa lesão vai tirá-la de cena de uma vez por todas?

Ela sabe o que vai acontecer? Está com medo? Está ansiosa como eu para saber como essa temporada vai terminar? Ou está achando tudo isso o máximo?

Espero que ela esteja pelo menos um pouco empolgada. Porque tudo isso é o máximo.

"Que horror", meu pai comenta quando finalmente chego ao local onde ele está. "Você deveria ter sido no mínimo dez minutos mais rápida. Vamos voltar de novo *mañana*."

Mal consigo respirar. "Bueno", digo, ofegante. "*Mañana*."

Minha vida se resume a:

Oito quilômetros correndo na areia de manhã.

Sprints de quarenta metros em dias alternados.

Rebater a bolas lançadas por uma máquina capaz de lançá-las a mais de cento e vinte quilômetros por hora.

Jogar contra sparrings por horas a fio.

Meu pai marca a velocidade dos meus saques com um radar, e só para de negar com a cabeça quando consigo mandar a bola a no mínimo cento e noventa quilômetros por hora.

E então, quando o sol começa a se pôr e a noite cai, vou estudar os vídeos.

Meu pai e eu assistimos aos meus jogos em Melbourne para avaliar o que fiz de melhor. Vemos Cortéz, Perez, Odette Moretti, Natasha Antonovich, Suze Carter, Celine Nystrom, Petra Zetov e Andressa Machado em ação no IGA Classic, em Oklahoma City.

Meu pai cerra os maxilares quando vê a performance dominante de Natasha Antonovich na final contra Moretti. Ele não precisa dizer nada — já sei qual é sua preocupação.

Antonovich joga como eu no auge da minha carreira. É veloz e tem um arsenal completo de golpes. Não vai ser fácil enfrentá-la em Paris caso nossos caminhos se cruzem.

"Acho que podemos ir para Indian Wells", meu pai diz quando desligamos a TV certa noite. "Para ver todas elas de perto de novo e procurar os pontos fracos. E treinar para nos aproveitarmos deles."

"Tudo bem", respondo. "Claro."

Meu pai se levanta para voltar para a casa dele. "Você viu que Bowe chegou às quartas em Milão?", pergunta.

"Vi", eu digo, balançando a cabeça.

"Precisamos juntar vocês dois na quadra de novo. Quanto melhor ele estiver, melhor para você. Até que um dia você consiga jogar o melhor tênis da sua vida, *pichona*."

"*No lo sé, papá*", respondeu.

"Escute o que eu estou dizendo, *hija*, o melhor jogo da sua carreira ainda está por vir."

É muito gentil da parte dele dizer isso — exatamente o que um pai como ele falaria para uma filha como eu. Uma conversa cheia de amor e confiança, mas talvez não totalmente sincera.

Março de 1995

Três meses para Paris

Meu pai, Gwen e eu colocamos as malas no suv dela e partimos para o oeste, rumo a Indian Wells.

Gwen está dirigindo, e eu vou no banco do passageiro. TLC está sintonizado no rádio, e o sistema de som de Gwen faz parecer que os locutores estão dentro do carro.

Meu pai está no banco de trás e começa a cochilar assim que pegamos a estrada e entramos na I-10.

Gwen abaixa o volume do rádio. "Escuta só", ela diz, baixando o tom de voz. "Preciso conversar sobre uma coisa com você."

"Tá...", respondo enquanto atravessamos a região central de LA.

"A Elite Gold quer suspender as sessões de fotos e os comerciais por enquanto."

Eu me viro para Gwen. "Mas eu cheguei às oitavas."

Ela olha no retrovisor e muda para a faixa mais rápida — que está quase parada. "Eles ficaram impressionados com a sua atuação em Melbourne, mas disseram que o saibro é onde você joga pior, e não querem pôr no ar um monte de comercial te retratando como uma lenda depois de..."

"Dois fracassos."

"Eles usaram a palavra *derrotas*."

"Eu ainda não perdi Roland Garros e já estão me eliminando por conta própria?"

"Eu avisei que eles estão cometendo um erro. Falei: 'Vocês têm um contrato com a atleta mais comentada do ano. É melhor fazer as *fotos* agora, e quando ela vencer no verão vocês vão ter a campanha da década prontinha para lançar'."

"Mas eles não engoliram essa."

"Estão preferindo pagar para ver."

Dou um chute na porta do carro, e Gwen olha feio para mim. "Que porra é essa?"

"Desculpa."

"Olha, nós duas sabemos que Melbourne era só o começo. Você vai ganhar um torneio até o fim do ano."

"Você acredita mesmo nisso?", pergunto.

"Eu acredito em você. Se você diz que vai fazer uma coisa, vai lá e faz."

Fecho os olhos por um segundo e me pergunto como posso dizer que precisava muito ouvir isso, mas não consigo encontrar as palavras certas.

"Ok, vamos falar de Bowe, então", Gwen continua, olhando para mim por um breve momento antes de voltar a atenção de novo para a estrada. "Como foram as coisas? Ele me falou que foi muito proveitoso. E para você, foi bom? Ajudou?"

"Foi ótimo, na verdade", digo. "Foi muito útil ter um parceiro de treinos do nível dele."

Gwen levanta as sobrancelhas. "Só isso?"

Olho para ela. "Não sei aonde você está querendo chegar."

"Vi uma foto de vocês saindo para jantar em Melbourne. E as pessoas estão dizendo que ele vai assistir aos seus jogos. Então fiquei pensando se..."

Faço que não com a cabeça. "Cuida da sua vida."

"Ah, qual é!", ela diz. "Dava para ver que Bowe ainda estava interessado em você. Estava na *cara*."

Eu me viro para a janela e vejo o trânsito se arrastando. Estamos atravessando a zona industrial de Los Angeles a passo de tartaruga. "Você está criando uma novelinha na sua cabeça."

"Eu acho de verdade que vocês se dariam bem. Ele é meio difícil, mas uma ótima pessoa — exatamente como uma pessoa que eu conheço."

"Gwen, desencana."

"Só acho que seria legal se você, sabe como é, tivesse alguém na sua vida."

Estou com a mão na porta do carro, e percebo que meu punho está cerrado. "Você está com problemas no seu relacionamento, é isso?", questiono. "É por isso que está se metendo na minha vida?"

"Eu não estou me metendo. Só quero que você seja feliz. Isso é errado? Achar que você poderia ter alguém do seu lado, para variar um pouco?"

Minha vontade é de abrir a porta e pular no acostamento da rodovia.

"Acho que você não anda transando o suficiente, Gwen", retruco, mantendo o tom de voz baixo, para não acordar meu pai. "Vou dizer para o Michael comparecer com mais frequência, para ver se você me deixa em paz."

Gwen revira os olhos e faz um gesto de impaciência. "Bom, então me desculpe por querer que você seja amada."

"Vou ligar agora mesmo", aviso. "Ele precisa deixar você satisfeita, para não querer viver a minha vida em vez da sua."

Pego o telefone do carro e aperto o botão de discagem rápida, imaginando que seja o número do marido dela. A chamada é completada.

Gwen arranca o telefone da minha mão quando Michael atende.

"Oi", ela diz. "Só estou ligando para avisar que já estamos na estrada, indo para..."

Paro de prestar atenção quando o trânsito fica livre e começamos de fato a viagem. Olho para Gwen quando ela desliga o telefone. "Você vai longe demais às vezes", ela reclama.

Eu me viro para a janela quando Gwen pisa no acelerador e seguimos pela I-10 na direção do deserto.

Meu pai está de óculos escuros e chapéu, como se assim fosse se tornar irreconhecível, sentado na décima fileira da arquibancada inferior da quadra. Estamos vendo Ingrid Cortéz enfrentar Madlenka Dvořáková. Ele observa cada golpe, fazendo anotações sobre ambas em um caderno preto de capa de couro que comprou outro dia. Meu pai não usava um caderno desde que eu era adolescente. Fico me perguntando se está fazendo isso agora porque está velho e não confia mais na memória — ou porque eu estou velha e nós precisamos de toda a ajuda possível.

171

Dvořáková vence o primeiro set, o que é uma surpresa. Eu aplaudo e assovio.

Meu pai se vira para mim.

"Que foi?", pergunto.

"Você está torcendo", ele comenta. "Para a jogadora mais fraca."

"Eu não gosto da Cortéz."

"Mas ela é uma jogadora fenomenal. Você pelo menos respeita o jogo dela, não? O talento?"

"Claro", respondo. "Quer dizer, sim. Mas Dvořáková está fazendo um belo de um esforço. E vai precisar dar tudo de si se quiser passar por Cortéz. Então estou aplaudindo. Posso?"

Ele sorri e balança a cabeça. "Você está ficando mais mole com a idade."

Eu o ignoro e examino a programação do torneio. "Depois de vermos Cortéz mais um pouco, vamos passar na quadra onde Perez está enfrentando Zetov", digo. "Gwen está por lá, eu acho."

Para minha sorte, Gwen não é do tipo que guarda ressentimentos. Ela me tratou com frieza durante o resto da viagem, mas, na manhã seguinte, era como se nada tivesse acontecido. Formulei diversos pedidos de desculpas na minha cabeça, mas não consegui dizer nenhuma daquelas palavras.

Meu pai assente. "E precisamos ver Antonovich e Moretti à noite."

"Sim, combinado."

"Isso é divertido!", ele comenta, batendo com o ombro no meu. "Nossa, como eu adoro esse esporte."

Eu bato com o meu ombro no dele. Fico me perguntando como deve ser amar o tênis sem o medo de deixar de ser correspondida cada vez que entro em quadra.

Alguns dias depois, acordo cedo na casa que alugamos, incapaz de acalmar minha mente.

Olho no relógio e vejo que não são nem cinco da manhã. Decido sair para correr um pouco.

No amanhecer no deserto, meu corpo está mais quente que o vento frio. Corro no meio do asfalto pelas ruas vazias do bairro, com um ritmo lento porém constante, batendo com força os pés no chão.

Se eu não conseguir chegar longe em Roland Garros, posso perder patrocínios.

Eu não ligo para dinheiro. Depois de quitar a hipoteca da minha propriedade, passei a direcionar a maior parte do que ganho para centros de treinamento juvenis nos Estados Unidos e na Argentina, por meio da minha fundação.

Também fiz bons investimentos, o que me permite continuar com as doações mesmo sem patrocínio nenhum.

A questão não é encher os bolsos.

É precisar encarar Gwen se ela tiver que me dar a notícia de que está todo mundo pulando fora. É entrar na quadra em Wimbledon quando essa informação chegar ao noticiário. É entrar em um restaurante com todo mundo ao meu redor sabendo que está tudo desmoronando na minha vida.

É ser diminuída, como muita gente deseja que aconteça comigo há tanto tempo.

Eu detestaria dar essa satisfação a essas pessoas.

Corro sem prestar atenção no trajeto — e me vejo de novo diante da casa que alugamos antes mesmo de me dar conta de que estava andando em círculos.

Tomo um banho. Com o cabelo ainda molhado, visto uma calça jeans e uma camiseta e pego o carro. Não sei para onde vou — só sei que preciso me manter em movimento. Vou dirigindo pelo deserto — montanhas avermelhadas, planícies arenosas, palmeiras e galerias comerciais.

Porra, e se eu estragar tudo mesmo?

Não posso deixar isso acontecer. Preciso treinar e elaborar uma estratégia. Preciso ralar.

Já faz tempo que minha ambição é uma coisa opressiva para mim. Não é motivo de alegria — é como ter alguém mandando em mim o tempo todo, uma névoa que recai sobre a minha vida e torna difícil até respirar. É só por causa da minha disciplina, da minha disposição de me desafiar cada vez mais, que consegui seguir adiante.

Mas agora sinto que a minha intuição não é mais a mesma. Preciso conseguir improvisar, pensar mais rápido do que em Melbourne, para saber ler instintivamente o jogo das minhas adversárias.

Quando me dou conta, estou a caminho da arena.

Escolho um assento no meio da arquibancada e assisto aos jogos. Vejo Nystrom enfrentar Antonovich. Percebo que o saque de Antonovich é de uma precisão absoluta. Acompanho a partida de Moretti contra Machado. Reparo na potência dos golpes de Moretti. O forehand dela é matador, mas o backhand de duas mãos é um ponto fraco.

Quando o jogo termina, vejo a programação e passo os olhos na chave masculina. Bowe está encarando O'Hara de novo. Agora. E então, em vez de ver Perez contra Cortéz, vou para outra quadra.

Bowe está de short azul-marinho e uma camiseta polo branca. O cabelo dele parece meio comprido por baixo do boné. O jogo está empatado em dois a dois, já no quinto set. Fico surpresa, mas talvez não devesse. É impossível não sentir uma pontada de orgulho dele.

O'Hara é tão loiro que seu cabelo é quase branco, e as sobrancelhas são da mesma cor. Seu estilo de jogo é frustrante e nada vistoso, muitas vezes cauteloso demais. Ele joga o tênis porcentagem elevado a um nível absurdo. Todo mundo sabe das brigas que O'Hara tem com seu técnico, Henry Bouchard, justamente por isso. O'Hara joga sem nenhuma paixão, nenhuma personalidade.

E é isso que sempre tornou Bowe interessante durante toda a carreira — ganhando ou perdendo. Nos anos 1980, mesmo enquanto gritava com o juiz — e talvez até por isso — todo mundo sabia que ele era um jogador que estava na quadra de corpo e alma, um ser humano com defeitos que poderiam pôr tudo a perder. Era evidente que se tratava de alguém que estava lutando, e disposto a arriscar tudo se fosse preciso.

Sempre admirei isso nele.

Bowe vence o game. Está ganhando o quinto set por seis a cinco. Se quebrar o saque de O'Hara, leva o jogo.

Eu quero que isso aconteça — a arena inteira também. Dá para sentir isso pelo comportamento da plateia. Todos os olhares estão grudados na quadra.

Por um instante, eu sorrio ao pensar que Bowe não faz ideia de que estou aqui assistindo. Fica parecendo uma coisa furtiva, quase íntima.

O'Hara marca o primeiro ponto. *Quinze-zero.*

Quinze iguais.

Trinta-quinze.

Trinta iguais.

Bowe limpa a testa com a manga da camiseta, mexe no boné e fica saltitando até demais enquanto se curva para receber o saque. Está transbordando energia nervosa, mas imagino que ninguém mais perceba isso, porque Bowe está fazendo devoluções belíssimas. Não consigo conter o sorriso.

Quarenta-trinta.

Deuce.

Bowe ganha o ponto seguinte e fica com a vantagem. É um break point — um match point. O jogo está *na mão* dele. A vitória está *logo ali*. Mais um ponto e a partida termina.

O'Hara manda um saque aberto, que quica alto. Bowe faz uma bela devolução, bem na linha lateral. Foi dentro! Eu me levanto quando as pessoas ao meu redor começam a aplaudir.

Mas o juiz de carreira marca bola fora.

O'Hara parece em choque. Eu me viro para Bowe, que já está arrancando o boné da cabeça. Em seguida, ele o atira no chão. "ESTÁ DE BRINCADEIRA COMIGO?!", Bowe grita enquanto caminha na direção do juiz. "MAS QUE ROUBALHEIRA!"

Não consigo ouvir o que o juiz está dizendo.

"QUE PUTA PAPO FURADO! EU ESTOU CAGANDO PARA ESSA HISTÓRIA DE ESPÍRITO ESPORTIVO."

Várias pessoas da organização do torneio aparecem na quadra, e Bowe começa a voltar para a linha de fundo. "NÃO PRECISAM SE PREOCUPAR COMIGO", Bowe grita. "TRATEM DE CONTROLAR AQUELE BABACA ALI."

O'Hara está dando risada.

Bowe joga as mãos para o alto.

Olho para a plateia por um instante, me recusando a ver Bowe sendo repreendido. Ele vai ser punido com a perda de um ponto só por ter gritado palavrões desse jeito. *Ah, Bowe. Qual é.* Vai ser bem mais difícil ganhar o jogo depois disso.

Na fileira à minha frente tem um grupo de adolescentes observando

175

Bowe como se estivessem em transe. Não consigo decidir se Bowe é uma boa influência por protestar contra um juiz tendencioso, ou uma péssima influência, um homem adulto que dá chilique quando as coisas não saem do jeito que ele quer. Mas é claro que não existe certo ou errado. Tudo depende do ponto de vista. Aquela que um homem chama de vaca pode ser uma heroína para outra mulher.

Enquanto olho para as arquibancadas, meus olhos encontram uma mulher de óculos escuros e boné, quatro fileiras à minha frente. Meu coração vai parar na boca.

É Nicki Chan.

Olho melhor, tentando me convencer de que estou louca, mas com certeza é ela.

Aquele corpo alto e forte é inconfundível. Os braços musculosos. Os ombros largos. O cabelo preto e comprido. Ninguém comenta muito — o que diz muita coisa, aliás —, mas Nicki Chan é linda. De parar o trânsito. Rosto redondo, maçãs do rosto pronunciada, lábios grossos.

Existem outras tenistas — as que são loiras e têm peitos grandes e pernas compridas — que viram modelos fotográficos aos dezessete anos. Mesmo antes de pisarem nas quadras, já estão nas capas das revistas.

Mas não as mulheres mais robustas, como eu, ou as de pele mais escura, como Carla Perez ou Suze Carter. Ou as britânicas de ascendência chinesa, como Nicki, nem as que são intimidadoras ou intensas demais. Ou qualquer uma que não seja magrinha, branquinha e sorridente.

Mesmo assim, não importa o tipo físico, ainda temos todas uma coisa em comum: depois que passamos a ser consideradas velhas demais, não importa mais o que já fomos um dia.

Acabo olhando para Nicki por tempo demais, me perguntando o que ela está fazendo aqui. Mas meu pensamento é interrompido quando ela direciona seu olhar para mim. Parece tão surpresa em me ver aqui quanto eu. Mas ela sorri, bem discretamente. E acena.

É um gesto de uma simpatia visível, irritantemente bem-intencionado. Tento sorrir e acenar de volta.

Então nós duas viramos para o que sinto, no fundo do coração, que está prestes a acontecer.

Bowe perdeu aquele ponto e mais outro. A vantagem agora é de

O'Hara, que só precisa de mais um ponto para confirmar o saque e tirar o jogo das mãos de Bowe.

Ele saca — e a bola passa direto por Bowe. Um ace.

Agora está seis a seis.

Não vou suportar vê-lo perder esse jogo, então resolvo ir embora.

Quando estou no carro, virando a chave na ignição, eu me dou conta de que Nicki deve estar em Indian Wells pelo mesmo motivo que eu. Para analisar a concorrência como uma forma de se preparar para Roland Garros.

Apoio a cabeça na buzina e deixo o barulho ecoar pelo estacionamento.

Se ela jogar o Aberto da França, pode quebrar o meu recorde antes de eu conseguir tomá-lo de volta.

Cacete.

Quando volto para a casa, meu pai está sentado à beira da piscina, bebendo o que parece ser uma receita clássica de daiquiri. Está fazendo anotações no caderno, mas levanta a cabeça quando me vê.

"Onde diabos você se meteu?", ele pergunta.

Jogo a chave do carro em cima da mesa e me sento do lado dele, desabando na cadeira e sem tirar os óculos escuros.

"Sei lá", respondo.

Não quero contar que acabei de ver Bowe dando um chilique na quadra, e não consigo criar coragem para falar sobre Nicki.

Não quero falar que a tarefa que temos pela frente me parece impossível.

Gwen sai para a área com um vestido azul bem ajustado e saltos altos.

"Uau", comento. "Você está linda."

"Obrigada", ela diz. "Tenho um jantar com executivos da American Express para ver se eles aceitariam comprar seu contrato com a Elite Gold, entre outras coisas."

"Minha nossa", digo. "A coisa já chegou a esse ponto?"

"Não", ela diz, pegando a bolsa. "Não estamos nem perto disso, mas me comprometi em transformar seu retorno em um sucesso. Não vou correr o risco de perder nada." Ela olha bem para mim. "Você vai fazer um comercial de cartões de crédito este ano, aconteça o que acontecer."

Meu pai se vira para mim e levanta as sobrancelhas. Eu me viro para Gwen.

Fico com vergonha de estar com vontade de chorar, porque é bobagem. É a coisa mais idiota que se pode imaginar.

"Tudo bem", respondo, tentando conter os meus sentimentos. Eu me viro para a piscina. "Divirta-se."

Abril de 1995

Dois meses antes de Paris

Em abril, depois de mais dois meses de treino, consigo manter meu saque consistentemente acima dos cento e noventa e cinco quilômetros por hora.

Meus pés estão mais ágeis em quadra. Meu joelho está firme. Estou me sentindo leve, mas forte, exatamente o que preciso para jogar em Paris.

"Inacreditável!", "*¡Increíble!*", "*¡Brillante!*", meu pai anda gritando ao fim de cada sessão de treinos ultimamente, com um brilho nos olhos.

Durante semanas inteiras dessa primavera, me parece uma enorme loucura eu ter duvidado de mim mesma. Eu dou conta do desafio. É *isso* o que eu sei fazer de melhor.

No início de abril, meu pai e eu estamos jantando na cozinha da minha casa depois de passarmos o dia treinando meu segundo saque. É uma das primeiras vezes em muito tempo que não estou exausta, que atingir o máximo da minha capacidade não exigiu tudo de mim. Eu me lembro de me sentir assim aos vinte e tantos anos — essa sensação de realização sem ter que pagar um preço alto em compensação. É uma coisa que não tinha acontecido comigo ainda esse ano, mas agora finalmente está de volta.

Meu pai e eu estamos comendo um frango grelhado que ele fez.

"Está seco demais", comento. "Por que você não fez um chimichurri? Ou um molho de vinho branco? Qualquer coisa?"

"Queria ver você preparar o jantar", ele diz.

"Eu não cozinho", respondo. "Peço comida pronta. Porque, se eu preparar um frango, vai ficar igual a esse."

O telefone toca na cozinha, e meu pai vai atender.

"É o telefone da minha casa, pai", digo. "Se eu não atendo, é porque não quero falar com ninguém."

Ele me manda ficar quieta sacudindo um pano de prato na minha direção.

"Alô?", ele atende. Em seguida abre um sorriso e se vira para mim. "É o Bowe."

Vou correndo tirar o telefone da mão dele.

"Oi", digo. "Tudo certo? Você mandou bem em Joanesburgo."

"Obrigado", Bowe responde, mas com um tom nada empolgado. Ele chegou à terceira rodada e foi eliminado por Wash Lomal. Mas eu vi essa partida, e ele jogou muito bem. "Escuta só, eu desisti de jogar em Barcelona e Tóquio."

"Ah", digo, me apoiando no balcão da cozinha. "Por quê?"

"Minhas costas estão começando a incomodar, e preciso poupar energias. Pôr a cabeça no lugar. Tenho que me preparar para Roland Garros."

"Você vai jogar em Nice ou em Monte Carlo?", pergunto.

"Não", ele responde. "Já estou indo para Paris. Vou me instalar por lá e treinar nas quadras de saibro."

"Ah", eu digo. "É uma boa ideia. Javier e eu estamos pensando em fazer a mesma coisa em Saddlebrook."

"Muito bem", ele responde. "Foi por isso que eu liguei. Que tal você e Javier irem para Paris para nós dois treinarmos juntos?"

"Ir para Paris treinar com você?", repito.

Ao ouvir isso, meu pai dá um pulo da cadeira e começa a balançar a cabeça. "Diga que sim", ele diz. "É disso que você precisa. Ele também. E avise que tenho umas ideias para ele. Duas palavras: *empunhadura oriental*."

Eu dou risada. "Você ouviu isso?", pergunto ao telefone.

Bowe ri também. "Cada palavra, infelizmente. Mas..."

"O quê?"

"Não perguntei se o seu pai quer vir. Quero saber o que *você* acha da ideia."

Eu quero mais do que qualquer coisa ganhar esse maldito torneio.

Quero calar a boca de cada comentarista que me acha incapaz de fazer isso. Quero deixar o pessoal da Elite Gold se roendo de remorso. E depois quero todo mundo aos meus pés, implorando perdão.

"Ah, sim", respondo. "Vamos nessa. Vamos treinar e ganhar juntos o Aberto da França."

Bowe ri. "Estranhamente, é uma gracinha você achar que eu tenho como ganhar esse torneio. Mas beleza, vamos nessa."

"Se é para ser bem sincera, eu estava falando mais de mim do que de você."

Bowe ri de novo, dessa vez uma gargalhada de deleite. E eu não consigo conter o sorriso.

"Aí está. Essa é a Carrie Soto que todo mundo conhece e adora."

Meu pai e eu ficamos um de cada lado do corredor no voo para Paris. Apesar de eu estar com a poltrona totalmente reclinada, tentando ver o filme que está passando, meu pai está inclinado na minha direção me interrogando sobre estratégias de jogo.

"O plano para Cortéz é...", ele diz, depois de eu já ter respondido a mesma coisa sobre Perez, Moretti e Antonovich.

"Já chega disso", respondo. "Pode ter alguém ouvindo."

Meu pai começa a sussurrar. "O plano para Cortéz é...", ele repete. Eu reparo na mulher mais velha sentada ao lado dele. Ela parece ter me reconhecido, mas resolve ficar quieta, e por isso tem minha gratidão.

"O plano para Cortéz é *não ser uma imbecil e não me descontrolar como da última vez*", murmuro. "Agora vamos ver o filme."

Meu pai se recosta no assento. "Não era a resposta que eu esperava", ele diz. "*Pero bueno.*"

Ele se volta para a bandeja do assento, onde está seu caderno, e então se vira para me incomodar outra vez. "Bowe precisa aprimorar o toss na hora de sacar", comenta. "Você não concorda comigo?"

"Sim", respondo, me ajeitando para colocar os fones de ouvido. Está passando um filme com a Sharon Stone, uma atriz que adoro. Meu pai continua me olhando, ainda insatisfeito com a minha resposta.

Solto um suspiro. "Ele está demorando demais para bater na bola depois do toss. Se bater mais cedo, vai conseguir angular melhor. Em todo tipo de quadra, aliás."

Meu pai estala os dedos. "Isso", ele diz. "*¡Exacto! ¡Gracias!*"

A mulher ao lado dele sorri, parecendo encantada.

"De nada, mas tome cuidado quando for dizer isso para ele."

"Um jogador precisa ter a mente aberta para tudo o que puder melhorar seu jogo", meu pai argumenta.

"Mas cada jogador reage melhor a um tipo de treinamento."

Meu pai balança a cabeça, pensativo. "Você acha que eu estou dando treinamento para ele?"

"Você não está?"

Meu pai balança a cabeça de novo. "Ele me vê como um treinador?"

"Não sei, pai. Isso você precisa perguntar para ele."

Começo a pôr os fones de ouvido, mas ele continua me olhando. "Vocês dois estão namorando?", meu pai pergunta.

De repente, sinto uma vontade tremenda de me ejetar do avião.

"Não vamos ter essa conversa, pai", digo. "Isso nunca aconteceu antes, e não vamos começar agora."

"Mas vocês estão?"

Balanço negativamente a cabeça e fecho os olhos. "Eu não namoro ninguém. Disso você pode ter certeza."

"Não seja assim, *pichona*. Abra seu coração. Por favor, não se feche assim. Por favor."

"Pai", eu digo, prendendo a respiração, já ficando impaciente. "Me deixe ver o filme." O menino de *Gilbert Grape, aprendiz de sonhador* também está no elenco. Ele é muito bom. Quero muito assistir. Minha única salvação é a mulher ao lado do meu pai, que finalmente resolve se manifestar.

"Com licença", ela diz. Parece ter sessenta e poucos anos, e é linda. Tem olhos castanhos enormes e cílios compridos. "Você é Javier Soto?"

Eu me viro para a frente, mas continuo escutando mesmo assim.

"O próprio", meu pai responde, abrindo seu sorriso irresistível. Ele costumava ser reconhecido o tempo todo no circuito nos anos 1970. Era o centro das atenções, e os outros treinadores, pais e jogadores o procuravam em busca de conselhos. Quando fez a turnê de lançamento de seu livro, virou a celebridade do momento. Todo mundo queria um pouco do ouro que virava tudo o que suas mãos tocavam. Porém, isso já não acontece tanto quanto antes.

Ele se ajeita na poltrona, alinha os ombros e estende a mão. "Prazer em conhecer."

"Coral", ela se apresenta. "Uma grande fã."

"Da minha filha?", ele pergunta.

"Ah, sim, mas sua também."

"Minha?", ele questiona.

"Sim, do Jaguar."

Ele fica vermelho. Meu pai, *todo vermelho*.

"Eu jogo tênis", ela continua. "Sempre joguei, a vida toda. E adoro o que você diz sobre o jogo clássico e bem jogado. Amei o seu livro, *A beleza dos fundamentos*."

"Ora, obrigado", meu pai responde. "Eu fico feliz."

Finalmente ponho os fones de ouvido e vejo o filme, apesar de ter perdido uns bons vinte minutos do começo. Dou uma espiada algumas vezes e vejo meu pai e Coral aos risos ou conversando. Ela inclusive põe a mão no braço dele.

Quando a tripulação serve a comida, vejo que eles trocam o sal e a manteiga entre si. Ele cede sua sobremesa para ela. Coral abre um sorriso meigo; fica alegre como uma menina ao aceitar.

Depois que o filme termina, começa a passar um negócio chamado *Três ninjas em apuros*, e eu resolvo cochilar. Mas, ao acordar, algumas horas depois, quando o avião está prestes a pousar, vejo que meu pai e Coral ainda estão conversando.

Ela pergunta alguma coisa que não consigo ouvir de jeito nenhum, e meu pai põe a mão sobre a dela por um breve instante e balança a cabeça de leve.

Quando nos levantamos para descer do avião, Coral faz um aceno de cabeça para o meu pai e diz: "Adeus, Javier, foi um prazer conhecer você". Em seguida, sai andando.

Pouco tempo depois, meu pai está caminhando ainda mais depressa que eu pela passarela até o terminal do aeroporto, mas eu consigo alcançá-lo sem demora. "E então?", pergunto.

Ele se vira para mim. "E então o quê?"

"Você chamou Coral para sair?"

Meu pai solta um risinho de deboche. "Não, eu não chamei ninguém para *sair*."

"Ora, e por que não? Não era você quem estava me dizendo para abrir o coração?"

"Eu estava falando de você, não de mim", ele diz quando chegamos à escada rolante. "Já tive o amor que eu queria."

Quando chegamos ao hotel, o concierge me dá um recado deixado por Gwen, pedindo para que entre em contato com ela, não importa a hora. Olho no relógio. É quase meia-noite em Paris, mas em LA ainda é o meio da tarde.

Meu pai e eu subimos para o quarto. Pego o telefone e ligo.

"Oi", Ali atende. "Só um segundinho."

Ponho o telefone no viva-voz enquanto Ali transfere a ligação para Gwen.

"Então", Gwen começa.

Ou a Elite Gold desistiu de me patrocinar, ou Nicki Chan vai jogar o torneio. Não sei qual das duas notícias me dá mais medo.

"Chan", diz Gwen. "Ela vai jogar Roland Garros."

Ai, caralho. Essa com certeza é a que me dá mais raiva. Olho para o meu pai, que retribui o olhar.

"Você dá conta", Gwen continua. "Ela é a especialista no saibro, mas você tem como vencer mesmo assim."

"Ah, sim", respondo. "Tá, a gente se fala."

Desligo o telefone e digo: "Se ela ganhar Roland Garros... antes que eu consiga vencer um torneio..."

Meu pai assente com a cabeça. "Isso não é nada bom."

Fico de pé. "Mas ela não vai ganhar Roland Garros."

"Não mesmo. Quem vai ganhar é você."

"Porque eu sou a melhor tenista de todos os tempos."

Meu pai vem até mim e põe as mãos nos meus ombros.

"Você é a maior guerreira que o mundo já viu."

Transcrição

SportsHour USA
Mark Hadley Show

Mark Hadley: E agora que Nicki Chan anunciou que vai jogar Roland Garros, em que isso muda as chances de todas as outras?

Gloria Jones: Bom, não sabemos qual Nicki Chan nós vamos ver em quadra. Tem muita gente dizendo que ela voltou cedo demais depois da lesão. E, segundo os boatos, está determinada a ganhar outro Grand Slam para superar Soto, e por isso apressou a recuperação.

Briggs Lakin: Sou obrigado a dizer que o que ando ouvindo é o contrário, Gloria. Estão dizendo que a Monstra está melhor do que nunca. E, para Soto, a melhor chance era um Grand Slam em que não precisasse enfrentar Nicki. Ou seja, era em Melbourne. Acho que já podemos afirmar com certeza que, para a Machadinha de Guerra, é fim de jogo.

Fim de abril

Um mês para Roland Garros

Encontramos Bowe na quadra de treino às oito da manhã. Não há uma viva alma por perto. Ele está de short de ginástica e camiseta branca, batendo a raquete na sola dos tênis branquíssimos, que se destacam contra a cor alaranjada da quadra de pó de tijolo.

"Mesmo com o problema nas costas, você anda arrebentando", comento quando entro na quadra. Meu pai está dois passos atrás de mim.

"Obrigado", diz Bowe. "Mas acho que você está no auge a essa altura. E vou dizer que estou com medo."

"Deveria estar mesmo", eu digo.

"Muito bem, jovens, vamos começar?", meu pai pergunta.

Bowe me cumprimenta com um aperto de mão. "Que vença o melhor", ele diz.

"Pode deixar, eu vou vencer, sim."

"Melhor de três ou de cinco?", meu pai pergunta.

Eu quero fazer por merecer. Quero pular no fogo e ver como me saio. "De cinco", respondo.

Ele assente. "Vamos lá."

Começo sacando, e sai uma bomba. Preciso, veloz e com um quique bem alto. "Caralho", Bowe diz, depois de não conseguir alcançar a bola.

"Vá se acostumando."

"Pode deixar", Bowe responde, e eu não consigo segurar o riso.

Mantenho o ritmo, mas depois começo a recuar, escolhendo as jogadas mais seguras, com medo de perder o gás cedo demais. Bowe consegue me superar e vence o primeiro set por sete a cinco.

Preciso encontrar o equilíbrio, uma forma de jogar com intensidade sem perder o ritmo, um jeito de aproveitar minha potência sem me desgastar demais. Olho para o meu pai em busca de orientação, mas ele está fazendo anotações no caderno.

Mas já sei a resposta. Preciso melhorar a seleção dos golpes. Preciso ser mais firme em algumas jogadas — arriscar sem medo. E preciso pressionar Bowe. Começo a usar os lobs com mais frequência, construindo os pontos com mais calma.

Ganho o segundo set por seis a três. "Ô-ou", comento. "Lá vem ela."

"Eu é que não estou preocupado."

Venço também o set seguinte.

"Ahhh", digo, provocando Bowe quando chegamos à rede. "Agora a coisa está pegando, né? Já começou a sentir o peso?"

"É uma melhor de cinco sets, Soto", ele responde. "Sei que você está acostumada a vencer as partidas ganhando dois sets, mas aqui é jogo de homem."

"Com todo o respeito, vai se foder."

Meu pai balança a cabeça.

Bowe leva o quarto set. Estou ficando cansada. Meu saque está mais fraco.

"Ai, caralho", Bowe diz. "Agora o jogo pode ir para qualquer lado, Machadinha de Guerra."

"Vocês dois são péssimos no último set de qualquer jogo", meu pai grita. "Então vamos deixar as provocações para quando vier o *resultado*."

O quinto set vai para o tiebreaker. O match point vem no saque dele, e Bowe manda a bola bem no T. Eu devolvo com um backhand próximo da linha. A bola quica alto, e ele não consegue alcançar.

"Isso!", grito, com o punho cerrado. "Que tal essa?"

Bowe balança a cabeça, visivelmente irritado por me proporcionar uma chance de encaixar aquela devolução.

"Você venceu", ele diz. "Desta vez."

Meu pai acena para mim com a cabeça. "Vou lá dentro beber alguma coisa", ele avisa. "Vejo vocês em dez minutos, para conversar sobre o que pode melhorar. Fiz um monte de anotações. Para os dois."

Bowe pega a bola do outro lado da quadra e vem me encontrar perto

187

do banco. Tomo um bom gole de água enquanto ele bebe também. Mas, em seguida, nos olhamos.

"Como é que você está?", Bowe quer saber.

"Como assim?", pergunto.

"Chan."

Eu me sento. "Voltei para mostrar que sou melhor que ela, e surgiu uma chance inesperada quando ela se machucou em Melbourne, mas eu sabia que em algum momento a gente ia se enfrentar. E quero esse desafio." Pelo menos é isso o que venho dizendo para mim mesma.

"Então foi bom ela ter voltado."

Eu dou risada. "Ah, sim", digo. "Ou não. Sei lá. Mas, sim, foi bom. Eu acredito mesmo que estou bem."

"E está mesmo", ele responde. "E vai conseguir o que quer. Quem precisa de um milagre sou eu."

"Talvez", digo com um sorriso.

"Eu literalmente acabei de falar que você está ótima. Não dava para retribuir o favor?"

"Você quer o quê? Que eu minta? Não vem pedir confete para mim, não", respondo.

"Pelo amor, Carrie", ele responde, mas está rindo. E eu também. Mas de repente aparece o meu pai, ainda com a cara enterrada no caderno.

"Carrie, para a linha de fundo. Precisamos melhorar o seu segundo saque. Huntley, você vai ficar, não? Tenho algumas coisas para passar para você também, se quiser. Seu jogo está melhorando, mas na rede está uma porcaria. Você só tem a ganhar trabalhando comigo."

Bowe revira os olhos. "Vocês dois, minha nossa", ele diz para mim e para o meu pai. "São como elefantes numa loja de louça."

"Não vamos fingir que você está em condições de recusar", meu pai responde, levantando as sobrancelhas.

"Tá", Bowe responde. "Eu quero ouvir as suas anotações. Estou aqui para ganhar, então... seja o que for que você tenha para dizer, estou disposto a ouvir."

O rosto do meu pai se ilumina. Fico feliz por ele, por estar de novo fazendo essa função que domina tão bem, o trabalho que o define desde que me entendo por gente.

Não sou *só eu* que estou de volta.

Soto e Huntley, parceiros em mais de um sentido?

Sub Rosa Magazine

Segundo andam dizendo em Paris, a iconoclasta Carrie Soto e o ex-bad boy Bowe Huntley podem estar juntos de novo.

Quem testemunhou o turbilhão que foi o auge da carreira de Soto e Huntley nos anos 1980 deve se lembrar de que os dois foram vistos trocando carícias na Espanha na época.

Agora, quase quinze anos depois, ao que parece, eles estão se aproximando outra vez.

Diversas fontes afirmam terem visto a "Machadinha de Guerra" e "Howlin' Huntley" juntos na quadra em preparação para o próximo torneio de Roland Garros.

Mas talvez não seja só uma relação profissional...

Meados de maio

Duas semanas antes de Roland Garros

Está tarde, são quase dez da noite. Bowe e eu estamos disputando um jogo-treino há mais ou menos duas horas perto de Paris. As luzes da quadra são fortes. O piso de saibro é pesado.

Estamos só Bowe e eu. Meu pai já foi dormir.

Decidimos jogar hoje à noite porque, mais cedo, começou a juntar gente ao redor da quadra onde estávamos para assistir. Comecei a ficar cada vez mais tensa, com todos aqueles olhares sobre mim.

"Preciso de privacidade", falei para o meu pai no intervalo entre os games. "O saibro é o pior tipo de quadra para mim. Preciso me sentir pronta e no controle da situação primeiro, e só *depois* as pessoas podem me ver."

Bowe se aproximou de nós. Percebi que ele ouviu a última parte da minha reclamação, porque levantou as sobrancelhas para mim.

"Você está se perdendo aqui", Bowe falou, apontando para a própria têmpora. "Eu já não disse isso para você?"

Meu pai franziu a testa para Bowe. "Oi, eu perdi a reunião em que você foi contratado como meu treinador assistente?"

"Vocês dois vivem fazendo comentários sobre o meu jogo!", Bowe retrucou.

A expressão do meu pai continuou firme. Bowe levantou as mãos, em sinal de desistência. "Tudo bem, vocês dois podem falar o que quiserem e eu fico quietinho, sem dar um pio."

Meu pai assentiu. "Assim é melhor."

Bowe revirou os olhos. "Vamos jogar ou ficar aqui conversando?"

Meu pai se virou para mim. *"Practicá sola, dos días más"*, ele disse. *"Después, tenés que estar lista para jugar con todos los ojos en ti. ¿Entendido?"*

"*Bueno*", respondi. "*Está bien.*"

"*Esta noche, pratica sin mi.*"

Meu pai pegou sua água e seu chapéu. "*Nos vemos después*", falou antes de sair rumo ao bistrô mais próximo, tenho certeza.

Bowe olhou para mim. "O que foi isso?"

"Você deveria aprender espanhol", comentei.

"Só para conseguir entender o seu pai?"

"Para entender um monte de gente. Inclusive eu, às vezes."

Bowe abriu um sorrisinho. "E nós vamos jogar agora ou o quê?"

Comecei a recolher as minhas coisas. "Não vamos jogar mais. Ele falou para eu treinar mais dois dias sem ninguém me olhando. E depois disso preciso estar preparada para tudo. Então, por favor, podemos deixar o jogo para mais tarde, quando não tiver ninguém aqui? Você escolhe o horário."

Bowe assentiu. "Tá, que tal às oito? Vou falar com Jean-Marc. Pedir para não ter mais ninguém aqui."

"Obrigada", eu disse. "De verdade."

Quando comecei a me afastar, Bowe gritou para mim. "Tira um tempinho para pensar sobre o que eu falei do seu jogo mental."

Eu me virei de novo para ele. "E você tira um tempinho para ficar com essa porra da sua boca fechada."

Agora, no ar frio da noite e sem ninguém por perto, meu jogo está muito melhor.

"Droga!", Bowe grita quando ganho mais um game. Se eu vencer mais um, levo o set de desempate e saio vencedora da partida.

Eu dou risada. "Está preocupada com o jogo mental de quem agora?", pergunto.

Bowe revira os olhos.

"Ah, o coitadinho está perdendo!", comento.

Pela maneira como estou me movimentando na quadra hoje, estou confiante de que vou me sair melhor em Paris do que em Melbourne contra jogadoras com mais potência nos golpes, como Cortéz. Estou jogando *bem*.

Bowe devolve meu saque com uma bola bem aberta, que alcanço e mando de volta com um forehand bem profundo na cruzada. Ele rebate de backhand, e então construo meu ponto com duas jogadas. Primeiro, um approach, fácil de alcançar. E em seguida um drop-shot.

"Está quase fácil demais", comento. "Muito fácil."

"Que coisa, Carrie", Bowe reclama, com um tom de voz baixo e sem se alterar. "Você precisa ter um pouco mais de humildade."

"Humildade?", questiono. Estou com a bola na mão, prestes a sacar, mas a guardo no bolso.

"Você desistiu do jogo de hoje à tarde, quando eu estava ganhando", ele comenta. "E agora que está vencendo, fica aí se gabando."

"Ah, não, lá vem mais um chilique do Huntley."

"Eu não dou chiliques", ele retruca. "Qual é? Você está repetindo o que esses babacas da imprensa ficam falando. E eu não faço isso com você."

"Não é bem assim..."

"Eu não grito mais na quadra."

"Ah, qual é..."

"O quê?"

"Eu vi você em Indian Wells. Berrando com o juiz, dizendo que ele estava roubando."

Bowe fica perplexo e fecha os olhos. "Eu estou tentando de verdade, Carrie. Estou fazendo muito esforço para não repetir mais esse tipo de merda. Você acha que eu quero ser o cara que fica berrando na quadra quando está perdendo?", Bowe responde. "Claro que não. Eu sei que fiz cagada em Indian Wells por causa daquela marcação errada do juiz, mas estou me esforçando. E seria melhor se *você* não ficasse me lembrando quando eu piso na bola."

Eu olho para os meus tênis. Estão cobertos de terra. "Eu enten..."

"Aliás, que história é essa de você ter ido a Indian Wells sem nem me falar nada?", ele pergunta.

"Como é?"

"Você estava lá na arquibancada e nem me avisa que estava vendo o meu jogo? E não foi nem me cumprimentar? Me desejar boa sorte?"

"Quantos anos você tem? Doze? Precisa que eu fique desejando boa sorte para você?", retruco.

Bowe balança a cabeça. "Esquece. Não sei nem por que eu me dou ao trabalho. Vamos terminar esse jogo logo, Carrie. Ou agora você ficou nervosa e quer adiar para amanhã?"

"Só estou tentando me preparar para Roland Garros, tudo bem? Sinto muito se isso atrapalha sua agenda."

"Você já está preparada!", ele responde. "Está jogando como dez anos atrás. E mesmo assim fica com essa coisa de 'Ai, nossa, será que ainda sou boa? Não quero que ninguém me veja a não ser que eu seja a melhor do mundo'."

"O que você tem a ver com isso?", eu retruco.

"Como assim? Você tem tanto medo de perder que bagunçou toda a minha rotina de treino hoje só porque não ia vencer um jogo-treino."

"Eu não fiz isso."

"Fez, sim!", ele insiste. "Foi isso o que você fez. Eu não tenho mais muito tempo nesse esporte, Carrie. Não sei nem se chego até o fim do ano. Tive que desistir de torneios para não forçar as minhas costas e para estar aqui, jogando com você nas piores condições possíveis. Eu quero ter uma chance de fazer pelo menos uma coisa digna de nota."

"Claro que você chega até o fim do ano."

Bowe revira os olhos. "Vai logo sacar para esse jogo terminar logo."

"Com esse tipo de atitude, você não tem a menor chance de vencer mesmo", comento.

"Eu estou pedindo para você, Soto, pra ficar quieta."

"Está vendo? O problema é bem esse. Se alguma coisinha não sai do seu jeito, você explode."

"Ah, sim, mas pelo menos eu não desisto."

"Do que você está falando?"

"Estou falando que você desiste das coisas, Carrie. Agora vai logo sacar."

Fico observando Bowe enquanto ele volta para a linha de fundo. Quando chega lá, se vira e espera me ver preparada para sacar, mas em vez disso ainda estou na rede, olhando para ele.

"Se você quer me dizer alguma coisa, fala logo", insisto.

"Acabei de falar", ele diz.

Continuo só olhando para ele.

Os ombros de Bowe desmoronam. "Eu só quero que você saque logo", ele repete.

Começo a andar para trás, ainda olhando para ele, até chegar à linha de fundo. "Fala de novo que eu desisto das coisas, seu babaca. Quero ver."

"Saca logo, Carrie."

Sem perder tempo, jogo a bola para o alto e mando para o outro lado da quadra. Depois de sair em altíssima velocidade da minha raquete, ela passa pela rede e quica para longe do alcance de Bowe.

"Game para mim", digo.

"Mas que caralho", Bowe esbraveja, jogando a raquete no chão.

Balanço a cabeça e vou até o banco beber água.

Bowe pega a raquete e vai até o banco também. Quando se aproxima, já está um pouco mais calmo, mas a raquete está quebrada — com metade do aro preso apenas pelas cordas.

Eu aponto com o queixo para a raquete. "É isso o que acontece quando você não sabe *controlar suas emoções*."

"Pois é, talvez seja melhor desistir do jogo sempre que estiver perdendo."

"Isso aconteceu uma vez!", digo. "Uma vez! Pedi para adiar um jogo porque não queria ninguém me olhando. Uma vez. E você fica tão desestabilizado por isso que arrebenta sua raquete? Qual é. Você é um homem adulto. Tente se controlar."

"Eu realmente não suporto ouvir sermão de você", ele diz, enquanto começa a guardar as outras raquetes.

"Por que não? *Quem* mais falaria isso para você? Nós somos iguaizinhos, Bowe. Estamos mais velhos e tentando provar alguma coisa. E pelo menos eu estou fazendo isso com dignidade."

"Você caiu fora!", ele diz, levantando o tom de voz. Em seguida balança a cabeça e ri sozinho. "Machucou o joelho, perdeu uns joguinhos e desistiu. Foi isso o que você fez. Está dizendo que nós somos iguais, mas não é verdade. Eu segui em frente. Tive coragem de continuar tentando. E tenho coragem de perder. Você simplesmente se mandou. Mas adivinha só, Carrie? As pessoas que entram em quadra *perdem* jogos. Todo mundo perde. E o *tempo todo*. A vida é assim mesmo. Então nós não somos iguaizinhos coisa nenhuma, Soto. Eu tenho coragem. A única coisa que você tem é talento para o tênis."

Ele fecha a mochila enquanto tento controlar a respiração.

"Está bravo comigo porque eu me aposentei?", pergunto. "Está falando sério? E eu ia fazer o quê? Continuar no circuito e virar motivo de chacota? Deixar todo mundo me ver me arrastar pelas quadras até não aguentar mais?"

Bowe olha para mim e fecha os olhos com um gesto lento. Ele respira fundo.

"Você diz que dedicou sua vida ao tênis, mas voltou da aposentadoria para ganhar, não para jogar. Foi por isso que ficou todo mundo puto com a sua volta. Você não tem coração."

Bowe põe a mochila no ombro e sai andando.

"Bom, quem é que está desistindo agora?", grito. "Você está abandonando o jogo no meio!"

Mas Bowe simplesmente balança a cabeça e vai embora.

Na manhã seguinte, Bowe não aparece. Então somos meu pai e eu no treino.

"Ele simplesmente decidiu não vir? Não treinar?", meu pai pergunta enquanto batemos bola para me aquecer.

Mando uma bola lenta para o lado dele da quadra. *"No lo sé."*

Meu pai franze a testa. "Então vocês brigaram."

"Ele não gosta de ouvir a verdade. O que você quer que eu faça?"

Meu pai balança a cabeça e sorri. "Vocês dois..."

"Ei, eu estou aqui, não?"

Meu pai assente. "Eu falo com ele mais tarde."

"Pode fazer o que quiser."

Nós treinamos fundamentos. Meu pai consegue alguém para me ajudar de última hora. Não é uma sessão das mais puxadas, mas me mantém ativa. E, considerando a quantidade de gente que aparece para ver, me dou conta de que, se Bowe tivesse aparecido, ganharia uma bela chance de provar o que queria.

Seja como for, estou conseguindo colocar a bola onde quero. Estou cada vez mais à vontade com a presença dos espectadores, que começam a ficar cada vez mais barulhentos e empolgados, gritando "*Carrie!*" e "*Nous t'aimons!*".

A cada golpe executado com perfeição, tento encarar a presença deles como um incentivo, não como um motivo para intimidação.

Eu sou boa. Em qualquer tipo de quadra, eu sou boa. Esse é um nível de desempenho que posso permitir que todo mundo veja.

Mas então a atenção do meu pai se desvia para outra quadra, quando começa um burburinho entre a plateia. Olho naquela direção. Nicki Chan está dando autógrafos enquanto entra na quadra com sua parceira de treinos.

Meu pai se vira para mim. Quando nossos olhares se encontram, não é preciso dizer nada. Eu continuo treinando por mais alguns minutos.

"*Vámonos*", diz meu pai. "Por hoje já chega."

Assinto e começo a recolher minhas coisas. Minha parceira de treino também. A plateia começa a chiar, decepcionada com a minha saída. Penso em Bowe brevemente — em como ele reagiria. Faria alguma gracinha, se aproximaria das pessoas debruçadas sobre o alambrado baixo, assinaria bolas de tênis e faria todo mundo rir. Tem uma mulher com uma criança, que com certeza Bowe cumprimentaria com um "bate-aqui".

Mas não consigo imaginar uma forma de fazer isso sem parecer que estou sendo falsa. Não me sinto grata pela atenção das pessoas, e não consigo fazer essa encenação. Não tenho a menor ideia do que falar para uma criança.

Depois de um breve aceno, vou embora. Precisamos passar pela quadra onde está Nicki para sair do clube. Enquanto passamos, paro para olhar.

Ela está sacando para sua parceira de treinos devolver, uma bomba atrás da outra. Meu pai assobia baixinho.

A forma como ela executa o fundamento não é nada ortodoxa. E, como é canhota, muitas adversárias não estão acostumadas com a angulação que ela coloca na bola. Por outro lado, ela também saca com uma postura que contraria todos os manuais, e com movimentos ainda menos convencionais. Quando solta o braço, geme tão alto que dá para ouvir lá de Bruxelas. Mesmo assim, a bola sai como uma bala de sua raquete, e parece letal.

E isso não é só modo de dizer. Parece mesmo que, chegando naquela velocidade, e com tanto efeito, a bola pode quicar no chão e matar alguém se acertar no meio do peito.

"*Vamos*", meu pai me chama.

Concordo com a cabeça, mas não me movo. Não consigo tirar os olhos dela. Já a vi jogar ao vivo antes, mas ali na beira da quadra, a menos de cinco metros distância, é... uma coisa bonita de ver.

Quando acabam as bolas, sua parceira de treino começa a recolher as que estão do outro lado da quadra, e nisso ela olha ao redor e nos vê. Então acena.

"Oi", ela diz enquanto caminha na direção de onde estamos eu e o meu pai. "Tentei chamar sua atenção enquanto você treinava, mas acho que não me viu." Preciso me segurar para não revirar os olhos. Não quero bater papo. Só queria ser uma mosquinha na parede.

"Oi", respondo.

Quando finalmente nos alcança, ela olha para o meu pai. "E você é Javier."

"Sim", ele responde. "O próprio."

"Tudo bem eu dizer que é o maior prazer conhecer você? Quando era criança, eu... Ai, Carrie, eu via todos os seus jogos. Tinha uma foto sua na capa da *SportsPages* colada na parede do quarto. Eu já falei isso para você quando entrei no circuito. Mas... Javier, eu morria de inveja da Carrie por ter um pai como você. O meu não dá a menor bola para o tênis. Ele até tenta, mas não tem jeito. Quando criança, eu mesma precisava procurar gente para me treinar. E..." Nicki balança a cabeça ao se lembrar. "Eu achava você o máximo."

Meu pai abre um sorriso.

"É melhor a gente deixar você treinar agora", digo. "A gente se vê em breve, com certeza."

"Ah, pode acreditar. Sem dúvida nenhuma. Mas escuta só", Nicki diz, se inclinando na minha direção. Eu dou um passo à frente, diminuindo a distância entre nós, e o alambrado é a única coisa que nos separa. "Eu queria agradecer você."

"Me agradecer?", pergunto.

"Acho que eu não teria me esforçado tanto para apressar a minha recuperação se não soubesse que era a minha chance de competir com você, sabendo que ia ter que defender os meus títulos."

Não estou gostando de ver aquela alegria no rosto dela, aquela sinceridade toda.

"Ah, sim", digo. "Você sabe por que eu estou aqui. O que estou tentando fazer. E imagino que você queira a mesma coisa. Então... que vença a melhor."

Nicki assente. "Até lá, Carrie."

Transcrição

SportsHour USA
Mark Hadley Show

Mark Hadley: O Aberto da França começa amanhã. Gloria, nos diga o que esperar da chave feminina.

Gloria Jones: Bom, obviamente o favoritismo é de Nicki Chan — o saibro é uma superfície que favorece o jogo dela, e acho que Natasha Antonovich também mostrou que consegue se adaptar muito bem a esse tipo de quadra.

Hadley: As chamadas publicitárias do torneio estão mostrando muitas imagens antigas de Carrie Soto, mas vamos deixar bem claro desde já: Carrie na verdade não tem nenhuma chance.

Jones: Não, o saibro não é onde Carrie Soto brilha mais. A Machadinha de Guerra — que é o apelido que eu uso para ela há um bom tempo, e acho que deve ser o *único*, quando não formos chamá-la pelo nome — é uma jogadora de quadras de grama. Não é uma tenista talhada para o saibro.

Briggs Lakin: Gloria, acho que você se referiu aqui ao fato de que muita gente está chamando Carrie Soto daquela palavra que começa com "v". Nós já conversamos — ou melhor, *discordamos* — sobre isso ser ou não aceitável.

Jones: Sim, exatamente. Eu considero uma coisa ofensiva.

Lakin: Fazendo o papel do advogado do diabo aqui...

Jones: [inaudível]

Lakin: Não acho que exista muita diferença entre chamá-la disso ou de "Machadinha de Guerra". Não vamos esquecer que ela virou a "Machadinha de Guerra" porque tentou agravar de propósito a lesão no tornozelo de Paulina Stepanova naquele jogo que chamamos até hoje de "uma guerra nada fria" no Aberto dos Estados Unidos de 1976. Foi uma coisa suja e cruel. E existem muitos outros exemplos. Então sinto muito, mas Carrie Soto é, *sim*, essa palavra que começa com "v." E você está dizendo a mesma coisa quando se refere a ela como a "Machadinha de Guerra". Só está usando um eufemismo.

Jones: Acho que existe uma grande diferença.

Lakin: Eu entendo. Mas o trabalho de uma atleta não se resume a vencer — também precisa ser alguém por quem as pessoas queiram torcer. Soto não faz o menor esforço para conquistar a simpatia da opinião pública. O que estou querendo dizer é: por que estamos pisando em ovos para fingir que Carrie Soto não é exatamente o que gosta tanto de ser?

Hadley: Voltamos depois do intervalo.

ABERTO DA FRANÇA DE 1995

O ar em Roland Garros é diferente do de qualquer outro complexo de tênis do mundo. Úmido e com cheiro de terra, temperado com o aroma do tabaco. A fumaça dos cachimbos dos espectadores foi se acumulando ao longo dos anos e se misturou às moléculas do lugar.

Nessa manhã, enquanto caminho para o vestiário para me preparar para o meu primeiro jogo, fico impressionada com a intensidade das lembranças. Cada partida que disputei aqui volta à minha memória de uma vez só.

Os meados da década de 1970, o começo dos anos 1980. Grandes vitórias e derrotas devastadoras.

Passei os quatro ou cinco primeiros anos aqui desesperada e frustrada, enquanto tentava subir no ranking. Perdi para Stepanova na semifinal em 1978. E a venci na semifinal de 1979, mas acabei derrotada por Gabriella Fornaci. Fui vencida por Mariana Clayton em 1980, por Renee Mona em 1981 e por Bonnie Hayes em 1982. Até que, em 1983, finalmente fui campeã.

Eu era a melhor naquela época — naquele exato momento? Apesar de ter fracassado tantas vezes aqui antes? O que importa mais? As vitórias ou as derrotas?

Por mais que eu esteja atrás de um rótulo incontestável de "a maior de todas", isso na verdade não existe. E, no fundo, sei disso.

Mas então entro no vestiário, que está cheio de jogadoras — Antonovich e Cortéz conversando em um canto, Brenda Johns amarrando os tênis, Carla Perez abrindo o armário — de repente sou transportada de volta para o mundo que conheço melhor.

Um mundo de vencedoras e perdedoras.

Soto × Zetov

ABERTO DA FRANÇA DE 1995

Primeira rodada

Entro na quadra e escuto a plateia começar a aplaudir.

Olho para Petra Zetov. Ela está aquecendo o ombro e alongando as pernas em meio aos gritos dos homens nas arquibancadas. Está na posição mais alta no ranking que já ocupou na carreira, o número oitenta e nove. Mas tem uma legião de fãs desproporcional ao seu desempenho em quadra.

Ela é de uma beleza impressionante — alta e magra, cabelos loiros, olhos azuis. É modelo da Calvin Klein, faz comerciais de Coca Diet, participou de um clipe do Soul Asylum.

Além disso, carrega um fardo que nunca tive. Para continuar ganhando dinheiro, precisa estar sempre linda em quadra.

Por um breve instante, imagino se isso representa um peso para ela. Ou se, pelo contrário, isso a liberta da pressão que sinto o tempo todo, a pressão de vencer.

Seja como for, é uma prisão do mesmo jeito. A beleza dela e o meu talento — as duas coisas têm seu prazo de validade.

"É uma honra enfrentar você", ela me diz.

Respondo com um aceno de cabeça.

Não vai ser um jogo complicado. Sou a primeira a admitir que não tenho o que ela tem. Mas também é verdade que ela não tem o que tenho.

Zetov ganha no cara ou coroa. Ela escolhe sacar primeiro, com uma esperança estampada no rosto, como se isso a favorecesse de alguma forma, como se tivesse alguma chance.

Venço por dois sets a zero.

Elimino Celine Nystrom na segunda rodada. Nicki derrota Avril Martin.

Na terceira, Nicki despacha Josie Flores. Eu venço Andressa Machado.

Quando volto ao hotel depois da partida, tomo um banho e pego um livro para ler.

Tento me acalmar. O jogo das oitavas de final é amanhã à tarde. De manhã, vou treinar com o meu pai. Então esta noite é um respiro para mim.

O livro que eu trouxe é uma biografia não autorizada de Daisy Jones & The Six. Estou lendo para ver quem dormiu com quem, mas não consigo me concentrar.

O telefone toca e fico me perguntando se pode ser Bowe.

"*Hola, hija.*"

"*Hola, papá.*"

"Amanhã de manhã, às oito."

"Sim, *ya lo sé.*"

"É só para lembrar. E eu... você viu o jogo do Bowe?"

"Vi", respondo. "Ele jogou muito bem." Ele derrotou Nate Waterhouse nas oitavas.

"Acho que foi a melhor partida dele que vi no ano todo." Bowe passou para as quartas de final de um Grand Slam pela primeira vez desde 1991.

Não falei mais com Bowe desde a nossa briga. Quando desligo depois de falar com o meu pai, continuo com o telefone na mão. Penso em ligar para o hotel dele. Meus dedos vagam pelas teclas, mas, em vez disso, ponho o fone no gancho e vou para a cama.

Soto × Moretti

ABERTO DA FRANÇA DE 1995

Oitavas de final

"Você já venceu Perez antes", meu pai me diz no túnel, pouco antes de eu entrar em quadra. "É só repetir a dose."

Eu me viro para ele. "Quê?"

"Você já ganhou dela uma vez", ele me diz. "E vai conseguir de novo."

"Você disse Perez", respondo.

"Isso. Você precisa forçar o backhand dela, manter a pressão e bater forte para compensar a perda de velocidade provocada pelo saibro. Está tudo sob controle."

"Eu vou enfrentar Odette Moretti", retruco.

"Ah", ele diz, fechando os olhos por um instante e voltando a abri-los logo em seguida. "Ok, ok. Desculpe, desculpe. É Nicki quem vai jogar contra Perez. Certo, muito bem, Moretti. Ela tem o braço leve, então é só empurrá-la para o fundo da quadra. Ela não vai ter força para trocar bolas no saibro."

Fico só olhando para o meu pai por um momento.

"Está na hora, *hija. ¡Tu puedes!*", ele me diz.

Eu me abaixo e limpo a ponta dos tênis.

Moretti entra em quadra com um vestidinho branco e azul-marinho, acenando para a plateia. Manda beijos para a arquibancada. É patrocinada pela Nike, então não é surpresa que esteja coberta com a logomarca da empresa dos pés à cabeça. Quando se vira para mim, abre um sorriso.

Eu a cumprimento com um aceno.

206

Ela começa forte depois de ganhar no cara ou coroa, mas eu sou mais forte.

O quinze-zero vira quinze iguais. O quinze-trinta vira trinta iguais. O quarenta iguais vira vantagem para ela, depois outra igualdade, e então vantagem para mim.

Depois de três horas, estamos no terceiro set. Seis a seis.

A plateia está em polvorosa. Olho para o meu pai, que está sentado elegantemente atrás de um canteiro de flores.

É minha vez de sacar. Preciso manter meu saque e quebrar o dela. Assim chego às quartas de finais.

Fecho os olhos. *Eu consigo fazer isso.*

Quando abro os olhos de novo, estou encarando Moretti. Ela está andando pela quadra, balançando os quadris de um lado para o outro enquanto espera meu saque.

Respiro fundo e mando um saque fechado. Ela devolve com uma forehand no meio da quadra. Eu mando de volta um drive profundo para o lado direito da quadra. Ela corre com todas as forças atrás da bola. Sem chance de ela conseguir alcançar.

Mas ela consegue. E quem não consegue mandar a bola de volta para o outro lado sou eu.

Tudo bem. Tudo bem. Sinto uma pontada no joelho, mas ainda tenho lenha para queimar.

Olho para o meu pai de novo no box. Nossos olhares se cruzam.

Sinto uma vibração nos ossos, um frio na barriga. Saco de novo, dessa vez bem na linha. Ela pula na bola, mas não pega.

Confirmo meu serviço e começo a atacar o saque de Moretti. Vou minando o jogo dela. Zero-quinze, zero-trinta.

Quando chego ao match point, ela está exatamente onde quero. Consegui deslocá-la para o canto da quadra. Depois foi devolver um backhand e pronto. Ela está liquidada.

A plateia vai ao delírio. Eu pulo de punho cerrado.

Ninguém imaginou que eu fosse passar das oitavas, mas, pela primeira vez em sete anos, estou de volta às quartas de final. E, quando a ficha cai, começo a sentir as lágrimas chegando aos olhos.

Começo a pensar: *Eu não choro na quadra. Eu não choro na quadra.*

Mas então penso: *Talvez não seja verdade que você precisa continuar fazendo o que sempre fez. Que precisa manter uma trajetória em linha reta entre o que faz hoje e o que vai fazer amanhã. Você não precisa ser sempre igual.*

Você pode mudar, penso. *Simplesmente porque está a fim.*

E então, pela primeira vez em décadas, eu me coloco diante da plateia em delírio e deixo as lágrimas caírem.

Estou na sala de fisioterapia depois do jogo, com o joelho no gelo e recebendo massagem nas panturrilhas. Meu pai está fazendo anotações e mudando de canal na TV para ver se eu vou enfrentar Cortéz ou Antonovich nas quartas.

Mas então Bowe aparece na tela. Está ao vivo na sala de imprensa, sentado de um jeito meio encurvado, com um boné por cima do cabelo quase seco e uma camiseta azul. E, assim que o vejo, reparo que está com dor.

"Você pode explicar o que aconteceu?", um repórter pergunta. "Hoje lá na quadra?"

Bowe se inclina na direção do microfone. "Tive um rompimento da cartilagem entre as costelas durante o segundo set. Estava doendo de manhã antes mesmo do começo do jogo, mas eu ignorei, e aqui estamos nós." Ele faz uma careta ao se recostar de volta.

"Como foi perder hoje por causa de uma lesão, quando você estava jogando tão bem?", uma jornalista pergunta.

"Foi ótimo, Patty", Bowe responde. "O melhor dia da minha vida."

Meu pai ri, e eu viro a cabeça em sua direção, surpresa. "Eu comecei a gostar dele", meu pai explica. "É um cara engraçado."

"E se for sério?", pergunto.

Meu pai balança a cabeça. "Pode ter sido um rompimento de menor extensão. Com um tempinho de recuperação... ele pode estar de volta à luta."

"Para Wimbledon?"

"Não", meu pai responde. "Mas talvez para o Aberto dos Estados Unidos, se ainda estiver disposto."

"Ele não vai desistir", digo. O fisioterapeuta dá a volta e começa a massagear minha outra panturrilha. "Prefere perder a desistir."

Meu pai levanta as sobrancelhas para mim. "Pois é, ele tem essa coisa de questão de honra."

"Então você vai para casa?", é a pergunta seguinte para Bowe. "Você ainda está na chave do Queen's Club no mês que vem. Vai precisar sair do torneio?"

"Vou ter que sair de todos os torneios no próximo mês para me concentrar na minha recuperação. Mas... não vou para casa, não. Vou ficar por aqui para ver os jogos da Carrie Soto", conta. "Acho incrível o que ela está fazendo e quero estar por perto para poder dizer que vi tudo isso acontecer."

Naquela noite, depois que volto para o meu quarto de hotel, eu me deito no sofá e tento ler as revistas francesas de fofoca que Gwen me mandou. Tem umas coisas interessantes sobre Pamela Anderson e Tommy Lee, mas, fora isso, é difícil demais tentar entender, em outro idioma, quem são todas aquelas celebridades francesas. Jogo a revista de volta na mesinha de centro e fico olhando para o teto.

Em seguida me levanto, pego a chave do quarto e desço de elevador.

O hotel de Bowe fica a apenas dois quarteirões do meu e, em pouco tempo, estou no saguão, pedindo para o concierge avisar que estou lá.

Sento em uma poltrona com um estofamento de veludo, observando o brilho do chão de mármore e os lustres dourados. Logo em seguida Bowe aparece na minha frente de calça chino e camiseta, ainda de boné, as mãos nas costelas.

"Oi", digo.

"Oi."

"Eu fui bem cruel", vou logo dizendo. "Naquele dia."

Bowe balança a cabeça e morde o lábio. "Eu também não fui muito legal."

"Você está bem?"

Bowe baixa os olhos para o tronco. "Eu sinceramente não sei."

"O que aconteceu?" Eu tinha visto o replay — o jeito como ele se contorceu todo e depois foi ao chão.

Bowe aponta com o queixo para os elevadores, e é para lá que vamos.

Um adolescente e seu pai entram no momento em que vamos começar a subir, e vejo a reação no rosto deles quando percebem que somos nós.

"Você é...", o garoto diz, apontando para nós. Seu pai imediatamente abaixa sua mão.

"Jeremy, não aponte para as pessoas", ele diz, e então se vira para nós. "Desculpe."

Bowe faz um gesto para que não se preocupem. "Sem problemas."

"Parabéns", o pai me diz. "Grande jogo hoje contra Moretti."

"Obrigada."

"Quanto a Alderton, eu lamento", ele diz para Bowe. "Foi muito azar."

"Obrigado."

As portas se abrem, e os dois descem. Bowe e eu ficamos sozinhos no elevador.

"Nem sempre é fácil", Bowe comenta. "Conviver com você."

"Eu não vou me desculpar por nada", aviso.

"Não", Bowe diz, balançando a cabeça. "E eu também não iria querer."

O elevador se abre no andar dele. Bowe faz sinal para eu ir primeiro, e vamos até seu quarto.

É menor do que eu esperava. Ele não está em uma suíte, e sim em um quarto com uma cama e uma vista nada interessante.

Quando fecha a porta, eu me viro para olhá-lo. "O que você pretende fazer?", pergunto, apontando para as costelas dele.

Bowe se senta na beira da cama com um gesto cuidadoso. Ele balança a cabeça. "Não sei."

Eu me sento ao seu lado. "Está com muita dor?", pergunto.

Bowe faz que sim com a cabeça. "Está doendo pra cacete. Não consigo nem respirar sem parecer que o meu peito vai arrebentar todo."

"Está tomando alguma coisa?"

Bowe balança a cabeça. "Não, e nem vou tomar. Eu não larguei a bebida para acabar me viciando em remédio. Eu aguento."

"O que o médico falou?"

Bowe franze a testa. "Estou fora por algumas semanas, no mínimo. Wimbledon já era." Ele balança a cabeça. "A temporada vai estar acabando quando eu voltar às quadras."

"Sinto muito", digo, segurando a mão dele. Ele olha para as nossas mãos dadas, e eu puxo a minha de volta. "Você vai estar pronto para o Aberto dos Estados Unidos. Tenho certeza. E Wimbledon nem é seu melhor torneio. Sua antecipação dos golpes na quadra de grama é um lixo."

"Ah, sim, obrigado", Bowe responde. "Que bom que você está aqui comigo."

"Só estou dizendo que o seu forte é a quadra dura. E você vai estar melhor nessa parte da temporada."

Ele assente.

"É tempo de sobra para cagar tudo."

Bowe ri.

"Me desculpe", digo. "Por dizer que você estava passando vergonha."

"Eu é que não deveria ter perdido a cabeça", Bowe responde. "Você joga do jeito que quer... esse é o seu lance."

"Às vezes eu acho que você é a única pessoa no mundo mais difícil de lidar do que eu", comento.

Bowe revira os olhos. "Não chego nem perto."

Eu dou risada. "Você vai ficar bem."

"Eu sei, eu sei", ele diz. "Não é o fim do mundo."

Fico de pé.

"Você vai mesmo ficar por aqui?", pergunto.

"Vou", ele responde. "Eu estava falando sério naquela entrevista. Acho que você tem chance de ganhar, Carrie. De verdade."

"Por mais que eu deteste admitir, isso significa muito para mim", respondo.

Bowe ri. "Ah, sim, eu sei como é", ele diz. "Por mais que eu deteste admitir, levo muito a sério a opinião que você e seu pai têm de mim."

Ficamos em silêncio por um momento, e então Bowe faz menção de falar. Mas, antes que ele possa dizer alguma coisa, me antecipo: "É melhor eu ir".

Ele parece decepcionado, mas assente com a cabeça. "Boa noite, Soto. Descanse bastante."

Meu pai e eu estamos na quadra de treinos depois de uma sessão pesada contra uma sparring. Estou encharcada de suor, e meu pai está

sentado no banco elaborando um plano para vencermos Natasha Antonovich.

Eu nunca a enfrentei antes — só vi sua velocidade destruidora das
arquibancadas.

"Ela é rápida", meu pai comenta. "Mesmo no saibro. Para ela, isso não
representa o mesmo desafio que é para as outras."

"Então tenho que ser mais rápida", respondo.

Meu pai balança a cabeça. "Não. Não foi isso que eu quis dizer."

"E o que foi?"

"Não vá se irritar com o que vou falar", ele me pede.

"Eu não vou me irritar."

Meu pai levanta as sobrancelhas para mim.

"Eu não vou mesmo", garanto, mudando até o tom de voz. "Prometo."

"Você não é tão rápida quanto ela", ele diz. "Talvez algum dia tenha
sido. No seu auge, talvez. Mas não hoje. E com certeza não no saibro."

Sinto meu coração disparar dentro do peito, e minha pulsação acelerar.

"Você precisa aceitar esse fato, *hija*."

Minha vista escurece, minha boca seca.

"Você não é a mesma pessoa de seis anos atrás, tanto no bom como
no mau sentido. Seu corpo não é o mesmo. Nem sua mente. Você precisa
reconhecer as partes do seu jogo que não são seus pontos fortes", ele continua. "Mesmo lá atrás, o saibro sempre foi mais difícil para você. Precisamos aceitar isso para encontrar uma solução."

"Vá em frente...", digo, batendo com a raquete na coxa.

"Eu não quero você tentando igualar a velocidade dela. Qual seria
uma estratégia melhor?"

"Não sei. Me diga você."

"O que você tem que ela não tem?"

"Pés de galinha?", arrisco.

Meu pai franze a testa. "*Dale, hija.*"

"Tempo de quadra", respondo. "Tenho pelo menos uma década a mais
do que ela no tênis profissional."

Meu pai assente. "Exatamente."

"Diga logo de uma vez", retruco. "Já chega desse método socrático."

212

Meu pai franze a testa de novo. "Você sempre se destacou na seleção de golpes e na capacidade de antecipação. Sabe para onde a bola vai, como vai quicar. E sabe construir um ponto — três, quatro, até cinco jogadas antes. E tem anos de aprendizado nisso. Então deixe seu corpo — que já fez isso mil vezes mais que ela — guiar seu jogo. Você tem instintos que ela ainda não desenvolveu. Então trate de usar."

Eu me sento ao lado dele. "Você está me dizendo para jogar com mais inteligência."

"Estou dizendo para você controlar o jogo. Quando for sacar, não tente provar que consegue bater na bola com a mesma força. Escolha os golpes que vão deixar o jogo mais lento, não mais acelerado. Porque você sabe que, dessa vez, não é a jogadora mais veloz em quadra. E seja econômica na movimentação. Você deve se antecipar à trajetória da bola. Poupe as suas energias e faça com que ela se canse. Antonovich é uma das únicas que, se levar para o terceiro set, você consegue superar. É só se manter firme e esperar que ela se desgaste. Em todas as situações. Mesmo nas trocas de lado na quadra, use seu tempo ao máximo para deixá-la frustrada, fazê-la esperar. Esqueça a velocidade. Essa não é a chave para vencer esse jogo."

Não estou convicta de que ele esteja certo. Não sei se a memória muscular e a seleção de golpes vão bastar para compensar a diferença de velocidade entre Antonovich e eu. A única coisa que pode fazer isso é eu correr o máximo que conseguir.

"Eu... não sei, não, pai."

"Carrie, me escute. Eu já repassei isso na minha cabeça milhares de vezes."

"Pai, eu tenho que passar por Antonovich para pegar Chan. Eu *preciso*. Não posso fracassar dessa vez."

"Eu sei que é assim que você se sente", ele diz. "Pode acreditar que sim. É por isso que passei as duas últimas noites acordado, vendo vídeos antigos no meu quarto. Estou mais do que empenhado nisso. Você não sabe o quanto..."

Espero que meu pai termine a frase, mas pelo jeito ele desistiu de encontrar as palavras certas.

"O quanto o quê?"

"O quanto eu me preocupo", ele complementa, se recostando no banco. "Eu me preocupo com o jeito como você vai se sentir se não ganhar esse jogo ou a semifinal. Ou a final."

Balanço a cabeça.

"Não quero ver o seu olhar se por acaso Chan vencer, se ela superar o seu recorde. Acho que eu não suportaria ver."

"Pois é, eu também não."

"Não, o que estou dizendo é que não suportaria ver o que isso faria com *você*", ele explica. "Meus sentimentos não vão mudar com uma vitória ou uma derrota, *hija*. Mas..."

Ele abaixa os olhos e em seguida volta a me encarar. "Às vezes eu acho que você não entende o que sinto quando vejo você perder", ele continua, me encarando bem no fundo dos olhos. "Sabendo o quanto você quer ganhar, o quanto precisa disso do fundo da sua alma. Às vezes parece que isso vai acabar comigo."

"Pai...", digo, pondo a mão no ombro dele. "Eu vou ficar bem."

"Vai mesmo?", ele pergunta.

Fecho os olhos e sinto os meus ombros desabarem.

Houve muitas ocasiões na minha vida em que perdi e não fiquei bem. Ocasiões em que fiquei andando de um lado para o outro no meu quarto de hotel por mais de vinte e quatro horas seguidas; ocasiões em que passei dias sem dormir e sem comer. Depois que perdi em Wimbledon em 1988, voltei para casa, me tranquei no quarto e só saí duas semanas e meia depois.

"É minha obrigação cuidar de mim mesma", digo a ele. "Ganhando ou perdendo. Essa responsabilidade é minha."

Meu pai balança a cabeça, abrindo um sorriso. "Não faz diferença de quem é a responsabilidade", ele responde. "Meu coração sofre com o seu sofrimento porque *você* é o meu coração."

Respiro fundo.

"Então, por favor, me escute. E vamos treinar esse primeiro saque, vamos trabalhar na sua seleção de golpes e vamos construir alguns pontos aqui como se você estivesse jogando contra ela."

Eu assinto com a cabeça. Entendo o que ele está dizendo, e em parte até concordo. "Ok, tudo bem", respondo. Mas também preciso aprimorar minha velocidade. E, se ainda não estiver no ponto que preciso, tenho que me esforçar o máximo possível hoje para me aproximar disso. "Vou fazer o que você está dizendo, mas também preciso aprimorar a minha velocidade. Então vamos fazer as duas coisas."

Meu pai franze a testa de leve. "Tá."

"Temos como conseguir uma segunda máquina de lançar bolas? E colocar as duas para funcionar ao mesmo tempo? Eu vou dar conta do recado. Pode escrever."

Meu pai assente e, em questão de vinte minutos, estou rebatendo bolas lançadas por duas máquinas. Passo umas duas horas fazendo isso. De forehand e backhand, subindo à rede, voltando para o fundo da quadra. E não deixo passar nenhuma.

No final do dia, quando estou saindo da quadra, meu pai levanta as sobrancelhas para mim, e eu me sinto radiante. Percebo que ele está impressionado, talvez até um pouco surpreso.

"Acho que a velocidade de Antonovich não vai ser problema", comento.

"*Bien, pichona*", ele responde.

"Estou quase lá, pai."

Ele me puxa para junto de si, envolvendo meus ombros com o braço e beijando minha cabeça. "Entre na quadra amanhã e termine o serviço", ele diz.

Soto × Antonovich

ABERTO DA FRANÇA DE 1995

Quartas de final

Natasha Antonovich tem um e oitenta de altura e é bem magrinha. Sua viseira, sua camisa e seu saiote são todos branquíssimos. Ela escolhe sacar primeiro com um ar impassível, com um rosto que é como um deserto árido onde nenhum sorriso é capaz de surgir. *Mas quem sou eu para falar?*

Olho para a plateia. Meu pai está bem na minha frente e, ao lado dele, está Bowe, que sorri para mim.

Olho para trás e me inclino para a frente, à espera. Antonovich lança a bola no ar.

Seu primeiro saque é chapado e furioso, contudo, quica do lado de fora da linha, e eu relaxo. Mas o juiz de linha dá bola dentro. Vou até a área de saque para conferir, pronta para contestar a marcação. Mas a marca no saibro mostra que a bola pegou na linha, por um fio de cabelo.

Ela marcou um ace.

Merda.

Volto para a linha de fundo.

Ela manda outro saque parecido, só que bem no T, em vez de na cruzada. Fico perplexa quando a bola passa por mim outra vez.

A plateia começa a aplaudir. Os cabelos da minha nuca se arrepiam. Eu alongo os ombros, tentando me acalmar.

Trate de se controlar.

Coloco minha cabeça no lugar. Ela me faz correr a quadra toda, mas eu estou lá para devolver as bolas, e a faço suar também. Em alguns games, consigo ser mais rápida que ela, mas, mesmo assim, perco o primeiro set por seis a quatro.

Durante a troca de lado de quadra, enxugo o rosto e a raquete. Bato a terra das solas dos tênis. Olho para o box dos jogadores e vejo Bowe e o meu pai conversando. Bowe balança a cabeça enquanto meu pai gesticula com discrição, aos sussurros, certamente.

Não tenho ideia do que estão falando, mas sei o que preciso fazer.

Preciso elevar meu nível ao de Antonovich. Preciso ser rápida como ela, encurtar ainda mais as trocas de bola.

Fecho os olhos e respiro fundo. Antonovich está diante de mim, esperando o meu saque. Lanço a bola no ar e bato com a maior velocidade que consigo. Sinto a força do golpe reverberando pelo meu braço, do cotovelo ao ombro. Ela não consegue alcançar.

Comemoro com o punho cerrado. *É isso aí, caralho.*

Repito o mesmo saque, e dessa vez ela devolve, mas a bola sai mais de um palmo da linha de fundo. Está tudo sob controle. Confirmo meu saque no primeiro game do set.

À medida que o set se desenrola, nós duas estamos jogando no mais alto nível, e nenhuma consegue quebrar o serviço da outra. Fica três a três, depois quatro a três, depois quatro a quatro. Mais um game de saque meu. Mais um serviço confirmado. Cinco a quatro para mim.

É a vez dela de sacar.

Não olho para o meu pai. Não quero ver a preocupação nos olhos dele. Digo para mim mesma: *Ela não pode ganhar esse set. Ou você é uma campeã, ou é um fracasso. Não existe meio-termo.*

Antonovich manda uma bomba bem no T, e eu devolvo com um forehand de dentro para fora. Mas acaba batendo na fita da rede.

Merda.

Se ela confirmar seu saque e quebrar o meu, é fim de papo. Não posso fracassar diante de todos esses olhares. Não posso ser essa vaca patética que as pessoas dizem que eu sou.

Mas Antonovich não para de atacar. Não importa se eu a faço correr de um lado para o outro o tempo todo — ela sempre consegue se posicionar, alcançar a bola com a ponta da raquete e colocá-la onde quer.

O set fica cinco a cinco. Depois seis a cinco para ela.

Agora ela saca para fechar o jogo. Se eu não quebrar seu serviço, o jogo acaba.

Eu me curvo bem para a frente. Alterno o peso do corpo entre um pé e outro. Ela lança a bola para cima. É o meu momento. O meu momento de tomar de volta o que é meu.

Ela manda um saque bem aberto. Corro com toda a velocidade que tenho, apesar de meu joelho estar começando a doer.

Quinze-zero.

Trinta-zero.

Quarenta-zero.

CARRIE! Puta que pariu, faz alguma coisa!

Ela vai sacar com o match point.

Antonovich manda uma bola em altíssima velocidade. Minha devolução é forte e bem colocada. Ela manda de volta. Rebato na direção do backhand dela. Sinto a vibração nos meus ossos. Sinto que o jogo está virando ao meu favor — mais tarde do que eu gostaria, mas está.

Ela devolve a bola sem deixar quicar. Eu mando de volta na cruzada.

Antes mesmo de eu terminar o movimento do golpe, ela já está na bola, colocando uma curta perto da rede. Eu mergulho, ralando o peito no chão e deslizando com o braço estendido.

Quando a bola bate no chão, ainda estou a quase meio metro de distância. Fim de jogo.

A plateia aplaude Antonovich efusivamente. Eu fico sem reação, vendo a marca da bola no saibro.

Quando enfim me levanto e começo a me espanar, estou toda coberta de poeira — meus tênis, meus joelhos, meu saiote e minha regata estão da cor do pó de tijolo. Tem terra no meu cabelo e na minha boca. E a sensação é de que nos meus pulmões também.

Meus olhos encontram uma mulher na plateia, a algumas fileiras de distância. Tem vinte e tantos anos e está segurando um cartaz com os dizeres OUI, OUI, CARRIE!.

Não consigo continuar olhando para ela.

"Eu não joguei meu melhor! Então, se é isso que você tem a dizer, pai... esquece."

Estou no túnel, a caminho do chuveiro. Meu joelho está latejando. Estou precisando de uma massagem e uma compressa de gelo. Estou precisando de um monte de coisas.

Antonovich se aproxima por trás e passa por mim. Percebo que ela tenta fazer contato visual comigo quando entra no vestiário, mas continuo olhando para o meu pai.

Ele está encostado na parede, de olhos fechados.

"Carolina", ele diz, com uma voz lenta e calma. "Agora é o momento de pôr as coisas em perspectiva. Nós já conversamos sobre isso."

"Pai!", digo. "Nem tente fingir que isso que eu fiz na quadra foi aceitável! Porque não foi!"

"Eu entendo que o jogo não saiu como você esperava..."

"O jogo não saiu como eu esperava?", respondo aos gritos. Escuto os outros treinadores e jogadores se aproximando pelo túnel, então o empurro para uma sala aberta no corredor. "Acabei de perder minha segunda chance de título", digo. "E só tenho quatro chances!"

"Entendo."

"Acho que está na hora começar a admitir que essa *porra* pode dar muito errado!"

"Não me venha com palavrões. Eu falei ontem mesmo que estava preocupado com essa possibilidade."

"Eu dei a cara a tapa na frente de todo mundo dizendo que sou a maior tenista de todos os tempos, e agora estou queimando a língua! Na frente do mundo inteiro!"

Meu pai balança a cabeça, mas não diz nada.

"Você só vai ficar aí parado? Fala alguma coisa!", berro.

"O que você quer que eu fale?", ele pergunta, jogando as mãos para o alto.

"Me diz que você está vendo o tamanho da cagada que eu fiz! Que você sabe que eu jogo mais do que joguei hoje! Que eu sou a tenista que imagino ser! Ou que eu não sou, se for isso que você pensa! Mas fala alguma coisa. Eu perdi a minha chance em Roland Garros, e agora Nicki vai levar o título! Fala alguma coisa!"

Ele me olha e franze a testa. Começa a andar de um lado para o outro, balançando a cabeça. Tem uma cadeira dobrável perto de uma mesinha e, quando penso que ele vai até lá para se sentar, ele recua e a chuta na direção da parede. "O que você quer de mim?", ele grita.

"Eu..."

"Você pode *não ser mais* a melhor tenista do mundo!", ele continua. "Eu não sei. Nós não sabemos! Você quer me ouvir dizer isso toda hora, mas na verdade eu não sei, Carolina."

"Eu..."

"Eu não posso nem ter minhas dúvidas! Não posso nem ver você como a minha filha, como um ser humano. Não posso nem dizer que, depois de passar anos sem jogar, pode ter, *sim*, jogadoras melhores que você agora, não posso expressar *nenhum tipo de incerteza*. Então eu falo o que você quer ouvir! Para você ter o que precisa para se sentir bem. Para continuar na minha vida. Esses são os termos ditados por você! E eu preciso viver de acordo com eles! Então o que você quer que eu diga?"

"Quero que você seja sincero."

Meu pai balança a cabeça. "Não, você quer que a minha opinião sincera seja exatamente o que precisa ouvir."

Cerro os maxilares com tanta força que sinto os meus dentes doerem. Tento relaxar, mas os músculos se contraem de novo.

Meu pai me encara. "Carrie, eu não sei se posso ter uma conversa sincera com você sobre o seu jogo. Porque, apesar de ser muito boa, você nunca foi capaz de aceitar os seus fracassos."

Sinto um aperto no peito, e meus olhos começam a arder. "E por que você acha que eu sou assim, *caralho*?"

"Acho que é..."

"É por sua causa!"

Meu pai balança a cabeça e olha para o chão. Não como se estivesse discordando de mim, mas como se estivesse decepcionado com o fato de a conversa não ter demorado nem um pouco para tomar esse rumo.

Mas eu sinto justamente o contrário. Sinto que demorei décadas para chegar a este ponto.

"Foi você que me disse que eu ia ser a melhor tenista da história. Desde o dia em que nasci! Foi você que disse o que eu deveria ser! E então de repente eu não era mais. Você não sabia nem se eu ia conseguir ganhar dela!", esbravejo.

"Você está falando de Stepanova?", ele pergunta.

"Eu perguntei se você achava que eu ia conseguir tomar dela o primeiro lugar do ranking, e a sua resposta foi: 'Eu não sei'."

"E você nunca me perdoou por isso", ele responde. "Estou pagando o preço até hoje."

"E precisa pagar pelo resto da vida!", retruco. "Por me fazer acreditar em mim mesma e depois puxar o meu tapete. Por desistir de mim no momento mais difícil. Eu nunca desisti. Nunca. Mas você, sim!"

"Carrie, você me perguntou se eu achava que você tinha como desbancar Paulina do primeiro lugar do ranking. Eu respondi que não sabia. Porque não sabia mesmo. Não sei prever o futuro. E não tenho como fazer com que tudo saia do jeito que você quer. Minha obrigação era ser sincero, era assim que eu pensava. Para você lidar melhor com a situação — aprender a crescer, a ter uma visão mais ampla das coisas. Achei que era o momento de fazer isso, mas você se recusou naquele dia, e continua se recusando até hoje. Eu falhei muito com você como pai, e assumo a responsabilidade por isso. Mas, quanto a isto aqui, sinto muito, só depende de você. É você quem precisa se conformar com o fato de que não é uma jogadora perfeita", ele me diz.

"Isso é o mesmo que desistir. E é o que eu não vou fazer de jeito nenhum", respondo.

Meu pai balança a cabeça. "Você precisa encontrar um jeito de se aceitar, de encarar a realidade. Eu esperava que a essa altura você já teria entendido isso. Mas não. E, se não entender, não vejo como vai conseguir superar isso... esse momento. Você conquistou muita coisa, mas só consegue pensar em não perder o que ganhou, em vez de procurar outras coisas na vida."

Ele sai andando em direção à porta. "Tudo o que nós conseguimos é efêmero. Em um segundo está na nossa mão, em seguida não está mais. Você tinha esse recorde, e podia acabar perdendo. Ou pode conseguir manter agora e perder de novo em dois anos. Eu queria que você aceitasse isso."

Balanço a cabeça enquanto tento encará-lo. "Eu não consigo."

"Pois é", ele diz. "Não conseguir colocar isso na sua cabeça é uma coisa que acaba comigo, *hija*. Mas eu não tenho como. Ninguém tem, só você."

221

E então, como se a porta fosse a coisa mais leve do mundo, ele a abre e sai, me deixando lá sozinha.

Quando finalmente chego ao meu andar do hotel, saio do elevador e vejo Bowe parado na frente da minha porta, dando um autógrafo para uma adolescente. Ela vai embora antes de perceber a minha aproximação.

"Não sabia se você me queria aqui ou não", Bowe diz quando me vê. "Mas sabia que você não ia ter o menor pudor de me mandar para a puta que pariu se não quisesse."

Largo minhas coisas no chão e dou um abraço nele. Sinto sua surpresa, mas ele não demora a me envolver nos braços. Com cuidado, por causa das costelas.

"Sacode essa poeira. Seu melhor torneio está logo ali", ele diz.

Os braços dele são quentes e firmes. Seu corpo é forte. Sinto que, se eu desmoronar, ele vai me segurar, que vai conseguir suportar o meu peso — o peso do meu corpo e o peso do meu fracasso.

"Eu estava com medo de que as pessoas fossem deixar de respeitar o meu recorde se fosse batido por Nicki. Mas agora... eu estou... eu mesma estou manchando o meu recorde."

Estou sentada com os pés na mesinha de centro, com a cabeça apoiada no encosto do sofá. Bowe está na poltrona à minha frente, tentando encontrar uma posição que não faça suas costelas doerem.

"Não acho que isso seja verdade", ele responde. "Acho que as pessoas respeitam o que você está tentando fazer. Acho que vão respeitar mais a tentativa do que a conquista. Que, aliás, vai acontecer. Você vai conseguir."

Olho para ele e franzo a testa. "Qual é..."

"É sério."

Olho para o teto. "Meu pai acha que a minhas prioridades estão cagadas."

Bowe dá uma risadinha. "Duvido que exista algum pai que acredite mais nos filhos do que ele em você. Isso está na cara, né?"

Olho bem para Bowe. "Sim", respondo. "Eu sei."

Bowe se inclina para trás com um gesto lento. Percebo que pelo menos ele está se sentindo melhor do que antes. "Você tem muita sorte", ele comenta.

"Por causa do meu pai?"

"É."

"Seu pai não jogava tênis?", pergunto. "Não foi assim que você começou?"

"Meu tio", explica Bowe. "Pois é. E eu nunca era bom o bastante. Nada do que eu fazia estava bom. Mas eu continuava tentando agradar. E nunca conseguia."

"E os seus pais?"

"Não estavam nem aí. Meu pai era matemático. Minha mãe é professora de matemática até hoje. Eles não entendiam a minha obsessão pelo tênis e acho que teriam preferido que eu fizesse uma coisa um pouco mais... tradicional."

"Eles queriam que você fosse médico ou advogado?"

"Ou matemático", Bowe complementa.

Eu dou risada. "Então o seu caso é o que acontece quando a pessoa não faz o que os pais querem, e o meu é exatamente o que acontece com quem faz o que seu pai quer."

Bowe ri.

"E, nos dois casos, olha a desgraça que deu", comento.

Bowe balança a cabeça. "Você está longe de ser uma desgraça, Soto. Sei que não consegue ver isso, porque é tipo aquelas crianças insuportáveis na escola que acham que tirar nove e meio numa prova só significa que não tirou um dez."

"Mas é isso o que significa."

"Ah, sim, se a gente ignorar o fato de que você fica muito acima da média."

"E todo mundo me odeia."

"Eu queria que você pudesse ver as coisas de outra perspectiva."

"Ver o quê?"

Bowe olha bem para mim e fica em silêncio por um momento. Em seguida diz: "*Eres perfecta, incluso en tu imperfección.*"

223

Eu me inclino para a frente no sofá, sem saber se ouvi direito. Mas está na cara que sim. O sotaque dele é um horror, mas me deixou sem fôlego mesmo assim.

Você é perfeita, mesmo em sua imperfeição.

"Onde foi que você aprendeu isso?"

"Hã, isso é meio constrangedor."

"Conte mesmo assim."

"Conheci uma mulher no saguão do meu hotel que falava espanhol e pedi para ela me ajudar a traduzir algumas coisas."

"Algumas coisas? O que mais ela traduziu para você?"

"Ah, não", Bowe responde. "Isso eu não posso contar."

"Por que não?"

"Porque eu queria ter outras opções caso surgisse a chance de encaixar na conversa."

Eu me levanto e vou até ele. "Quais são as outras opções? Você decorou todas?"

"Não", ele responde. "Eu tentei, mas errava toda hora."

"Então você anotou."

Ele ainda está sentado, e eu estou de pé ao seu lado. Bowe levanta a cabeça para me olhar.

"Você anotou tudo, e está no seu bolso", eu digo.

"Por favor, não tente revistar os meus bolsos... isso vai destruir as minhas costelas. É sério, estou implorando."

A minha antiga versão enfiaria as mãos nos bolsos dele mesmo assim — e ainda diria para ele se virar e aguentar a dor. Sinto vergonha de pensar nas coisas que já disse para mim mesma — e até para outras pessoas — quando estava no auge. *Pare de ser mole e vai jogar! Deixe de lado essa choradeira e mostre como é que se faz!*

Mas eu não sinto mais vontade de dizer essas coisas. Eu não quero que Bowe sinta dor... mas preciso saber o que ele escreveu.

"Por favor", digo baixinho. "Me mostra."

Ele faz uma careta e se levanta só um pouco da poltrona. Em seguida tira do bolso uma folha de papel timbrado do hotel.

"Por favor, não vai rir de mim", ele pede.

Eu pego o papel e desdobro. Vejo três frases em espanhol, todas escritas com uma caligrafia horrível.

Você é perfeita, mesmo em sua imperfeição.

Você é completamente insuportável, e não consigo parar de pensar em você.

Eu quero uma coisa séria desta vez.

"Você anotou tudo isso? Para dizer para mim?"

"Sim."

"Se eu te beijar, vai doer?", pergunto, chegando mais perto.

"Quê?"

"Suas costelas. Se eu te beijar, você vai sentir dor?"

"Não", ele responde. "Acho que não."

Seguro seu rosto com as mãos e dou um beijo nele. Bowe estende o braço sem dor para as minhas costas e me puxa para junto de si.

Eu já o beijei antes, anos atrás. Mas, apesar de familiar, é também uma sessão nova, como uma lufada de ar fresco.

"Eu não sei o que está acontecendo entre nós", digo. "Não sei se é uma coisa séria ou não."

"Não importa", ele diz, me beijando de novo, levando a mão à bainha da minha camiseta e ao botão da minha calça jeans.

"Eu não quero magoar você."

"Isso também não importa", ele responde, me beijando de novo.

"Você precisa tomar cuidado", aviso. "Com as suas costelas."

"Carrie, por favor", ele diz, beijando o meu pescoço. "Pare de se preocupar tanto."

E é isso o que eu faço.

Um bom tempo depois, quando a luz do sol começa a entrar pelas janelas do meu quarto no início da manhã, acordo com Bowe dormindo ao meu lado.

O cabelo dele está espetado na parte de trás, onde um redemoinho acabou bagunçado em algum momento da noite. Seu rosto, assim de perto, parece mais marcado. Vejo as rugas ao redor de seus olhos. Eu me viro e olho pela janela, tomada por um terrível frio na barriga. Quanto maior é a felicidade no início, pior é a tristeza no fim.

Bowe começa a se mexer, abrindo os olhos devagar, com relutância. Ele olha para mim e sorri.

"Vamos pedir o café da manhã?", sugere.

"Você vai ficar?", pergunto.

Ele senta na cama, despertando de vez. "Você quer que eu vá embora?"

"Você quer ir embora? Se quiser, pode ir."

"Eu não quero ir. Já falei isso para você ontem à noite. Em espanhol."

"Tudo bem", respondo.

"Então eu posso ficar?", ele pergunta.

"Se quiser."

Bowe revira os olhos e solta um grunhido. Ele põe um travesseiro em cima da cabeça, mas ainda assim escuto seus resmungos. "Você é muito irritante", comenta. "O que custa dizer que gosta de mim, porra?"

Eu tiro o travesseiro da cara dele. Quero dizer isso, e tento me forçar a falar.

"O que você quer para o café da manhã?", pergunto. "Fala que eu peço."

Bowe e eu passamos os dias seguintes juntos, passeando por Paris. Meu pai, com quem quase não falei mais, fica só trancado no quarto. A agência de Gwen reservou todas as passagens de volta para o dia seguinte à final do torneio.

Hoje, Bowe e eu estamos em um bistrô na esquina do meu hotel. A final feminina está passando na televisão perto do bar: Chan × Antonovich.

Estou usando um boné de Bowe e um par de óculos escuros. Estamos sentados no lado externo. Uma parte de mim sente vontade de correr de volta para o hotel e se esconder, de não estar em público. Mas, se as pessoas nos reconheceram, não deram nenhum sinal disso. E eu quero estar aqui, neste bistrô, com Bowe.

Dá para ver a tv da nossa mesa. De início, fingimos que não estamos vendo, mas, depois de Nicki ganhar o primeiro set, decidimos acabar com a encenação.

Bowe segura minha mão quando o segundo set começa. Antonovich leva o segundo enquanto comemos nossos filés com fritas.

"Talvez Antonovich ainda tenha uma chance", Bowe comenta.

Eu franzo a testa para ele. "Quase torci para Cortéz ganhar de Antonovich na semi", comento. "Acho que Cortéz teria como vencer Nicki aqui, mas Antonovich... Não sei, não. Não sei, não."

Ele assente.

Quarenta e cinco minutos depois, Nicki fecha o terceiro set por seis a quatro.

Ela vai ao chão, triunfante e às lágrimas.

É o fim do jogo, do torneio e do meu recorde, que foi destroçado.

Bowe olha para mim, e sabe que não há nada a dizer. Nós vemos Nicki receber o troféu.

A narração é toda em francês, então eu não entendo tudo o que os comentaristas dizem, mas o significado do que escuto em determinado momento fica bem claro: *"Elle a maintenant dépásse Carrie Soto".*

Agora ela ultrapassou Carrie Soto.

Bowe olha para mim. E, por um instante, sinto uma vontade irresistível de virar a mesa onde estamos sentados.

"Ela merece", comento. "Foi um jogo brutal."

Vejo meu pai caminhando na minha direção na calçada. E sei que deveria estar brava com ele, ou ele comigo. Mas isso não faz muita diferença. Em vez disso, o que me domina é uma sensação de inevitabilidade: claro que ele viria me encontrar.

"Oi", meu pai diz quando chega até nós na mesa na calçada. Ele põe uma das mãos no meu ombro e a outra no de Bowe. "Vocês dois fizeram um grande trabalho aqui na França."

Ele me olha bem nos olhos, e eu não viro para o outro lado. A sensação é de que estamos repassando décadas de situações vividas juntos até tudo culminar neste momento. Meu feito inigualável. Um feito que agora não é mais meu, é dela.

"Eu ainda não me conformo", aviso. "Caso você esteja se perguntando."

"*Ya lo sé, pichona*", ele responde.

Olho para a televisão. Nicki está chorando, com os ombros sacudindo e lágrimas escorrendo pelo rosto.

"Senta aqui", eu digo.

Meu pai assente, puxa uma cadeira e se junta a nós.

A garçonete se aproxima, e Bowe pede uma bebida para o meu pai, que se inclina para perto de mim e sussurra no meu ouvido: "Nada vai poder diminuir o que você fez e está fazendo".

Eu não quero chorar, então tento não ficar pensando se acredito nele ou não. Em vez disso, guardo esse momento no meu coração, para me voltar para esses sentimentos mais tarde.

Sorrio, acaricio a mão dele e mudo de assunto.

Bowe, meu pai e eu ficamos até tarde naquela mesa bebendo água com gás e gengibirra. Bowe lamenta ter que ficar fora de Wimbledon. Meu pai diz que vai treiná-lo em tempo integral para o Aberto dos Estados Unidos, se Bowe já estiver recuperado até lá.

Bowe estende a mão e os dois se cumprimentam — e percebo o cuidado do meu pai naquele aperto de mãos para não fazer as costelas de Bowe doerem.

Quando já está bem tarde, Bowe paga a conta e meu pai levanta as sobrancelhas para mim — uma forma de fazer a pergunta que já pedi um milhão de vezes que ele não faça. Assinto com a cabeça: essa é a única resposta que vai ter, e ele me olha e sorri. Um sorriso sincero e radiante.

Por um instante, fico impressionada com o quanto ele parece mais velho. *Quando foi que isso aconteceu?* Mas parece feliz, um homem de idade contente com a vida. Teve muitos dissabores, mas também realizou muitas coisas.

"*Eres mi vida, pichona*", meu pai gesticula para mim com a boca, batendo com o dedo no peito, bem em cima do coração.

Sorrio e apoio a cabeça dele por um instante.

E então voltamos os três juntos para o hotel — uma caminhada agradável e familiar, apesar de, em tantos sentidos, ser uma novidade.

A inevitabilidade de Chan
Rachel Berger

Coluna de opinião, Caderno de Esportes
California Post

Carrie Soto não escondeu de ninguém sua intenção de impedir que Nicki Chan superasse seu recorde. Por isso a vitória de Chan ontem à noite deve ter sido ainda mais dolorida para ela.

Muita gente desdenhou da tentativa de retorno de Soto, mas eu estou entre o número cada vez maior de pessoas que não consegue esconder sua admiração por esse esforço.

Não foram poucos os que se esqueceram rápido demais do que Carrie Soto fez pelo tênis feminino. Foi ela que elevou o nível e incorporou ao jogo coisas que hoje consideramos normais: saques absurdamente velozes, jogos brilhantes e diversos recordes quebrados. E quase perdemos de vista a coisa mais incrível que ela trouxe para o esporte com sua volta: um jogo gracioso.

Não me importa a potência das patadas de fundo de quadra de Nicki Chan ou a velocidade de seu saque — ela não chega nem perto de igualar a beleza com que Carrie Soto jogava. Com cada golpe executado com perfeição, com a perseguição a cada bola igualando a elegância de uma bailarina. Portanto, compartilho com Carrie Soto a dor de sua perda.

Por outro lado, não podemos negar que a maré virou.

Carrie Soto é o passado. Nicki Chan é o futuro.

A rainha está morta. Vida longa à rainha.

Acordo no hotel com o telefone tocando. Bowe passa o aparelho para mim, meio dormindo.

É Gwen.

"A Elite Gold adiou oficialmente a campanha", ela avisa. "Pensei que você fosse querer saber o quanto antes."

Sinto vontade de gritar ao telefone ou enterrar a cabeça no travesseiro, mas não o faço. "Tudo bem, eu entendo."

"A AmEx está pensando em comprar o contrato, mas ainda não bateu o martelo", ela conta.

"É o seu trabalho fazer isso acontecer", respondo.

"Sim, eu sei. E também é meu trabalho lembrar a você que eu avisei que isso poderia acontecer. Você disse que valia a pena correr o risco."

"É verdade", assumo. "Foi isso que eu falei."

"Vai dar tudo certo. No fim, tudo vai dar certo."

"Pois é", falo. Mas nenhuma de nós parece muito convencida.

Algumas horas mais tarde, faço o meu melhor para deixar tudo isso de lado enquanto embarcamos de volta para Los Angeles. Troco de lugar com o meu pai, que orginalmente estava com a poltrona ao lado de Bowe. Ele não me provoca nem levanta a sobrancelha para mim — ainda bem. Simplesmente vai se sentar no meu lugar, duas fileiras adiante.

Uma dupla de meninas que parecem universitárias nos aborda no início do voo para pedir autógrafos. Nós atendemos, mas então mais gente começa a se aglomerar no corredor.

Logo em seguida, Bowe está dizendo que é um só um sósia de Bowe Huntley, enquanto eu observo — boquiaberta — como as pessoas parecem acreditar. Tento fazer a mesma coisa com uma mulher que vem falar comigo, e ela fecha a cara e diz: "Você não pode nem assinar um simples pedaço de papel? Inacreditável".

Quando ela se afasta pisando duro, Bowe revira os olhos e apoia a cabeça no meu ombro. Eu o afasto.

"Todo mundo no avião sabe quem a gente é", digo.

"E daí?"

"E daí que essa coisa entre nós pode vazar, e eu não quero ficar tendo que falar sobre isso nas coletivas depois dos jogos."

Bowe me encara com as sobrancelhas franzidas e pressiona o espaço entre elas.

"Eu só quis dizer que...", começo a acrescentar.

"Não, já entendi", ele diz, se recostando na janela. "Não precisa dizer mais nada."

"Só estou dizendo que a gente ainda não sabe exatamente o que está rolando."

"Tudo bem", ele diz. "Está certo. Deixa isso pra lá."

Ele fica quieto por uma hora ou duas. Mas, quando a tripulação começa a distribuir chocolates, me oferece o seu com um gesto silencioso.

O avião aterrissa algumas horas depois, e Bowe pega a bagagem de mão do meu pai no compartimento, apesar da dor nas costelas, impossível de esconder.

"Aqui está, Jav", ele diz.

"Jav?", pergunto. "Vocês têm apelidinhos agora?"

"Claro que sim", meu pai responde. Apesar de estar de bom humor, ele parece cansado. "Obrigado, B."

"Bowe já é um apelido para Bowen", retruco. "Não precisa encurtar ainda mais."

Meu pai faz um gesto de desdém para mim. "Cuida da sua vida, Care."

Bowe ri, e eu jogo as mãos para o alto.

A fila começa a se mover, e a tripulação faz um sinal para irmos. Nós nos dirigimos para a saída e descemos do avião.

"Qual é a nossa próxima refeição?", Bowe pergunta. "O jantar?"

"São onze da manhã, então... não", digo.

"Não precisa ser grossa", Bowe responde. "É só dizer que está na hora do almoço."

Eu me viro para o meu pai. "Está com fome, pai?", pergunto, mas, antes mesmo de terminar a frase, percebo que ele parou de andar. A fila de passageiros atrás dele também parou. Toda a cor desapareceu de seu rosto.

"Carrie...", ele chama.

"Pai?" Dou um passo na direção dele.

Ele cai na ponte de desembarque antes que eu consiga segurá-lo.

A cardiologista, dra. Whitley, é uma mulher de cabelos ruivos cacheados que, ao que parece, tem ojeriza a fazer cerimônia. Ela olha bem para o meu pai e para mim. "É um caso extremo de cardiotoxicidade."

Meu pai está sentado na cama do hospital. Estou em uma poltrona ao seu lado. Bowe quis ficar, mas nós dois insistimos para que ele fosse para casa.

"O que isso significa?", pergunto.

A dra. Whitley não tira os olhos do meu pai. "Significa que o senhor tem uma insuficiência cardíaca de classe três, sr. Soto. Provavelmente como efeito colateral da quimioterapia que fez no ano passado."

Meu pai dá uma risadinha discreta de deboche. "O que não mata... pode acabar matando do mesmo jeito."

Seguro a mão dele e dou um apertão, abrindo um sorrisinho.

"O senhor tem sentido tontura? Falta de ar?", ela pergunta.

"Não", eu respondo por ele no exato momento em que o meu pai se manifesta: "Sim. As duas coisas".

Eu me viro para encará-lo. "E fraqueza também", ele acrescenta. "Cada vez mais."

"Por que você não disse nada?", questiono.

Ele me ignora.

"Os responsáveis pelo seu tratamento oncológico deveriam ter avisado o senhor para ficar atento a certos sintomas", diz a dra. Whitley.

"Eles fizeram isso", respondo. "Disseram tudo isso para nós no ano passado."

A dra. Whitley balança a cabeça. "Se o senhor tivesse relatado os sintomas antes, poderíamos receitar betabloqueadores", ela explica. "Agora o estrago já está feito. Vai ser preciso fazer cirurgia para reparar o tecido danificado e instalar um marca-passo."

Perco o fôlego por um instante. Fico olhando para o pôster na parede, uma natureza-morta horrorosa retratando um vaso de flores. Tento controlar a respiração e me concentrar o máximo possível na moldura plástica de um tom de malva. Eu engulo em seco: "Quando vocês pretendem fazer isso?", pergunto. "A cirurgia."

A dra. Whitley fecha o prontuário. "Em alguns dias. E, sr. Soto, o senhor vai ter que ficar internado até lá. E por algum tempo depois para monitorarmos sua recuperação."

Meu pai balança a cabeça. "Não tenho tempo para isso. Nós estaremos em Wimbledon daqui a três semanas."

"Pai...", digo.

O rosto da dra. Whitley permanece impassível. "Eu aconselho que vocês escutem a recomendação médica pela qual estão pagando. É uma questão de vida ou morte."

Meu pai fica em silêncio por um tempo, e então assente. A dra. Whitley sai do quarto.

Eu me levanto e fico esperando a porta se fechar. Em seguida olho para ele. "Mas que coisa! Por que você não disse nada?"

"*Eso no es tu problema*", ele responde.

"*¡Todos tus problemas son mis problemas!*"

"*Puedo cuidarme solo, Carolina. Eres mi hija, no mi madre.*"

"*¡Sí, y como tu hija, si te mueres, yo soy la que sufre, papá!*"

"*No quiero pelear contigo. Ahora no.*"

Olho para ele e balanço negativamente a cabeça. Já sei por que ele não disse nada, mas agora isso não faz a menor diferença.

Ele está pálido, com o corpo conectado aos monitores. Parece tão pequeno... Sinto uma onda de raiva me invadir. Contraio os lábios e fecho os olhos.

"*Bueno*", digo. "Vamos preparar você para a cirurgia, então."

"E eu vou me recuperar o mais rápido possível e voltar para a quadra em dois tempos", ele diz.

"Pai, não é hora de falar disso."

"Claro que é. Isso não vai atrapalhar a nossa programação."

"Pai..."

"Digamos que eles façam a cirurgia a manhã e saia tudo bem. Qual é o tempo de recuperação? Uma semana?" Ele segura a minha mão. "Isso é só um pequeno contratempo. Em julho nós vamos estar prontos para jogar em Londres."

"*Bueno, papá*", digo.

Ele pega o controle remoto, liga a televisão e finge que está assistindo. Então eu me recosto na poltrona e aceito a encenação.

Mas, de repente, ele começa a gritar: "Eu não vou ficar de fora de Wimbledon! Nós podemos nunca mais fazer isso juntos, e eu não vou perder essa oportunidade!"

Eu escondo a cabeça entre as mãos. "*Ya lo sé, papá*", respondo.

"Quando fomos para lá juntos pela última vez, em 1978, eu não sabia que ia ser a última. Não sabia que não ia mais treinar você. E não vou deixar essa chance escapar por entre os meus dedos."

"*Está bien, lo entiendo*", digo. "*Te amo, papá.*"

Ele olha para mim pela primeira vez na conversa, e os cantos de sua boca se curvam para baixo. "*Yo también, cariño.*"

E então, depois de respirar fundo: "*Perdóname, hija. Realmente lo siento*".

Nesta noite, peço para a enfermeira me ajudar a arrumar uma cama dobrável no quarto.

"*De ninguna manera*", meu pai diz para mim. E para a enfermeira: "Isso não é necessário".

"Pai, não vou deixar você aqui sozinho", aviso.

"Por acaso você já parou para pensar que eu posso *gostar* de ficar sozinho?"

"Pai..."

"Vá dormir em casa, Carrie. Por favor. E, de manhã, por favor, vá para a quadra com a máquina de lançar bolas", ele me diz. "Não pare de treinar. Não dá para parar agora."

"Eu não sei se..."

"Você vai jogar em Wimbledon, sim, Carolina María."

A enfermeira pede licença e sai. Eu me sento um pouco.

"*Por favor, no te pierdas Wimbledon. Por favor.*"

"Pai, eu não sei se..."

Meu pai solta um suspiro longo e profundo. Então balança a cabeça. "Mesmo se — e, veja bem, *se* — eu não estiver lá", ele complementa.

Preciso me esforçar para não fazer cara de choro.

"*Pero, por favor*, jogue mais uma vez. *Te encanta jugar Wimbledon. Por favor, hacelo por mí.*"

Não consigo nem pensar em sair de perto dele, mas também não tenho forças para brigar agora.

"*Está bien*", respondo. "*Lo jugaré.*"

"*Gracias. Ahora, andá.* Vá para casa."

Ele parece determinadíssimo. "*Bueno*", digo, pegando minha bolsa. "A gente se vê de manhã."

"Pode vir só à tarde", ele retruca. "Primeiro vá treinar, todos os dias. E pode vir me ver depois."

Balanço negativamente a cabeça e sorrio para ele. "Certo, venho amanhã depois do treino." Em seguida, aperto a mão dele.

"*Buena niña*", ele diz.

Atravesso o corredor e aperto o botão para chamar o elevador.

Enquanto espero, vejo com o canto do olho que tem uma enfermeira no posto de enfermagem prestando atenção em mim. Ou sabe quem eu sou, ou está tentando se lembrar de onde me conhece. Não faço nada para ajudar a esclarecer a dúvida e entro no elevador vazio.

Quando a porta finalmente se fecha, eu encosto na parede do elevador e deslizo até o chão. "Por favor, que ele saia vivo deste hospital", digo. É quase um choramingo, e eu detesto ouvir a minha voz assim.

Nesta noite, Bowe vem até minha casa e, quando estou quase dormindo, ele me abraça e diz: "Vai ficar tudo bem".

"Todo mundo sempre fala isso", respondo. "Mas não há como saber."

Alguns dias depois, meu pai faz a cirurgia. Em vez de ficar em casa treinando, como ele gostaria, passo o dia todo na sala de espera para saber como a operação foi assim que termina.

Quando a dra. Whitley aparece, sua expressão está muito séria. Por um instante, chego a sentir que a vida que conheço até hoje está para terminar. Meu peito se contrai; a sala fica mais quente. Mas então ela diz: "Ele está bem". Então consigo respirar de novo.

"Obrigada", respondo.

"É melhor você ir para casa", ela me avisa. "Ele provavelmente vai passar o resto da noite dormindo."

Mas eu não vou.

Espero até que ele volte para o quarto e durmo na poltrona ao seu lado. Só de ouvir sua respiração consigo dormir melhor.

De manhã, quando acorda, ele está grogue e confuso, mas a dra. Whitley garante que o marca-passo está funcionando bem.

"Então, quando posso ir para casa?", ele pergunta.

A dra. Whitley balança a cabeça. "O senhor precisa fazer a recuperação aqui. Foi uma cirurgia bastante extensa, é preciso esperar tudo cicatrizar. Precisamos mantê-lo em observação."

"Por quanto tempo?"

"Pai, você precisa se concentrar na sua saúde", digo.

Ele segura a minha mão e ignora o que eu disse. "Por quanto tempo?", ele pergunta de novo.

"Uma semana, no mínimo", ela informa. "Talvez mais."

"Tá", meu pai responde, assentindo. "Entendo."

Quando a equipe médica sai do quarto, começo a perguntar para o meu pai o que ele quer que eu traga de casa, mas ele me interrompe.

"Se não podemos treinar juntos, você está perdendo tempo na quadra de casa. Precisa ir para Londres e começar a preparação na grama."

"Pai..."

"Não", ele retruca. "Você sabe que eu estou certo. A essa altura, já teríamos ido para Londres, aliás. Você precisa ir sozinha."

"Eu sei, pai, mas não vou para Londres agora, com você no hospital."

"Vai, sim, e nada de teimar comigo. Já estou pensando nisso há dias. Esse é o novo plano."

Ouço uma batida de leve na porta. Bowe está lá, com uma samambaia e um balão com a palavra *Melhoras!* nas mãos.

"Oi, Jav", ele diz. "Espero não estar interrompendo nada. Só queria ver como você está."

"Entre, entre", meu pai diz para Bowe, que sorri para mim. "Na verdade, tive uma grande ideia", ele continua. "Bowe pode me visitar enquanto você estiver em Londres. Você faria isso, não faria, Bowe?"

Bowe assente com a cabeça. "Com certeza. Pelo tempo que for preciso. No estado em que estão as minhas costelas, não consigo jogar tênis. Não tenho *nada* para fazer. Mal tenho motivo para viver. Então, sim. Você me faria um favor me deixando vir aqui."

Olho bem para os dois.

"Vocês estão de armação para cima de mim", digo.

"Não é uma armação", meu pai responde.

"Nós já conversamos isso antes", Bowe revela. "Se é disso que você está falando."

Meu pai revira os olhos para Bowe. "Nunca entregue uma informação que não foi solicitada."

"Tá", responde Bowe. Mas em seguida olha para mim e gesticula com a boca: "Desculpa".

"Você concorda comigo que ela precisa ir para Londres treinar", meu pai diz para Bowe.

E a resposta dele é bem clara e parece bem sincera: "Quanto a isso, sem dúvida. Você sabe muito bem que precisa ir para Londres."

E, por mais que isso me irrite, sei que eles estão certos.

No sábado seguinte, estou em um carro com motorista a caminho de uma última visita ao meu pai antes de pegar o avião. A passagem do aeroporto LAX para Heathrow está na minha bolsa. Mal consigo acreditar no que estou fazendo.

Na frente do hospital, o motorista me avisa que vai me esperar no estacionamento.

Nada disso me parece certo.

"Você vai treinar com uma sparring todos os dias e me ligar à noite para discutir o cronograma do dia seguinte", meu pai me diz depois de eu cumprimentá-lo com um abraço. "Está tudo sob controle."

"Não se preocupe com isso agora, pai", respondo, segurando sua mão. "Sua única obrigação agora é cuidar da sua saúde."

Meu pai assente com a cabeça. *"Ya lo sé, pero no es el trabajo que quería."*

"Eu sei que não."

Faço um carinho na mão do meu pai, e percebo como a idade está pesando sobre ele. Sua pele está ressecada, e as juntas, inchadas. Os pelos dos braços estão quase todos brancos.

"Fique bem", digo. "Faça tudo o que os médicos mandarem. Trate de ser o melhor paciente do hospital. Eu volto para casa daqui a pouco mais de um mês."

Ali, me parece absolutamente impossível ir embora. Por um instante, eu chego a duvidar de que *realmente* me planejei para pegar um avião esta tarde. Na verdade, só estou fazendo tudo no automático, para nós dois nos sentirmos melhor.

Claro que eu não posso ir. Claro que vou ficar.

"Eu não sei, não, pai."

"Você precisa jogar Wimbledon, *cariño*."

Eu franzo a testa.

"Por favor", ele diz. "Não existe nada que me deixaria mais feliz do que ver você fazer o que ama. Então, por favor, vá jogar seu tênis. E jogue como sempre jogou. Do jeito que você gosta. Por favor. *Hazlo por mí, por mí corazón*."

"Bowe vai passar aqui hoje", aviso, olhando no relógio. "Em mais ou menos uma hora. Ele pode providenciar qualquer coisa que você quiser."

"Ok. Você vai se atrasar. Então já pode ir."

Eu respiro fundo e dou um beijo na cabeça dele.

"Tente curtir o momento, *pichona*", meu pai me diz. "Essa é a única coisa que você sempre esquece."

Junho de 1995

Três semanas antes de Wimbledon

Quando desço do avião em Heathrow, duas adolescentes acompanhadas da mãe ficam me encarando. Não sei por que, mas, em vez de ignorá-las, faço um aceno. Elas arregalam os olhos e retribuem o cumprimento, boquiabertas. Eu dou risada.

Peço ao motorista do carro que vai me buscar no aeroporto para me levar para o hotel passando por Wimbledon. Ele assente com a cabeça, e alguma coisa no olhar que ele me lança pelo retrovisor, no seu sorriso, me diz que ele está feliz em fazer isso.

Olho pela janela quando o carro se põe em movimento. Observo os prédios e os outdoors, até que finalmente chegamos aos arredores do All England Club.

"Quer que eu estacione?", ele oferece.

"Não, obrigada", respondo. Simplesmente desfruto da visão — o parque e as quadras passando diante da janela. Gosto de ver a trepadeira na fachada da construção diante da entrada principal. Quase me sinto diante da arena, como se a promessa do que vem pela frente reverberasse pelo meu corpo.

É um prazer inigualável ser tão boa em alguma coisa quanto eu fui jogando em Wimbledon.

Sinto falta do meu pai.

"Você é a recordista", o motorista diz, me olhando pelo retrovisor de novo. "Não é mesmo?"

"Do quê?", pergunto.

"De vitórias em Wimbledon. Incluindo masculino e feminino."

"Sim, eu sou."

Ele assente e volta os olhos para o trânsito. "Muito bem."

* * *

Chego ao hotel e desfaço as malas. Abro as cortinas para apreciar a vista do Tâmisa e da ponte de Waterloo. A cidade fervilha com o movimento de carros e de gente — afinal, são quatro da tarde em Londres. Mas preciso descansar.

Ali agendou sessões duplas para mim nas quadras pelas próximas três semanas. A cada vez, vou treinar com uma pessoa diferente. Preciso praticar contra todos os estilos de jogo.

Vejo os ônibus vermelhos de dois andares atravessarem a ponte e penso no maior obstáculo para o meu jogo: preciso pôr a cabeça no lugar.

Tomo um banho — escaldante, tão quente que deixa a pele do meu peito e das minhas pernas vermelha. Em seguida ligo para o quarto do me pai no hospital.

É Bowe quem atende.

"Oi", digo. "Como ele está?"

Bowe responde sussurrando. "Agora está dormindo, mas está tudo bem. E com você?"

"Comigo, tudo bem." Eu me olho no espelho do banheiro enquanto conversamos. Meu cabelo está molhado e penteado para trás; o roupão que estou vestindo é grosso e quente. Só consigo me concentrar nas minhas olheiras — parecem até hematomas. Tem a questão do jet lag e da idade, mas também não dá para negar: quando estou sozinha, eu choro.

"É estranho estar aqui sem ele", digo. "E sem você, para ser bem sincera."

"É muita gentileza sua dizer isso."

"Estou com medo de não encontrar ninguém bom como você para treinar."

"Ah", Bowe diz. E cai na risada.

"Que foi?"

"Não, nada. Escuta só, seu pai fez umas anotações, e vai ficar muito puto se eu não repassar para você."

"Tá."

"Ele escreveu: 'aproveite o dia de amanhã para se lembrar da alegria

240

que é uma quadra de grama. Não jogue para ganhar nem para buscar a perfeição. Jogue para observar a si mesma e a bola'."

"É um bom conselho", comento.

"Infelizmente, ele é muito bom nisso", Bowe responde.

É a minha vez de dar risada. "Pois é, acho que é mesmo."

Nós desligamos o telefone; fecho as cortinas e ponho minha máscara de dormir. Em seguida, me deito na cama gigantesca.

As janelas são grossas, assim como as paredes. Meu quarto é o mais privativo e caro que se pode encontrar na região central de Londres. Portanto, apesar de ser o meio da tarde em uma cidade movimentadíssima, o silêncio é tão grande que chega a ser sinistro.

Fico imaginando que meu pai vai aparecer, vindo do quarto ao lado, e bater na porta para me contar que teve uma ideia brilhante. Ou que vai vir me aporrinhar com as reclamações sobre uma foto sua que saiu no jornal. Ou então falar alguma coisa que vai me irritar e me fazer mandá--lo ir dormir.

Mas ele não está aqui.

Não sei a que horas finalmente pego no sono. Mas, quando acordo na manhã seguinte, estou revigorada.

Escovo os dentes, visto a roupa de treino e pego meu equipamento. Sinto a vibração nos meus ossos.

Eu vou para a quadra. Sozinha.

Meu pai tinha toda a razão. Eu precisava sentir a textura tão específica de uma quadra de grama.

Minha parceira de treinos desta manhã se chama Bridget. Ela é rápida, mas não tem muita força. Mesmo assim, sinto uma empolgação ao correr de um lado para outro da quadra e ao subir para a rede e voltar para a linha de fundo. É uma alegria jogar na grama. Eu me delicio com a velocidade, com os quiques baixos, com a imprevisibilidade da bola, com a estratégia. O tênis na grama é um jogo completamente diferente.

E, porra, como eu adoro isso.

No fim da sessão, Bridget comenta: "Acho que não consegui fazer seu dinheiro valer a pena". Estou suada na testa e acima do lábio. Ela está com a camiseta regata encharcada.

"Está tudo certo", respondo. "Você fez o seu melhor."

Vejo sua expressão ficar mais tensa, e em seguida ela vai embora. Eu me sento no banco da quadra para beber água. Começo a pensar no que vou querer trabalhar com a máquina de lançar bolas — com quais golpes vou começar. Meu slice, em particular, precisa melhorar.

Analiso as armas de que disponho na grama. Meu trabalho de pés está bom. Meu saque está afiado. Estou colocando a bola onde quero. Já melhorei muito desde Melbourne.

Mesmo assim, na grama, provavelmente não sou tão rápida quanto Antonovich. Então, se ela cruzar meu caminho de novo, vou precisar arrumar uma forma de neutralizar a velocidade dela. E é isso que vim fazer aqui.

Olho para os meus tênis amarelos sobre a grama verde. Talvez esse seja o ponto culminante de toda a temporada. Talvez tudo o que eu precisasse era voltar a Wimbledon.

Fico de pé e tento encontrar algum funcionário do clube para providenciar uma máquina. Mas, quando olho ao redor, vejo Nicki Chan passando ao lado da quadra onde estou.

De início, finjo que não a vejo, mas logo fica claro que ela não é do tipo que sabe manter distância. Por que as pessoas são assim? Sinceramente. Por mim, todo mundo podia se cruzar todos os dias, o tempo todo, e não parar nenhuma vez para bater papo.

"Carrie", ela diz, sorrindo e estendendo a mão.

"Você treina aqui?", pergunto. "Não imaginei que..."

Nicki balança a cabeça. "Aqui é um pouco mais tranquilo, e eu preciso me concentrar. Reservei uma quadra para as próximas semanas, até todo mundo se reunir no Wimbledon Park. Você também reservou, então?"

"Pois é."

Nicki ri. "Nós duas tivemos a mesma ideia. Muito bem, então", ela diz. "Quem sabe um dia não podemos sair para beber alguma coisa."

"Quem sabe", respondo. "Quer dizer, não. Provavelmente não vai rolar."

Nicki volta a rir. E considero essa risada irritante. Parece encenação, uma forma de fingir que não se deixa abalar. "Sabe o que uma pessoa do circuito me disse sobre você um dia desses?", ela comenta.

"Ah, que ótimo, lá vamos nós."

"Não, não. Não é nada ruim. É que... Ela disse que você parece fria e durona, mas que na verdade é uma jogadora que fica na sua porque não se sente bem sendo obrigada a agradar os outros."

"Acho que fica bem mais fácil assim... sem me aproximar muito de ninguém."

Nicki assente. "Eu entendo."

"Você não se sente assim?"

Nicki faz que não com a cabeça. "Eu destruiria a minha melhor amiga sem pensar duas vezes em rede nacional."

Na manhã seguinte, acordo às quatro horas. Não aguento ficar deitada na cama, me virando de um lado para o outro, ajeitando o travesseiro, olhando para ao teto, pensando em Roland Garros.

Em como eu estraguei tudo.

Dei meu recorde de bandeja para Nicki.

Eu me levanto e vou até a sala de estar da suíte. Ali gravou os jogos que pedi em uma fita VHS e a mandou para mim. Procuro na caixa até encontrar a que quero.

Soto × Antonovich.

Sinto um aperto no peito ao pôr a fita no videocassete e apertar o play. É doloroso ver isso. Detesto o sentimento de impotência, de ser incapaz de impedir o que sei que vou ver na tela. Mas é a única forma de garantir que nunca mais vai acontecer.

Desde o primeiro game, meu jogo é veloz, mas desleixado. Estou apressando os pontos, sem caprichar na angulação. Estou correndo atrás de bolas que não tenho como alcançar.

Preciso fazer um grande esforço para não desligar a televisão.

No segundo set, as minhas péssimas escolhas ficam evidentes. Não estou escondendo bem os meus golpes. Um drive bem na mão dela. Um slice curto demais. Estou dando corda para me enfocar. Estou me afundando em quadra.

Tudo isso porque estou tentando provar para Antonovich que ela não é mais veloz que eu. Sendo que está tudo tão claro vendo o vt.

Ela é mais rápida que eu. Isso é inegável.

Vou para a quadra mais cedo do que pretendia. Não tem ninguém lá. Tenho o clube inteiro só para mim. Então começo a treinar com a máquina de lançar bolas.

Um dos motivos para eu gostar tanto da quadra de grama é a exigência de um raciocínio rápido. Outras jogadoras podem ser mais velozes correndo de um lado para o outro da quadra. Elas podem até bater na bola com mais força. Porém, o que sempre foi meu ponto forte, um desafio que sempre me orgulhei de ser capaz de encarar com sucesso, é minha capacidade de pensar e fazer ajustes rapidamente em uma quadra de tênis.

É preciso perguntar e responder uma série de perguntas que se repetem uma atrás da outra em pouquíssimo tempo: aonde a bola vai? Que caminho vai tomar depois de quicar? Como eu vou querer rebater? O que preciso fazer para conseguir isso?

Quando eu era criança, meu pai se concentrava nos fundamentos — nas posturas, nos movimentos.

Olhe para a bola, se posicione, prepare o golpe.

Olhar, posicionamento, preparação.

Olhar, posicionamento, preparação.

Olhar, posicionamento, preparação.

No saque, era curvar as pernas, levantar os braços, fazer o toss, bater na bola e concluir o movimento até o fim, sem encurtar a rotação do ombro.

Pernas, braços, toss, batida na bola, conclusão do movimento.

Pernas, braços, toss, batida na bola, conclusão do movimento.

Pernas, braços, toss, batida na bola, conclusão do movimento.

Hora após hora, dia após dia, os mesmos fundamentos. Às vezes sem sequer bater na bola — só fazendo os gestos técnicos, estabelecendo uma rotina. Meu pai inclusive me colocava para fazer isso diante do espelho, observando cada movimento do meu corpo em cada fundamento.

Lembro do quanto era frustrante aquela repetição — um tédio total.

Meu pai me fez continuar treinando assim mesmo muito depois de eu ter aperfeiçoado meus golpes. E eu esbravejava com ele quando criança, mas ele não se desviava do planejamento, nem por uma mísera sessão.

"Você pensa no que está fazendo enquanto respira?", ele me perguntou uma tarde na quadra enquanto eu reclamava. "Você passa o tempo todo respirando, a cada momento da sua vida, não?"

"Sim", respondi.

"Mas você pensa no que está fazendo enquanto respira?"

"Não, o corpo faz isso sozinho."

"Imagine só se você precisasse pensar no que fazer a cada vez que respirasse. Não ia sobrar tempo para fazer mais nada."

"Sei..."

"Eu quero que os seus fundamentos sejam como a sua respiração. Por enquanto, *hijita*, você ainda precisa concentrar sua mente nisso", ele me explicou. "Nós vamos parar quando você já tiver repetido isso tantas vezes que o seu corpo consiga fazer sozinho, sem pensar. Porque aí você vai estar livre para pensar em todo o resto."

Não sei se entendi isso na época ou se simplesmente comecei a obedecer. Mas, quando entrei no circuito juvenil e depois na WTA, observando as minhas adversárias, percebi como a reação da maioria delas era lenta.

Meu pai incutiu os movimentos, as posturas e os golpes na minha mente com uma quantidade tão grande de repetições que tudo isso se embrenhou nas minhas células, ganhando vida nos meus músculos e nas minhas articulações.

E isso continua valendo ainda hoje.

E então, a cada bola que vem na minha direção, minha mente permanece livre para vasculhar todo o meu arsenal de golpes, para levar em conta as imperfeições da quadra. Consigo me antecipar melhor a um quique torto ou mandar uma bola que a adversária não está esperando.

Então chega o momento de fazer contato com a bola — e, nessa fração de segundo, a memória muscular assume o controle.

A grama sempre foi a superfície perfeita para esse estilo de jogo.

Sozinha na quadra, enfrentando a máquina, batendo em todas as bolas só depois de deixar quicar, eu me sinto fluida. Meu corpo está fazendo tudo sozinho. É quase como se eu não estivesse aqui. Essa facilidade, esse ritmo, essa ausência de esforço — *isso*, sim, é como estar de volta a 1983.

Quando as bolinhas da máquina acabam pela quarta vez, eu paro. Há centenas delas espalhadas pelo outro lado da quadra. Estou suando e ofegante. Olho para o relógio. Estou aqui há quase três horas — mas poderia jurar que foram só vinte minutos. E, por um breve momento, sinto que sou Carrie Soto.

"Olá."

Eu me viro e vejo Nicki me olhando pelo alambrado, segurando a grade com uma das mãos. *Mas que merda.*

"Ah, oi."

"Eu cheguei mais cedo para evitar você", Nicki diz, aos risos.

"Desculpa aí. Estou aqui desde as cinco."

Nicki assente com a cabeça. "É incrível", ela comenta. "Ver você jogar."

Caminho na direção dela. "Pois é, eu sou muito boa nisso."

Nicki cai na risada de novo. "Sim, é mesmo. A beleza dos seus fundamentos é... é de tirar o fôlego. Dava para ver até pela televisão na época. E agora que eu fiquei espiando um pouquinho..." Ela sacode a cabeça. "Que estilo maravilhoso de tênis."

Como eu poderia responder a um comentário como esse? "Um drinque hoje à noite", escuto a minha voz dizer. "Se você ainda quiser. No Savoy."

Nicki assente. "A gente se vê lá."

No fim da tarde, estou ao telefone na sala de estar da minha suíte, olhando pela janela. "*No sé, papá, pero...* É que... Estou sentindo aquela vibração. Parece que chegou a hora. Esse torneio pode ser meu."

"Vai ser, sim, *hija*", ele responde com a voz fraca. Eu aperto com força o fone na orelha, como se, fazendo isso, eu pudesse me transportar para o outro lado da linha, para junto dele. "Vai ser, sim."

"Como você está se sentindo?"

"*Bien, bien. Pero* não se preocupe comigo. Bowe logo mais vem para cá. Vou acabar com ele em mais uma partida de xadrez."

"E o que a dra. Whitley falou?"

"Disse que está tudo ótimo. Pare de se preocupar", ele responde.

"Tá", digo. "*Está bien.*"

Mas não digo o que estou pensando. *Você é tudo o que eu tenho.*

Quando desço para o American Bar do Savoy, Nicki já está lá. Ela está conversando com a bartender, que lhe entrega um drinque. Nicki transmite uma espécie de confiança despreocupada, totalmente natural.

Estamos em um bar elegantíssimo, e ela está de calça jeans preta, camiseta e um par de Doc Martens nos pés. O cabelo comprido está solto, descendo pelas costas.

Nicki acena para mim e eu me dirijo até o balcão. Está bebendo o que parece ser um gim com limão.

"Absolut com água com gás, por favor", digo para a bartender, que assente, mas logo em seguida volta a olhar para mim. "Você é a Carrie Soto?", ela pergunta.

Eu olho para Nicki, que sorri quando dá um gole em seu gim.

"Sou, sim", respondo.

"Uau, eu sou muito sua fã", ela comenta. "Quer dizer, não entendo muito sobre o jogo, mas adoro os tênis da sua coleção."

Eu dou risada. "Ah, que bom. Fico feliz em saber."

Ela vai preparar a bebida, e Nicki ri, balançando a cabeça. "Estou aqui conversando com essa mulher linda há pelo menos dez minutos, e nada de ela me reconhecer. E a minha linha de tênis são mais legais que a sua, aliás."

Os dela são da Nike. O nome da coleção é 210s — uma referência ao fato de uma vez ela ter conseguido sacar a 210 quilômetros por hora. É o *segundo* modelo de tênis femininos mais vendido na Grã-Bretanha.

"Ao que parece, ela não concorda", respondo.

"Não é que eu *queira* ser reconhecida, sabe", ela explica. "Mas, se ela reconhece você, mas não eu... como assim, né?"

"Uma vez", começo a contar enquanto me acomodo, "fui inaugurar um centro de treinamento com o meu nome no Arizona, e a mulher que

247

controlava o acesso não queria me deixar entrar porque eu não estava na lista de convidados."

Nicki ri e dá mais um gole na bebida. "Essa vida é uma coisa estranha mesmo."

"Pois é."

"Eu nem sempre gosto dela."

Minha bebida chega, e eu tomo um gole. "Nem sempre tem do que gostar."

"Não é muito esquisito? Você entrar nessa só porque gosta de bater na bola com uma raquete...? E aí, de repente, sua vida não está mais sob o seu controle? E todo mundo acha normal chamar você de 'a Monstra' só porque tem os braços fortes? E falar um monte de coisas da sua roupa e do seu cabelo? E fazer comentários racistas e fingir que é só brincadeirinha? Só quero ver quando descobrirem que eu sou lésbica."

Nicki me lança um olhar de canto de olho, como se esperasse que eu fosse cuspir a minha bebida, mas eu já desconfiava que ela era gay fazia tempo, e não estou nem aí. Relacionamentos românticos são uma coisa tão inviável que fico genuinamente impressionada com qualquer pessoa que consiga manter um.

Mas, pensando bem, isso provavelmente não facilita em nada o fato de ela ter que lidar com o interesse do mundo inteiro a esse respeito. Além da questão muito séria que é saber decidir em quem se pode confiar.

E ela confiou em mim. E, caralho, isso me faz gostar dela ainda mais. *Essa maldita.*

"Como se eu não soubesse como a mídia é podre. Não se esqueça de que você está falando com a mulher que ficou conhecida como a 'Vaca'", respondo.

Nicki dá risada. "Eu só queria jogar tênis. E agora, em vez disso, passo o tempo todo gravando comerciais, dizendo para meninas de doze anos acreditarem nos seus sonhos e fazendo aparições em programas de TV. E parece que... sempre tem cada vez mais coisa desviando a minha atenção do que mais importa."

Eu me viro para ela, e então abaixo os olhos. Começo a virar meu copo. "Depois que você se aposenta, *só* o que resta são os comerciais de

TV, os eventos de caridade e os jogos amistosos. E o tênis de verdade meio que desaparece. Puf. Deixa de existir."

Nicki fecha a cara. "Não, eu não acredito nisso."

Dou de ombros. "Você pode acreditar no que quiser."

"Quando me aposentar, quero ir para a minha casa nas Cotswolds e esquecer de todo o resto. Vou passar os meus dias jogando na minha quadrinha lá no interior."

"Mas contra quem?", questiono. "Não tem ninguém para enfrentar, além de outras aposentadas. Você não vai querer jogar contra as meninas do seu vilarejo — isso não tem a menor graça. E não vai poder chamar ninguém da WTA, porque vai estar todo mundo no circuito. E as profissionais com certeza não vão querer se arriscar a perder para você. Os jogos amistosos são divertidos, mas são só entretenimento — não têm intensidade nenhuma. Nunca tem ninguém com quem jogar a sério. Eu juro que tinha dias em que eu acordava com a mão direita tremendo, procurando a minha raquete."

Nicki assente. "Então foi por isso que você voltou? Porque a sua mão direita estava tremendo?"

"Não", respondo, balançando a cabeça. "Eu voltei para acabar com você."

Nicki dá uma gargalhada tão alta que as pessoas se viram para olhar para nós. Quando ela se acalma, se inclina na minha direção. "Eu não acredito nem um pouco nisso", ela diz com um sorriso. "Deve ter alguma coisa a mais."

"Não, é sério mesmo. Eu quero a porra do meu recorde de volta."

"Claro que sim", Nicki diz. "Eu sei que você quer. Quem não iria querer?"

"E você tirou de mim."

"Eu não *tirei* de você", ela rebate. "Eu conquistei esse recorde. Do mesmo jeito que você. Só que com um troféu a mais." Nicki dá uma piscadinha para mim e toma outro gole de sua bebida.

"Você não precisou enfrentar nenhuma das grandes jogadoras", retruco. "Nos últimos seis anos, não existe quase ninguém que consegue ao menos fazer sombra para você."

"Exatamente."

"Fala sério. É mais fácil ganhar sem uma Stepanova do outro lado. Ou uma Mary-Louise Bryant, que quando apareceu era tão incrível. Ou até eu. Você pegou o caminho livre. Não é a mesma coisa de quando eu estabeleci o recorde."

Nicki balança a cabeça. "Você está parecendo os comentaristas da ESPN."

"Como assim?", retruco. "Está de brincadeira? Todo mundo na imprensa esportiva ficou mais do que contente em coroar você como a maior de todas."

"Isso do seu ponto de vista. O que eu escuto — e o tempo todo — é que, mesmo depois que bati o seu recorde, isso não basta. Eu nunca vou ser uma Carrie Soto. Nunca vou ter a sua elegância em quadra. Nunca tive uma adversária de alto nível. Sim, eu sou boa no saibro e na quadra dura, mas 'Carrie Soto reina absoluta em Londres'. Aqui é a minha cidade, mas a verdadeira dona do pedaço ainda é você."

Ela dá mais um gole no gim. "E além disso", ela acrescenta, "justamente quando estou prestes a calar a boca de todo mundo, o assunto passa a ser: 'Uau! Carrie Soto está de volta!'. E todo mundo fica babando em cima de você."

"Vou te perguntar uma coisa, mas não se ofenda: você está drogada, porra?", pergunto.

Nicki cai na risada.

"Experimenta ouvir — a toda hora e em todo lugar — que, se você por acaso conseguir ganhar alguma coisa este ano, vai bater o recorde de mulher mais velha a vencer um Grand Slam."

Nicki ri de novo. "Ah, sim. Deve ser horrível saber que, se for campeã em Wimbledon, você vai bater dois recordes e igualar o meu."

Eu cerro os punhos. Preciso me segurar para não esmurrar o balcão e lembrar de quem era esse recorde, de quem *criou* esse recorde. *Você nem sequer existiria se não fosse eu.*

Mas não tenho essa pretensão toda. Isso eu perdi em Paris.

"Você tem ideia", continuo, "de como é difícil trabalhar a vida inteira por um objetivo — por único objetivo — e aí aparecer alguém e te tirar isso?"

Nicki fica me encarando, incrédula. "Sei!", ela responde. "Claro que sei."

Olho para ela e me dou conta do que acabei de dizer. Não consigo segurar o riso, e nem Nicki.

"Minha nossa, você deve me odiar", comento. "Eu com certeza me odiaria."

Nicki vira o restante do copo. "Eu não odeio você. Já falei. O que eu sinto por você é gratidão."

"Ah, sim. Claro."

"É sério", insiste Nicki. "O meu espírito de luta só se acende quando eu tenho um desafio. E eu gosto de uma boa briga. Gosto até mais do que de ganhar."

"Eu...", começo a dizer. "Então tá."

"Sem você, não sobrariam muitos desafios para mim. Seria como ficar batendo em um saco de pancada. E, sem mim, você estaria em casa, gravando comerciais de Gatorade, não é verdade?"

Sei que ela está certa, mas bufo mesmo assim. "É, talvez. Estaria, sim."

"Mas, em vez disso, estamos aqui, treinando e buscando uma coisa que é maior do que nós duas."

Tomo um gole da minha vodca e olho bem para ela. "Acho que nunca pensei dessa forma a minha rivalidade com Paulina", comento.

"Stepanova?", diz Nicki, revirando os olhos. "Quem pensaria? A mulher fingia que estava machucada sempre que estava perdendo. E, na única vez em que estourou o tornozelo de verdade, não teve coragem de abandonar o jogo nem de superar a dor e jogar."

"Obrigada!", digo.

"Foram lágrimas de crocodilo, isso, sim."

"Pois é!"

"Ela não era uma adversária digna de você."

"Isso foi o que eu sempre disse!"

"Mas eu sou", Nicki acrescenta, fixando o olhar em mim.

Devolvo a encarada. "Acho que isso nós ainda precisamos tirar a limpo, não?", respondo.

"Pois é, eu também acho."

Nicki deixa trinta libras no balcão e se levanta. Ela me dá um tapinha no ombro. "A que horas você vai treinar amanhã?"

"Não sei", respondo. "Depende do quanto vou conseguir dormir."

"Tudo bem. Bom, trate de treinar bastante. Quando ganhar de você na quadra, quero saber que estava na sua melhor forma. Quero saber que quem eu venci foi a melhor tenista de todos os tempos. Eu preciso disso. E preciso que o mundo inteiro veja."

"Fique à vontade para ir para a puta que pariu com essa sua conversinha", respondo.

Nicki ri. "Eu só tenho como melhorar se enfrentar o seu melhor", ela continua. "Assim como você fez com seu slice contra Stepanova tantos anos atrás. Eu sou a melhor tenista da WTA. Preciso de outra jogadora — uma das grandes — para me encurralar. E você reapareceu na hora certa. Por mim."

"Por você coisa nenhuma", retruco.

"Tá, por você mesma", ela concorda. "Eu sou só o pretexto de que você precisava."

Sei que ela está certa, apesar de isso me irritar profundamente. Na verdade, nunca dei minha carreira por encerrada. Sempre quis voltar e fazer isso — uma última batalha em grande estilo.

"Seja como for, nós duas estamos elevando o nível uma da outra."

"É verdade", respondo. "Boa noite, Nicki."

"Boa noite, amiga."

"Eu não sou sua amiga", respondo, balançando a cabeça. "Posso até ter vindo aqui beber com você, mas nós não somos amigas."

"Nós somos amigas, *sim*", Nicki insiste. "E isso é bom. Sabe por quê?"

"Por quê?"

"Porque, se você tivesse feito amizades na WTA durante a sua carreira, acho que não acordaria com a mão tremendo tantas vezes nos últimos anos."

Olho bem para ela, e fica claro que isso foi uma alfinetada, mas não sei se Nicki sabe o quanto isso me atingiu.

"Tá", digo. "Acho que para mim já deu."

A bartender se vira para nós. Ela arregala os olhos para as duas. "Espera aí, você é a Nicki Chan?"

Nicki abre um sorriso, e uma covinha se forma em seu rosto. "Sou, sim", ela responde. "A tenista número um do mundo. A maior ganhadora de simples de torneio em Grand Slams de todos os tempos."

"Mas só foi campeã em Wimbledon duas vezes", digo para a bartender. "Que curioso isso, né?"

Dois dias antes do começo do torneio de Wimbledon, fico sabendo que meu pai recebeu alta do hospital e respiro tão aliviada que enfim percebo que passei todo aquele tempo com um tremendo aperto no peito. Quando sai o sorteio da chave, ligo para casa para conversar com ele.

"Leia para mim", meu pai diz ao telefone.

"Vou enfrentar Cami Dryer na primeira rodada", informo, lendo as páginas que foram enviadas por fax para o hotel. Em seguida, me jogo no sofá.

"Moleza. Ela não tem o menor senso de antecipação", meu pai comenta. "É só acertar seus golpes que você vai ficar bem. E depois, quem vem?"

Deduzo quem provavelmente vai sair vencedora do outro jogo. "Provavelmente Lucy Cameron."

"Ela se desestabiliza bem fácil", meu pai diz.

Olho para o teto. "Pois é, estava pensando a mesma coisa aqui. Se quebrar o saque dela no início, não devo ter problemas. E depois dela vem..." Aproximo o papel dos olhos por um instante. "Martin ou Nystrom."

"Vai ser Nystrom, é quase certeza", meu pai responde.

"Sem chance", retruco. Estou de pé agora, andando de um lado para o outro. "Martin é uma jogadora melhor."

"Martin já teve muitos problemas no passado para adaptar seu jogo à grama. Ela recua demais no fundo de quadra. Vai ser Nystrom, a não ser que Martin tenha contratado um treinador melhor."

"Bom, de Nystrom eu dou conta. Ela voleia bem, mas tem um saque de merda — consigo quebrar logo no primeiro game."

"Exatamente. E depois?"

"Pode ser Johns."

"Lenta demais", meu pai comenta. "Não consegue acompanhar o ritmo. Se jogar com ela, é só manter a bola sempre em movimento. Se acelerar o ritmo desde o início e não deixar cair, ela não tem chance."

253

"Pois é, você tem razão."

"Quem é a próxima?"

"Você não acha que deveria estar descansando?", pergunto.

"Não, eu não acho", meu pai responde. "Não enquanto a minha filha está se preparando para Wimbledon. Muito bem, quem é a próxima?"

"Provavelmente Moretti", respondo. "Pelo que parece."

"Quem mais pode ser?", ele pergunta.

"Talvez Machado."

"Eu apostaria na Machado", ele avisa.

"Por quê?"

"Ela é uma jogadora subestimada, mas consegue fazer ajustes bem depressa. Moretti só tem um modo de jogo: porrada. Machado tem mais golpes. Acho que dá Machado."

"O que eu faço, então?", pergunto.

"Se der Moretti, ela não é forte batendo na corrida, então é só movimentá-la de um lado para o outro da quadra que o jogo dela desmorona. Se for Machado... acho melhor você poupar energias no começo, partir para o tênis porcentagem. Se vencer o primeiro set, você fica bem encaminhada. Se perder, vai ter que ganhar dois seguidos, mas em uma condição física melhor do que a dela."

"Tá", respondo. "Claro."

"E depois?"

Olho para o gráfico com a chave. "Hã, fica difícil prever", aviso. Desvio meu olhar para o rio, virada para a janela. "Mas pode ser Antonovich."

Meu pai fica em silêncio por um instante.

Volto minha atenção para o telefone outra vez. "Mas eu tenho um plano para Antonovich."

"E qual é?"

"Ela é mais rápida que eu, e boa na quadra de grama", começo.

Ele faz uma pausa, e em seguida diz: "Tá".

"Então vou seguir o conselho que você me deu em Paris. Não vou tentar igualar a minha velocidade à dela. Essa é uma disputa que eu não tenho como vencer. Na verdade, vou quebrar o ritmo do jogo."

"*Sí, es un buen plan...*"

"Mas eu joguei na grama de Wimbledon a vida inteira, então sei prever melhor do que qualquer uma a trajetória da bola."

"Isso é verdade."

"Então vou esconder os meus golpes, sem deixar que ela veja o que estou fazendo. Vou buscar as partes mais desgastadas da quadra, para o quique ficar bem irregular. Se conseguir levar para o terceiro set, eu levo o jogo. Porque, a essa altura, vou ter corrido bem menos que ela."

Meu pai respira fundo e solta o ar com força. "Ah, sim, gostei."

"Era isso que você teria dito?"

"Eu acrescentaria o seguinte: ela vai esperar que você entre mordida por causa do último jogo. Que você entre com tudo. Então vá com calma, mas fazendo parecer que está dando seu máximo, até ela entender que você está só começando."

"Tá", respondo. "Sim, acho que pode dar certo."

Foi o que Cortéz fez comigo em Melbourne.

"E depois?", meu pai quer saber. "Quem é a próxima?"

"Chan."

"E Cortéz?"

"Chan vai ganhar de Cortéz na semi, que é quando eu vou enfrentar Antonovich."

"Muito bem, supondo que eu tenha acertado todos os palpites — o que é absolutamente impossível..."

Eu dou risada.

"Em duas semanas, você vai estar com a sua décima bandeja de prata nas mãos."

"Fácil assim, é?"

"Nem um pouco, *pichona*", ele responde. "Mas, se existe alguém capaz de fazer isso, é você. E eu vou estar acompanhando tudo daqui."

"*Gracias, papá.*"

"Bowe quer falar com você", ele avisa. "Está tirando o telefone de mim — literalmente arrancando da minha mão."

"Oi", Bowe diz. Sua voz é calorosa, e eu gostaria que ele estivesse aqui, e não a milhares de quilômetros de distância.

"Oi", respondo. "Como é que estão as suas costelas?"

255

"Tudo certo", diz Bowe. "Estou melhorando. Seu pai e eu formamos uma dupla e tanto."

"Obrigada por tudo o que você está fazendo. Eu não ia conseguir ficar *aqui* sem você *aí*."

"Não precisa agradecer, sério mesmo", ele responde. "Mas, escuta só, eu queria perguntar uma coisa."

"Tá..." Fico com medo de que ele me pergunte se quero que ele venha me visitar ou em que pé vão estar as coisas entre nós quando eu voltar. Não quero pensar sobre nada disso agora.

"Você já pensou naquele lance do Ser 1 e do Ser 2?", ele questiona.

"Como é?"

"Toda essa estratégia que você e o seu pai conversaram..."

"O que é que tem?"

"Olha só, você é melhor do que quase todas as outras jogadoras do torneio. E não estou falando do auge da sua carreira. Estou falando de agora."

"Espero que seja verdade. Sinceramente, não sei. Mas preciso que seja verdade. Então digamos que sim."

Estou de pé diante da janela, vendo um barco de turismo passar pelo Tâmisa. Meu pai e eu fizemos esse passeio uma vez, quando eu mal tinha entrado na adolescência e viemos disputar meu primeiro torneio juvenil de Wimbledon. Peguei no sono, e mais tarde ele me contou tudo o que falaram sobre a Torre de Londres e acabei perdendo. "Da próxima vez, fique acordada", meu pai disse naquele dia. "Você está tendo a chance de conhecer o mundo, *pichona*. É uma oportunidade que pouquíssima gente tem." E eu não soube como dizer a ele que estava exausta, que não podia me dar ao luxo de fazer turismo, e nem queria. O que estávamos fazendo exigia tudo de mim; não restava mais nada.

"É verdade — você é a melhor jogadora do torneio, mas esse é o problema", Bowe continua. "Você precisa *saber* disso, em vez de precisar *provar*. Precisa silenciar o Ser 1 e deixar o Ser 2 assumir o comando."

"Ok", respondo. "Ok."

"Sei que você não quer os meus conselhos, mas...", Bowe começa, mas eu o interrompo.

"Quero, sim", digo. "Eu quero receber os seus conselhos." Eu me sento junto à janela, pego um bloco de papel timbrado do hotel e uma caneta para fazer anotações. Ele tem razão. Preciso me acalmar, ouvir os meus instintos. Preciso silenciar a voz dentro da minha cabeça. "Continue", eu peço. "Me explique melhor. Eu estou ouvindo."

É a manhã da minha estreia, contra Cami Dryer. Voltei da minha corrida e estou saindo do chuveiro quando escuto uma batida na porta.

Visto o roupão de banho e vou atender. Estava esperando que fosse o serviço de quarto com o meu café da manhã, mas, quando abro a porta, dou de cara com Gwen. Eu absorvo aquela cena — minha agente parada diante de mim com um terninho de veludo verde e um sorrisão radiante no rosto.

"Oi", ela diz.

Ao vê-la, sinto os meus ombros relaxarem imediatamente. Antes de me dar conta do que estou fazendo, me jogo nos braços dela.

Gwen me dá um abraço apertado, mas me solta logo em seguida. "Tá. Já chega disso, você precisa se trocar."

Eu a convido a entrar.

"Você está aqui", comento. "Não sabia que você vinha."

"Ali e eu viemos fazer uma surpresa para você. Ela está lá no hotel."

"Uau", eu digo.

"Você sabe que eu adoro Londres. E que adoro você. Então, aqui estou."

De repente sinto minha voz ficar embargada e tento me controlar. "É muita gentileza sua."

"Bom, você sabe que eu preciso da minha cota anual de morangos com creme."

Depois que me troco, eu a encontro sentada na sala de estar da suíte, já com o celular na mão, brigando com alguém. Quando termina a ligação, ela se vira para mim. A intensidade em seu olhar me faz corrigir minha postura imediatamente.

"Como é que você está?", ela pergunta, franzindo a testa.

"Bem... Não me sentia assim fazia anos."

Gwen assente. "Que bom. Que ótimo. Fico feliz com isso."

"Mas... jogar sem o meu pai aqui... Sei lá."

Gwen balança a cabeça.

"Parece que estou de volta aos anos 1980. Jogando sem o meu pai, sendo que a ideia era justamente fazer tudo isso *com ele*, para nós podermos ter uma última temporada juntos."

Gwen estende o braço e aperta a minha mão. "Então trate de ganhar e levar o troféu para ele."

TORNEIO DE WIMBLEDON DE 1995

No saguão de entrada da Quadra Central de Wimbledon, há uma inscrição na parede bem em cima da porta dupla que leva à grama. É do poema "Se", de Rudyard Kipling.

SE, ENCONTRANDO A DESGRAÇA E O TRIUNFO, CONSEGUIRES
TRATAR DA MESMA FORMA A ESSES DOIS IMPOSTORES

Isso nunca significou muito para mim antes. Toda vez que entrei em quadra em Wimbledon, sempre considerei o triunfo o máximo dos máximos. E, quando ele esteve ao meu lado, nunca me pareceu um impostor.

Mas, quando Gwen e eu passamos pelo saguão esta manhã, ela comenta: "Eu sempre adorei essa citação".

"Eu li o poema todo uns anos atrás, sabe", comento enquanto vamos para a sede do clube, "para tentar entender melhor essa citação. Mas não ajudou. Mas sei que o primeiro verso do poema fazia mais sentido para mim do que esse. Só que agora já nem lembro mais."

Gwen abre um sorriso. "'Se és capaz de manter a tua calma quando/ Todo o mundo ao teu redor já a perdeu e te culpa'."

Eu me viro para ela. "Sim, isso mesmo. Como assim, você é formada em letras ou algo assim?"

Gwen levanta a cabeça. "Sou."

"Espera aí, sério mesmo?"

"Sério. Sou bacharel em Stanford antes de ir fazer meu MBA na UCLA. Sou formada em letras inglesas e estudos afro-americanos."

"Ah", digo. "Não sabia. Que legal." Nunca terminei nem o ensino médio, e jamais coloquei os pés em um campus universitário. Às vezes sinto que, apesar de tudo o que conquistei, essa minha falta de sofisticação transparece de formas que nem imagino.

"Não sei se é tão legal assim. Não é sempre que saber de cor os versos de 'Se', de Rudyard Kipling, tem alguma utilidade."

"Bom, eu ainda acho isso bem impressionante", respondo antes de entrar no vestiário.

"Muito bem", Gwen me diz. "Agora tenho umas ligações para fazer, e depois vou lá para o seu box."

"Está bem", digo.

"Boa sorte, Carolina."

Não consigo conter o sorriso. "Obrigada."

Começo a me afastar, mas então dou meia-volta.

"Ei", eu a chamo de volta. "Obrigada por ter vindo. E por ter me apoiado nessa desde o início. O ano todo. Apesar de ser uma maluquice."

Gwen sorri. "Sabe qual parte do poema vem bem a calhar agora? Agorinha? 'Se és capaz de arriscar numa única parada/ Tudo quanto ganhaste em toda a tua vida,/ E perder e, ao perder, sem nunca dizer nada,/ Resignado, tornar ao ponto de partida'."

Ela só pode estar brincando comigo. Com certeza Gwen sabe que acabou de descrever aquele que é o meu maior medo. Mas não, dá para ver em sua expressão que ela sinceramente me considera corajosa a esse ponto, que estou fazendo isso porque aceito correr grandes riscos, e não porque morro de medo de perder tudo.

E isso me deixa em um silêncio atordoado por um instante, a distância entre quem eu sou e como as pessoas me veem.

Eu não tenho nem metade da grandeza da Carrie Soto que existe na cabeça de Gwen.

Soto × Dryer

TORNEIO DE WIMBLEDON DE 1995

Primeira rodada

Quando entro em quadra, sinto o calor do sol. Escuto a comoção da plateia. Olho para as arquibancadas cheias de britânicos bem-vestidos, com chapéus elegantíssimos. Sou invadida pela sensação de conforto que o cheiro de Wimbledon me traz — de grama recém-cortada e de Pimm's com limão.

Estou em casa.

Começo a saltitar na ponta dos pés, sentindo o gramado e a terra sob os meus tênis Break Points branquíssimos.

Olho para o outro lado da quadra e vejo Cami Dryer. Ela é jovem, não tem nem dezoito anos.

Sorrio e a cumprimento quando nos encontramos na rede.

Ela é uma graça — toda animada e ansiosa. Aperta minha mão com uma empolgação que me faz lembrar de mim mesma quando tinha essa idade. Sinto um contentamento repentino que vem lá do fundo do meu ser.

Nem por todo o dinheiro do mundo eu aceitaria voltar a ter dezessete anos. Nessa idade, meu talento era puro potencial e nada concreto. O mundo se resumia a um imenso caminho desconhecido a ser trilhado, sem quase nada já deixado para trás.

Eu me sinto muito grata hoje por todos os jogos que disputei, por todas as vitórias, derrotas e lições que vivi. Em um momento como este, é bom ter trinta e sete anos e já ter aprendido pelo menos *algumas* coisas.

É bom conhecer o terreno onde estou pisando.

A pobre Cami Dryer não sabe o que está prestes a enfrentar. Ela ganha no cara ou coroa e escolhe sacar primeiro. Eu me posiciono em quadra e venço por dois sets a zero.

Transcrição

Rádio esportiva BBC de Londres
SportsWorld com Brian Cress

E no tênis feminino entramos na segunda semana de vitórias acachapantes e derrotas avassaladoras.

A londrina Nicki Chan passou com facilidade por todas as adversárias. Assim como outras favoritas, como Ingrid Cortéz e Natasha Antonovich. Quem também vem fazendo uma campanha de arrepiar é a sempre raçuda Carrie Soto. Ela passou pelas cinco primeiras rodadas — vencendo as britânicas Cami Dryer e Lucy Cameron nos dois primeiros jogos, a sueca Celine Nystrom no terceiro e a Bombardeira de Baltimore, Carla Perez, nas oitavas de final.

E agora derrotou a italiana Odette Moretti nas quartas.

O que a leva para a semifinal, quando vai ficar cara a cara com a fenomenal russa Natasha Antonovich.

Transcrição

SportsHour USA
Mark Hadley Show

Mark Hadley: Pois bem, Carrie Soto.

Gloria Jones: Carrie foi para a semifinal! A essa altura, não dá mais para negar que ela ainda é uma força da natureza. Briggs, pode ser referir a ela pelo apelido que quiser, mas você precisa admitir que os jogos dela são uma atração e tanto. Está aí uma tenista que está dando um show enquanto luta pelo seu lugar na final.

Hadley: E você acha que ela consegue, Gloria?

Jones: Eu acho difícil. Agora só restaram as três melhores jogadoras do circuito. E ela vai enfrentar Antonovich. A grama é a melhor superfície de Carrie, mas é a de Antonovich também.

Lakin: Em certo sentido, é um duelo interessante. Natasha Antonovich deve muito do seu estilo de jogo a Carrie Soto — o ritmo acelerado, os voleios precisos. Nós vimos isso em Paris. Eu falei: "Natasha é a nova Carrie". É quase como se Carrie tivesse a chance de enfrentar sua antiga versão em sua quadra predileta.

Jones: Se ela quiser provar que só existe uma Carrie Soto, não há chance melhor que essa.

Estou sentada no vestiário com os olhos fechados, ouvindo a minha respiração. Pego o celular e ligo para o meu pai.

Ele atende no primeiro toque.

"Não vá pensar em estratégia agora", ele avisa. "O tempo para isso já passou. Agora é a hora de deixar o instinto tomar conta."

"Eu sei", respondo, respirando bem fundo. "Eu sei."

"Você está preparada. Confie na sua preparação."

"Eu sei."

"Não dê ouvidos ao Ser 1", ele me diz.

Eu dou risada, ainda sem abrir os olhos. "Você anda conversando com Bowe."

"Seja o Ser 2."

"Não pense", digo. "Simplesmente execute."

"Não pense. Simplesmente *jogue*", meu pai corrige.

Soto × Antonovich

TORNEIO DE WIMBLEDON DE 1995

Semifinal

Natasha Antonovich está do outro lado da quadra, ajustando a viseira. Parada, por enquanto, com os dois pés posicionados atrás da linha de fundo, mas nós duas sabemos que, assim que quiser, ela vai começar a se locomover pela quadra em altíssima velocidade.

Ela manda um saque com bastante topspin. A bola quica alto, mas consigo devolver. Antonovich se estica toda, mas a devolução vem baixa demais para ela conseguir alcançar.

Zero-quinze.

Abro um sorriso para Gwen e Ali, que estão no meu box, enquanto volto a me posicionar atrás da linha de fundo.

Sei que o meu pai está assistindo. Sei que Bowe está com ele. Sei que os dois estão torcendo por mim, apesar de não poder ouvi-los.

Menos de uma hora depois, consigo meu break point no primeiro set. Estou na frente por seis games a cinco. Ela vai sacar.

O saque vem chapado e veloz, e preciso me locomover rapidamente para alcançar a bola. Percebo que ela não se deslocou para o centro da quadra. Está esperando um forehand na cruzada.

Encurto a trajetória da bola e mando a devolução bem na linha. Ela se esforça para alcançar, deslizando os pés na grama, mas não consegue mandar de volta.

O primeiro set é meu.

Vejo Gwen aplaudindo e Ali gritando. Fico me perguntando se Bowe também está vibrando na frente da televisão.

Mas não preciso imaginar qual é a reação do meu pai. Sei que pelo menos dessa vez ele está batendo palmas e sorrindo de orelha a orelha sem ter que se preocupar se as câmeras vão capturá-lo em um ângulo desfavorável.

Antonovich volta para o jogo mais depressa do que eu gostaria. Está começando a ler melhor o meu saque. Preciso começar a disfarçar melhor o meu toss.

E preciso fazer isso depressa, porque não estou conseguindo mais encaixar aces. Vejo que ela está ganhando confiança, porque está conseguindo se virar melhor contra o meu slice e as minhas bolas altas também.

Estamos empatadas em seis a seis no segundo set.

Ela vai servir para fechar o set. Manda três saques com topspin na sequência, e em cada um a bola quica de um jeito. Isso quebra o meu ritmo.

O segundo set é dela.

Estamos no último set, empatadas em quatro a quatro.

O suor escorre pelas minhas costas, pela minha testa, pela parte posterior dos meus joelhos. Sinto um frio na barriga — uma inquietação. Mal consigo ouvir a plateia. O som que domina a minha mente é o rugido potente e furioso da pulsação nos ouvidos.

Meu joelho está queimando.

Minha estratégia falhou. Eu queria diminuir o ritmo de Antonovich, mas os games estão acabando rápido demais. Os ralis são tão curtos que eu não consigo cansá-la como gostaria.

Durante a troca de lado de quadra, me sento para beber água. Respiro fundo e fecho os olhos. Preciso repensar minha tática. Antonovich entrou no jogo de vez. Está se antecipando melhor aos meus golpes. Está se movimentando com mais inteligência.

Preciso arrumar um jeito de fazê-la se afobar de novo, de desestabilizá-la.

Quando fico de pé, me pego olhando para o meu box em busca do olhar do meu pai. Mas ele não está lá, claro. Em vez disso, vejo Gwen e Ali sorrindo para mim.

O que ele diria? Aguardo alguns poucos segundos antes de voltar para a quadra.

Desacelere o ritmo do jogo.

Entro em quadra e vou me posicionar, ouvindo a minha voz dentro da cabeça. *Não deixe essa chance escapar por entre os seus dedos, Soto. Você está tão perto. E, se perder essa, vai ser sua terceira eliminação seguida.*

Aperto o cabo da raquete, tensa.

Estou com medo.

Com medo de perder. Com medo do que todo mundo vai pensar. Com medo de que essa seja a última partida minha que o meu pai vai ver. Com medo de que o meu retorno termine em fracasso. Com medo de muita coisa.

Relaxo a pegada na raquete. Clareio os pensamentos. Deixo os medos irem embora. É isso o que preciso fazer.

Em vez de ir logo sacar, paro por um momento na linha de fundo. Visualizo o movimento. Imagino a sensação na panturrilha ao ficar na ponta dos pés, imagino o giro do meu braço, o alinhamento das minhas costelas acompanhando a colocação do ombro.

Meu corpo sabe o que fazer, eu só preciso deixar.

Quando abro os olhos, eu a vejo com o corpo curvado, em posição, à espera. Meu olhar vai direto para seus pés. Vou irritá-la um pouco. Lanço a bola no ar e mando meu primeiro saque bem na direção de seu corpo. Ela precisa sair da frente da bola, e não consegue fazer a devolução.

Ace. *Quinze-zero.*

Ela se posiciona de novo, negando com a cabeça.

Está funcionando. Dessa vez, espero o máximo que o regulamento permite até sacar de novo. Fico quicando a bola no chão, sem dar nenhum sinal de quando finalmente vou fazer o toss, e mando exatamente o mesmo saque. Ela está mais bem posicionada, mas não consegue devolver mesmo assim.

Trinta-zero.

Ela morde o lábio inferior, cerra os punhos e inclina o corpo para o próximo saque. De novo, não me apresso, deixando para sacar no último instante. Mando um saque curto, que quica no chão bem perto da rede. Ela mergulha para a frente para fazer a devolução, mas acaba errando.

Quarenta-zero.

Meu saque seguinte acaba ficando na rede. Quando me preparo para o segundo serviço, percebo que ela relaxa visivelmente, supondo que vou fazer um saque mais conservador. Em vez disso, mando uma bola bem aberta. Ela faz a devolução, mas o meu golpe seguinte direciona a bola para o lado oposto da quadra, longe de seu alcance.

Mais um game garantido. Agora está cinco a quatro para mim. Se eu quebrar o serviço dela, ganho o jogo. Vejo que ela estala os dedos enquanto se posiciona na linha de fundo. Se a adversária fosse outra, talvez ela estivesse menos nervosa. Afinal de contas, é um game de saque dela.

Mas eu sou Carrie Soto. Os break points são os meus momentos de maior brilho. E a prova disso está nos calçados que estou usando.

Percebo que a musculatura dela está toda tensa. Antonovich não esperava por isso — enfrentar um jogo tão duro, ter sua temporada de 1995 ameaçada por mim.

Seu primeiro saque vem forte e veloz, mais do que qualquer outro no jogo. Mesmo assim, conquisto o ponto. *Zero-quinze.*

Antonovich volta pisando duro para a linha de fundo e bate com a raquete no chão antes de conseguir se controlar de novo.

Abro um sorriso. Ela está com raiva. Muita raiva.

No primeiro saque, ela pisa na linha. E o segundo para na rede. *Zero-trinta.*

Dou uma piscadinha para ela, que fecha a cara ainda mais.

O ponto seguinte é um rali, mas ela acaba mandando um lob alto demais que vai para fora.

Match point.

Eu vou conseguir. Estou quase lá. Só preciso confiar em mim mesma.

Ela manda um saque com topspin que quica bem alto. Bato na bola ainda na subida. A resposta dela vem rápida, exatamente como eu esperava. Eu me antecipo ao quique da bola com um drop-shot que cai bem pertinho da rede.

A bola faz um som lindo e delicioso ao bater no chão.

Antonovich não consegue alcançar. Ela vai ao chão.

Eu começo a pular e a gritar. Gwen e Ali ficam de pé para aplaudir. A plateia está vibrando.

Olho rapidamente para as câmeras de TV, ciente de que o meu pai está me vendo.

Finalmente, pelos alto-falantes, vêm as palavras que eu tanto esperava ouvir.

"Carrie Soto avança para a final do torneio."

Meu pai está gritando comigo ao telefone. "Você foi incomparável! Foi dinâmica! Foi *intrigante* hoje, *hija*. Intrigante! Jogou de um jeito que deixou todo mundo com os olhos colados na TV."

Eu dou risada quando me sento no sofá. O telefone estava tocando assim que passei pela porta. Mal tive tempo de pôr as minhas coisas no chão. "Obrigada, pai."

"Não estou exagerando, não! Vou dizer uma coisa... No fim do terceiro set, vocês estavam pau a pau. Eu vi você na hora da mudança de quadra. Vi você pensando no que fazer. E eu *tive certeza*. Até comentei com Bowe. Falei para ele: 'Ela já ganhou essa'. E você foi lá e ganhou mesmo. Ah, ele ficou tão orgulhoso. Estava com um sorrisão no rosto."

"Cadê ele?", pergunto.

"Ele ficou esperando você ligar, mas existe um limite para o tempo que um homem aguenta passar na casa de um velho. Não se preocupe. Nós conversamos bastante sobre o quanto você foi brilhante hoje. Eu falei para ele: 'Na quadra, ela vai em busca do que quer, mas não na vida real. Na vida real, você precisa ser paciente'."

"Que tipo de conversa é essa? E pode parar com isso. Não quero você falando de mim com ele."

"Ah, Carrie, agora já é tarde demais para isso. Ele vem aqui todo dia, e depois do xadrez e das discussões sobre a estratégia para o Aberto dos Estados Unidos, o que você acha que nós podemos fazer? Conversar sobre o tempo? Estamos em Los Angeles. Está sempre sol."

"Ele vai aí todo dia?", questiono. Olho as opções no cardápio do serviço de quarto, como se eu já não soubesse que vou pedir um frango grelhado.

"Sim, todos os dias. Ele me traz o café da manhã e fica até a hora do almoço. Ou me traz o almoço e fica até a hora do jantar. Sinceramente, faz sentido para mim ele estar aqui o tempo todo. Sabia que o pai dele tinha vergonha pelo filho ter virado tenista, em vez de professor ou coisa do tipo?"

"Sei um pouco dessa história."

"Imagine só! Imagine ser tão egocêntrico a ponto de ter vergonha de um filho campeão."

"Tudo bem, tudo bem", digo.

"Eu gosto dele, Carrie. Apesar de todos os chiliques."

"Dá para perceber."

"Não, eu gosto dele para você. Acho essa coisa entre vocês dois *beeeem* interessante."

"Para com isso, pai."

"E acho que ele também acha."

"para com isso ou eu vou desligar o telefone", aviso.

"*Bueno, pero tengo razón*", ele diz. "Quando é o jogo de Chan?"

"Hoje à noite. Daqui a pouco." Olho para o relógio. "Está para começar, na verdade."

"*Ay*", ele comenta. Escuto que ele está à procura do controle remoto e ouço a tv sendo ligada. Então me sento e ligo a minha. Vou mudando de canal até ver que o jogo acabou de começar.

Nicki parece alta e forte na quadra. Está usando seu uniforme imaculadamente branco, um saiote e uma regata. Os tênis são os 210s, também branquíssimos.

Eu a observo quando começa a saltitar na ponta dos pés e se alongar na linha de fundo. Está com um sorrisão no rosto, como se estivesse curtindo o momento.

Ingrid Cortéz está bem séria.

"Chegou a hora", meu pai comenta. "Chan vai vencer, e depois você vai ganhar dela. E assim, de repente, toda a narrativa muda."

"Pois é, eu sei", respondo, enquanto ela saca pela primeira vez no jogo. "Saí para beber com ela uma noite dessas. Eu... gostei dela."

Nicki faz seu primeiro saque. Meu ombro começa a arder só de ver Cortéz devolvendo essa bomba.

"Vocês não conversaram sobre estratégia, né?", meu pai questiona.

"Pai, você podia confiar um pouco em mim."

"Você sabe o que eu acho da ideia de fazer amizade com as suas adversárias."

"Sinceramente, eu não sei", respondo com um suspiro. "Porque você só me dizia para não fazer isso."

"Bom, é isso mesmo", ele diz. "*Exacto, hija*. Mas, se acontecer, não converse sobre estratégia, não fale como se sentiu no seu último jogo, não mencione quais são os seus medos nem os seus pontos fortes. E, de jeito nenhum, não diga o quanto a derrota incomoda."

"Ah, só isso?", respondo. Nicki e Ingrid ainda estão disputando o ponto, e a disputa vira um rali.

"Também não conte o que comeu no café da manhã", ele continua. "Isso pode ser usado contra você."

"Agora você está parecendo um doido."

"Todo gênio parece um pouco doido."

Nicki manda um drive na direção do backhand de Cortéz, que não consegue alcançar. O primeiro ponto vai para Nicki.

"Ah, uau", meu pai comenta. "Veja só essas duas."

"Vai dar jogo", comento.

"Duas das melhores tenistas do mundo", meu pai diz. "Duelando para ver quem enfrenta você."

Eu dou risada, recosto no sofá e ponho os pés para cima.

Meu pai e eu passamos o jogo todo ao telefone. Diversas vezes ele demonstra preocupação com o preço da ligação internacional, mas eu me recuso a desligar. Vamos assistindo e analisando. Às vezes ficamos em silêncio, impressionados com a tensão entre Nicki e Cortéz. É um jogo parelho. Cortéz salta na frente, depois Nicki. Uma está quebrando o serviço da outra. Cortéz desliza pela quadra em um dos pontos e rala o joelho. Depois Nicki pisa em falso e acaba virando o pé.

"Ai", digo.

"O que ela está fazendo?", meu pai questiona. "Apoiando o peso no tornozelo machucado? Se continuar jogando assim, não vai ter mais muito tempo de carreira, não."

273

"Pois é."

O jogo chega ao terceiro set. Cinco games a cinco. Qualquer uma das duas pode vencer.

No game de saque de Cortéz, Nicki volta mancando para a linha de fundo ao final de cada ponto. Cortéz confirma o serviço.

"Ela está conseguindo jogar mesmo machucada, o que é impressionante", meu pai comenta. "Não está se deixando atrapalhar, mas eu gostaria de poder falar pela TV que isso está encurtando a carreira dela."

Quando é a vez de Nicki sacar, ela não consegue o alcance de golpe de que precisa. Solto um suspiro de susto quando Cortéz chega ao trinta-quarenta. *Match point.*

"Ah, não", diz o meu pai.

No saque seguinte, Cortéz faz a devolução bem na linha lateral. Nicki não alcança a bola a tempo.

"Ah, não", meu pai repete.

Fim de jogo.

Sinto um aperto no coração ao ver Nicki cair de joelhos na grama.

"Não, eu não acredito", meu pai comenta.

Não vou enfrentar Nicki na final. Vou jogar contra Ingrid Cortéz.

"Na verdade, isso é sensacional", diz o meu pai.

"Sensacional por quê?" Não consigo esconder o incômodo no meu tom de voz. "Não tem nada de sensacional! Eu queria enfrentar Nicki. *Agora.* Queria resolver essa questão de uma vez por todas."

"Que bobagem", meu pai responde. "Você tem uma vitória certa contra Cortéz — ela é uma adversária mais previsível, e que você já enfrentou em Melbourne."

"E perdi."

"Mas agora você já sabe o que fazer. E vai vencer, assim como fez com Antonovich da segunda vez. É uma ótima notícia", meu pai garante. "Está definido. Seu próximo Grand Slam está ganho."

Na noite anterior à final, fico me virando na cama.

Permaneço acordada, olhando para as sombras no teto, pensando no que o amanhã vai me trazer.

Quanto mais eu penso que é importante dormir bem, mais isso se torna impossível. Quanto mais eu persigo o sono, mais ele foge de mim.

Levanto e vejo a hora. É início da noite em LA. Penso em ligar para o meu pai. Mas digito o número de Bowe.

"Oi", digo.

"Ah", ele responde. "Olá."

"Não consigo dormir", falo, ao mesmo tempo em que ele diz: "Você deveria estar dormindo".

Bowe fica quieto por algum tempo, mas o silêncio entre nós nunca é constrangedor.

"Você costuma ter dificuldade para dormir antes de um jogo importante?", Bowe pergunta.

"Não", respondo. "Quase nunca."

"Nem mesmo contra Stepanova em 1983?"

"Não, eu dormi como um bebê naquela noite. Aquilo exigia tanto do meu corpo nos treinos que não conseguia ficar acordada nem se quisesse."

Bowe fica em silêncio de novo. "Então, qual dos dois seres está mantendo você acordada?", ele pergunta por fim.

Tudo faz sentido imediatamente. "Tá", digo. "Agora entendi."

"Tire esses pensamentos da cabeça", ele aconselha.

"Tudo bem, vou tentar."

"O que o treinador falou?"

Eu dou risada. "Não liguei para ele."

Bowe solta um assobio. "Uau, você ligou para mim em vez de ligar para ele?"

"É", eu respondo. "Acho que precisava ouvir isso de você. Eu sabia que era o que você ia falar."

"Ou então", ele começa, "eu posso até estar forçando um pouco a barra, mas talvez também seja porque você gosta de mim."

"Quer parar com isso?", retruco.

"Ai, caralho", ele resmunga. "Tudo bem, agora vai dormir. Fico contente de ter ajudado."

"Obrigada", eu digo.

"Tá bom."

"Não, Bowe, é sério. Obrigada."

"Durma bem, Carrie. Está tudo sob controle."

Quando volto para a cama, vejo a lua sobre o rio. Fico observando o leve oscilar das cortinas. Faço o meu melhor para não pensar em Cortéz em Melbourne. Para não pensar no momento em que perdi o jogo. O nó no estômago. A vergonha que senti.

Em vez disso, fecho os olhos e penso no som da bola de tênis. O *thump* de um bom quique na quadra. O *pop* de uma bola bem rebatida. O *tap* de um drop-shot. A trilha sonora verdadeiramente maravilhosa de um grande rali. *Pop, thump, pop*.

A única coisa que eu posso fazer, consigo entender durante um segundo de lucidez extrema, é fazer meu jogo de grama e aceitar o resultado que vier.

Ou seja, o impossível.

Transcrição

Rádio esportiva BBC de Londres
SportsWorld com Brian Cress

Todos os olhares estão voltados para o duelo entre Carrie Soto e Ingrid Cortéz na final de Wimbledon, a ser disputada hoje. As duas tenistas demonstraram uma determinação impressionante aqui em Londres. Carrie Soto, aos trinta e sete anos, surpreendeu todo mundo chegando à final. Já Ingrid Cortéz, de dezoito anos, derrotou a sempre fortíssima Nicki Chan na semi para garantir sua disputa contra a Machadinha de Guerra.

Soto perdeu para Cortéz no Aberto da Austrália desse ano, mas vem ganhando embalo ao longo dos meses e já foi campeã em Wimbledon nove vezes. Mesmo assim, nas casas de apostas, Cortéz é considerada a favorita por uma pequena margem.

Sem dúvida vai ser um grande acontecimento — a novata contra a veterana.

Em entrevista, Carrie Soto afirmou que, abre aspas, "Estou ansiosa para entrar em quadra e mostrar para Ingrid Cortéz por que fui tão dominante em Wimbledon durante tantos anos", fecha aspas. Nesta manhã, Cortéz declarou, abre aspas, "Ganhei dela em Melbourne, e vou ganhar hoje de novo", fecha aspas. Ufa. As duas estão vindo com tudo. Olho aberto, senhoras e senhores.

Em apenas algumas horas, vamos saber quem leva a melhor.

Soto × Cortéz

TORNEIO DE WIMBLEDON DE 1995

Final

Estou na quadra central, onde a grama, que apenas duas semanas atrás estava verdinha e perfeita, agora está pálida e ressecada. Respiro fundo e observo o cenário inconfundível de Wimbledon em dia de final. Preciso me segurar para não sorrir.

Ingrid Cortéz está do outro lado da rede, ajeitando a faixa na cabeça, com o cabelo loiro brilhando sob o sol; os braços e as pernas compridas se erguem delicadamente sobre a linha de fundo.

Ela sorri para mim. É mais um escancarar de dentes do que um gesto amigável.

Eu ajeito a minha viseira. Fecho os olhos.

Em seguida lanço a bola no ar e abro a quadra com um primeiro saque que passa rente à rede, bem aberto, na direção do backhand dela.

A disputa pelo ponto vira um rali, até que consigo encaixar um slice que ela não consegue devolver.

O primeiro ponto é meu.

Olho para as arquibancadas e vejo Gwen e Ali. E, no camarote da realeza, a princesa Diana.

Quando meus olhos a encontram, é difícil desviar a atenção dela, que está usando um vestido amarelo-claro e um blazer. Como sempre, parece a mulher mais elegante que já vi na vida.

Sei que muita gente no mundo sente essa proximidade com ela. Mas, nesse momento, a minha parece especialmente acentuada. Quero vencer hoje, com ela aqui. Quero poder dizer para ela: *Eles não têm como tirar a gente de cena só porque querem.*

Retomo a concentração e me preparo para sacar outra vez.

Respiro fundo. Quando me dou conta, minha mão esquerda lança a bola no ar e meu braço direito faz o movimento de batida. A bola passa direto pela raquete de Cortéz depois de quicar quase na linha. Um ace.

Nem me dou ao trabalho de sorrir para Cortéz, para não dar a ela a satisfação de mostrar que estou satisfeita. Não esboço nenhuma reação, como se não fosse nada de mais. Ganhar dela não significa grande coisa para mim.

Mas a verdade é que estou sentindo aquela vibração nos meus ossos.

Eu ganho o primeiro set.

No fim do segundo set, vamos para o tiebreaker.

O título e o recorde estão na palma da minha mão.

Mas percebo que vou ficando tensa à medida que a vitória se aproxima; a vibração começa a desaparecer.

Cortéz ganha o tiebreaker.

Terceiro set, cinco a quatro para mim. Mas é Cortéz quem vai sacar.

Por um momento, quando ela lança a bola no ar, me sinto ansiosa para que o jogo acabe logo, para saber como vai terminar.

Será que eu vou conseguir?

Se eu vencer, vou me sentir em paz por saber que Nicki e eu estamos empatadas de novo? Vou ficar eufórica por saber que, aos trinta e sete anos, sou a mulher mais velha a vencer o torneio de Wimbledon e que estabeleci um novo recorde de títulos nesta quadra? Isso vai preencher algum vazio dentro do meu coração? Vai fazer tudo valer a pena?

Ou então...

Eu vou perder a chance de recuperar o meu recorde este ano?

Este vai ser o jogo em que Ingrid Cortéz consegue consolidar o seu domínio no mundo do tênis feminino, sendo campeã em Melbourne e Londres no mesmo ano — assim como eu fiz pela primeira vez, lá em 1981?

Esse é o grande dia para Cortéz ou para mim? Quero saber logo.

Mas, quando ela começa o movimento do saque, eu lembro que, se quiser ganhar, preciso *meter a mão na porra da bola.*

E ela chega em altíssima velocidade. Fecho os olhos por um segundo ínfimo e deixo o meu corpo assumir o controle. É impossível segurar o sorriso quando sinto a emoção inebriante e inesgotável de puxar o braço para trás e mandar uma raquetada na bola.

Consigo mandá-la para onde queria, quicando sobre a linha lateral antes de sair da quadra.

"Ponto para Soto."

Cortéz é inteligente e muito ágil. Sabe se posicionar a tempo de executar o golpe que quiser, mas essa minha devolução a surpreende. Porque ela não jogou em Wimbledon tantas vezes quanto eu. Pode ter uma compreensão intelectual de que a condição da grama muda durante o jogo, mas não entende isso da mesma forma que eu.

Precisa *pensar* a respeito. Eu, não.

Eu *conheço* a quadra. Conheço os quiques irregulares. Conheço o vento. Conheço a textura grudenta provocada pela umidade sob os meus pés.

Afinal de contas, essa é a minha grama.

E está na hora de expulsar Ingrid Cortéz do meu quintal.

Ela saca, eu devolvo, e ela manda de volta na rede. *Zero-trinta.*

Eu direciono o meu golpe para um ponto onde a grama se desgastou tanto que virou terra batida, perto da rede. A bola quica com força e desvia para o lado. Cortéz se estica toda para mandá-la de volta, mas em um ângulo todo errado. Sua rebatida fica na rede.

E aqui estamos nós. Match point. Valendo o *campeonato*.

Meu pai está assistindo. Bowe está com ele. Gwen e Ali estão aqui. E, por um instante, eu me pergunto se minha mãe não está vendo também. Onde quer que esteja. Me pergunto se tem orgulho de mim.

Eu *sei* que Nicki Chan está assistindo. E provavelmente se remoendo.

Afasto todos esses pensamentos da cabeça e respiro fundo.

Cortéz saca, e um borrão amarelo se dirige em alta velocidade para o meu lado da quadra. Percebo o efeito que ela colocou — e as emendas da bola girando tão depressa que desaparecem — e observo o quique dentro da área de saque. Puxo o braço para trás e me preparo para a devolução.

E, neste momento, não me sinto nem um pouco ansiosa para que o jogo acabe logo. Quero desfrutar de cada segundo.

Mando uma cruzada na devolução; ela responde com uma paralela. Pego a bola de backhand antes mesmo de quicar no chão e subo para a rede.

Minha bola vai no pé dela. Ela só tem tempo de rebater de bate-pronto. Respondo com um drop-shot direcionado para um trecho sem grama. A bola cai e quica bem baixinho para o lado.

Cortéz dispara para tentar alcançar, mas é tarde demais. A bola bate pela segunda vez no chão.

Ela solta um suspiro de susto. Está boquiaberta; leva as mãos ao rosto, incrédula.

Por uma fração de segundo atordoante, consigo *ver* a plateia gritar antes de escutar. E então os gritos retumbantes reverberam pelo meu corpo inteiro. Caio sentada na quadra, deito no chão, largo minha raquete e olho para o céu. Fico ali até sentir o chão começar a vibrar sob o meu corpo.

Meu décimo título em Wimbledon.

Meu vigésimo primeiro Grand Slam.

A plateia continua gritando. Eu fico de pé, e sou declarada a vencedora do 109º Torneio Anual de Wimbledon. Sinto que consigo até escutar a comemoração do meu pai e os aplausos de Bowe. A arena inteira vai à loucura.

Mas o que consigo ouvir com mais clareza é o som da minha voz na minha cabeça, implorando: *Tomara que isso enfim seja o bastante.*

Transcrição

Sports Hour USA
Mark Hadley Show

Mark Hadley: E essa agora? Uma zebra impressionante, uma vitória espetacular da nossa compatriota estadunidense Carrie Soto.

Briggs Lakin: Eu queimei minha língua nessa, Mark. Ela conseguiu uma vitória impressionante.

Gloria Jones: Essa é a Carrie Soto que nós vimos desde o início da carreira. Ela é implacável. Não desiste nunca. Jamais pode ser considerada uma carta fora do baralho.

Hadley: E que atuação na final.

Jones: No torneio inteiro, eu diria. Não foi só um jogo. Como fãs de tênis — e eu como uma tenista que precisou enfrentar Carrie Soto diversas vezes quando estava na ativa —, posso dizer que o que mais atrai todos nós é a beleza do jogo. A satisfação de ver uma grande partida. E Cortéz e Soto nos proporcionaram isso hoje.

Lakin: Soto, em especial, foi espetacular naquele último game. É a tenista mais velha a ser campeã em Wimbledon, e estava jogando fazia umas boas horas. Não é possível que não estivesse cansada. Mesmo assim, ela mostrou por que é considerada a campeã dos breakpoints.

Hadley: Ela está fazendo bonito na temporada.

Lakin: Se você me dissesse nesta mesma época do ano passado que Carrie Soto seria campeã de Wimbledon e que Nicki Chan não chegaria nem à final, eu diria que era uma loucura sem tamanho. Mas aqui estamos nós.

Jones: Nunca subestime Carrie Soto. E, para todas as outras mulheres que estão nos ouvindo e que pensam que talvez estejam velhas demais para jogar tênis, a Machadinha de Guerra é a prova de que vocês precisavam para ir para a quadra sem medo.

Hadley: Ô-ou, Gloria. Você também está pensando em voltar para o circuito?

Jones: [*risos*] De jeito nenhum. Eu não voltaria a treinar nem se você me pagasse, Mark. Mas, se você quer saber, isso só torna o que ela fez ainda mais impressionante. Como nós dizíamos no circuito na minha época de jogadora: "Carrie Soto é humana. Mas uma super-humana". E com certeza ela provou isso hoje.

Sozinha na minha suíte no hotel, coloco o meu vestido. É de cetim preto, sem mangas e vai até o chão, com uma fenda que chega até o alto da coxa.

Gwen escolheu para mim quando saímos para fazer compras hoje à tarde. E agora vejo que foi uma boa escolha.

Saio do quarto e desço para o saguão, onde vou encontrá-la para irmos ao Baile dos Campeões de Wimbledon, em um hotel perto do Palácio de Buckingham.

É quase meia-noite, e a festa mal começou. Estávamos esperando — *eu fui obrigada a esperar* — até a final masculina terminar. Só então a festa começaria.

Os finalistas foram Andrew Thomas e Jadran Petrovich, e nenhum dos dois bateria recorde nenhum sendo campeão. Vivemos em um mundo onde mulheres excepcionais precisam perder tempo esperando homens medíocres.

Petrovich finalmente fecha o jogo no quinto set, pouco depois das onze da noite, e *agora* todo mundo pode ir comemorar.

No saguão, Gwen chega com um vestido sem alças de um vermelho bem vivo, com o cabelo preso e batom nos lábios.

"Uau", comento. "Você está ótima."

"Você também", responde. Em seguida, ela me pega pelo braço e vamos para o baile.

Assim como nos anos anteriores, tem uma multidão de gente aqui, entrando e saindo, tentando me encontrar, tentando me cumprimentar, tentando me dizer que sempre acreditou que eu ia conseguir.

Gente graúda da ITF veio me perguntar se eu estou pensando em continuar no esporte depois do Aberto dos Estados Unidos. Uma diretora da WTA quer saber o que eu acho de jogar todo o circuito. Um diretor do All England Club me diz que, assim que eu anunciei que jogaria em Wimbledon, ele sabia que eu seria a campeã.

"Não é o máximo?", comento com Gwen, entre dentes. "Um lugar cheio de amigos de ocasião?"

Gwen ri. "Isso é uma coisa que sempre gostei em você", ela diz. "É uma das poucas celebridades do mundo capaz de sentir o cheiro do puxa-saquismo."

Não muito tempo depois de chegarmos, acabo sendo monopolizada por uma mulher que é alguma espécie de duquesa.

"Foi um feito excepcional, o que você conseguiu realizar", ela me diz, dando um gole discreto em sua bebida.

"Obrigada", respondo. "Estou muito orgulhosa."

"Sim", ela continua. "Ainda mais nessa idade. É impressionante. Admiro muito seu espírito de luta. Você tem essa qualidade dos americanos, não? Essa obstinação inabalável, mesmo diante das maiores indignidades."

Gwen percebe minha expressão e balança a cabeça para mim de leve, avisando para não mandar essa mulher ir se foder. "Ah, sim", respondo, com um tom de voz leve. "Bom, foi difícil não me isolar do mundo e ir morrer sozinha quando fiz trinta anos, mas de alguma forma a minha *obstinação americana* continua viva."

De repente, sinto a mão de Gwen no meu braço, me puxando para longe.

"Você só precisa balançar a cabeça e sorrir", Gwen me avisa. "Isso é difícil, por acaso?"

"Muito", digo. "Eu odeio metade dessas pessoas. Odeio metade de todas as pessoas do mundo."

Gwen vai me conduzindo pelo salão. "Você adora Wimbledon", ela rebate.

"Eu adoro Londres e adoro vencer", explico. "Mas não gosto nem um pouco desses idiotas que me achavam uma maluca por resolver voltar jogar, para começo de conversa."

Gwen continua nos mantendo em movimento, e percebo que ela está me levando na direção de Jadran Petrovich — com quem eu preciso tirar uma foto. Eu a faço deter o passo por um instante.

"As únicas pessoas que pensaram que eu ia conseguir voltar em alto nível foram meu pai e Bowe", eu digo. "As opiniões deles são as únicas que me importam. E a sua, porque você ficou do meu lado o tempo todo."

Gwen sorri. "Ora, eu sempre admirei essa sua obstinação americana."

"Obrigada pelo apoio. E por estar aqui", complemento. "Quando o meu pai não pôde estar."

Gwen assente com a cabeça.

"E... me desculpe pelo que aconteceu na viagem de Indian Wells. Eu fui... bem grossa."

"Como assim, quando eu fiz uma simples pergunta sobre a sua vida pessoal e você reagiu como uma menina mimada?"

"Sim, isso mesmo", confirmo. "Sei que você só estava tentando... cuidar de mim. E eu não sou uma pessoa fácil de ser cuidada."

Gwen balança a cabeça. "É, sim. Você se acha muito durona, Carrie, mas na verdade não é. Eu vejo isso claramente. Todas as vulnerabilidades que você tenta esconder."

Dou uma encarada nela. "Eu te odeio."

"Enfim", ela continua, fazendo um gesto com a mão para dispensar meu comentário. "Você estava errada, mas não *totalmente*. Lá em Indian Wells."

Não sei ao certo o que ela está tentando me dizer.

"Michael e eu estamos nos divorciando", ela me conta por fim. E, antes que eu consiga perguntar o que aconteceu, complementa: "Nós conversamos melhor sobre isso depois, mas, sabe como é, eu estava *mesmo* tentando viver a sua vida em vez da minha naquele momento".

Apoio a mão no ombro dela. "Eu sinto muito."

Ela faz um gesto de desdém, como se não fosse nada de mais.

"E, bom, eu dormi com Bowe", acrescento. "Então pronto. Está aí a fofoca que você queria."

Gwen cai na risada, jogando a cabeça para trás e gargalhando tanto que várias pessoas se viram para olhar para nós.

"Já podemos ir?", pergunto.

Gwen assente. "Eu vou falar com alguns patrocinadores. Enquanto isso, você tira a foto com Jadran e depois vamos embora."

Dez minutos depois, estou posando com um sorriso no rosto ao lado de Jadran Petrovich enquanto nos fotografam. Quando os flashes acabam, eu o parabenizo pela vitória.

"Obrigado, foi emocionante. O meu primeiro título", ele comenta.

"Ah, é uma grande emoção mesmo", respondo. "Eu ainda me lembro do meu primeiro."

"Você já venceu antes aqui", ele diz.

"Sim, dez vezes", eu respondo.

"Humm", ele faz. "Mas em melhor de três sets."

"Como é?"

"O jogo é em melhor de três sets no feminino. Nós jogamos em melhor de cinco. Na chave masculina."

"Sei."

"Então não dá para comparar, não é?"

Vejo que Gwen já está vindo me encontrar. Dou uma boa encarada em Jadran: "Sou capaz de garantir para você", falo, com o sorriso — apesar de falso — desparecendo totalmente do meu rosto. "Se eu jogasse contra você em melhor de três ou de cinco, ia limpar o chão da quadra com a sua cara, seu..."

"Ok, já podemos ir", Gwen avisa, me pegando pelo braço e me puxando para longe.

Por volta das três da manhã, Gwen e eu estamos na minha suíte, abrindo a segunda garrafa de champanhe. Ela tirou o salto alto e está sentada na poltrona, servindo a bebida. Eu estou deitada no sofá, ainda com o meu vestido chique. Gwen me entrega minha taça cheia.

"Você devia ter me deixado mandar aquele babaca tomar no cu", digo.

Gwen balança a cabeça. "Se eu deixasse você falar tudo o que tem vontade em público, sua carreira terminaria em duas horas."

"Por que eu preciso ser legal se a maioria dos homens não é? No ano passado, Jeff Kerr chamou um árbitro de cadeira de 'salada de merda', e está fazendo propaganda de cueca para a Fruit of the Loom."

Gwen balança a cabeça de novo. "Você sabe muito bem que no seu caso as regras são diferentes. E *ainda mais* no meu."

Olho bem para ela, e entendo que, apesar de saber como é ser uma mulher em um mundo como esse, não tenho ideia de como ser uma mulher negra nesse ambiente.

"Pois é", digo. "E isso não está certo."

Gwen dá de ombros. "Assim como maioria das outras coisas."

Concordo com a cabeça. "Verdade."

"E, escuta só, sei que você pode não estar nem aí com todo o dinheiro que pode ganhar, porque já tem a sua mansão e a sua fundação, mas eu quero essa grana! E o que você fez esta semana levou a sua imagem lá para o alto. É cada proposta que as pessoas estão fazendo... eu posso garantir minha aposentadoria só com isso!"

"Ah, qual é, você não vai se aposentar", comento, olhando para o teto.

"Não sei, não", ela responde.

Eu me sento no sofá para vê-la melhor.

"As crianças vão para a faculdade no ano que vem. Michael está saindo de casa. Já está com outra, pelo jeito. O nome dela é Naomi. Um nome bonito. E isso me deixa muito puta, aliás. Enfim, sei lá. Eu queria... fazer alguma coisa. Uma coisa importante. Inesperada."

"Tipo o quê?", pergunto, deixando minha bebida de lado.

"Não sei. Mas e a minha crise de meia-idade, como é que fica? Eu não tenho o direito de ter uma?"

Eu balanço a cabeça em concordância. "Claro que tem!"

"Pois é, eu tenho."

"Acho que vou ter uma também", digo. "Ou talvez isso que eu estou fazendo já seja."

"Você ainda é nova demais para isso. Ainda vai ter que enfrentar uma outra crise daqui a uns dez anos."

"Ah, que ótimo", respondo. "Então se aposente. Faça alguma loucura. Saia viajando pelo mundo ou comece a praticar pesca submarina. Ou tente ser uma daquelas pessoas que atravessa o país a pé. Mas tem que ser o que você sentir vontade."

"Né?", diz Gwen. "Estou pensando seriamente, Carrie. Não é brincadeira. Eu não seria mais sua agente, nesse caso."

"Eu sei, mas..." Eu desvio o olhar do rosto dela para o batom na taça de champanhe vazia à minha frente. "Quer dizer... você não... Escuta só, eu não confio em muita gente nessa vida. Mas você... você é importante para mim. Então não me importa se não é você que negocia os meus contratos. Você não é só isso. É muito mais."

Gwen fica em silêncio. Ela se vira e começa a passar um lencinho de papel sob o olho.

"Falei algo ruim?", pergunto.

"Não", Gwen responde. "Adorei ter ouvido isso de você, que é quase uma irmã para mim. Uma irmã caçula irritante, arrogante e chata." Ela se inclina para a frente e aperta a minha mão. E então cai no choro. "Pode me ignorar. Eu estou bêbada e no meio de um divórcio. É quase o mesmo que estar grávida. É só acontecer uma coisa boa ou ruim que eu caio no choro."

"Sinto muito pelo seu divórcio. Vocês sempre pareceram felizes juntos", comento.

"A gente era e ao mesmo tempo não. Mas, quando uma pessoa desiste, não tem jeito."

"Pois é", respondo. "Eu sei."

"Eu também vou encontrar alguém", Gwen me diz. "É isso que tento ter em mente. Aquela coisa gostosa do começo. O frio na barriga e aquela coisa toda melosa. Vou poder viver tudo isso de novo. E isso é um privilégio."

Penso a respeito do que ela diz. Penso em Bowe com suas frases em espanhol, em seu jeito de se aproximar de mim, no fato de que está passando todos esses dias com o meu pai. Motivos não faltam para eu ficar com um frio na barriga e toda melosa, mas eu guardo tudo isso dentro do peito e não deixo sair de jeito nenhum.

"Acho que isso é uma coisa corajosa", comento.

"Você saiu da aposentadoria, anunciou um objetivo quase impossível e conseguiu bater sua meta na frente do mundo todo", Gwen responde. "Você, sim, é corajosa."

"Não", respondo. "Não era sobre isso que você estava falando. Nessas coisas de amor, nisso eu nunca fui corajosa."

"Porra, fala sério, Carrie", ela retruca, balançando a cabeça. "Você acabou de ser campeã em Wimbledon aos trinta e sete anos — com o mundo inteiro dizendo que era impossível, e agora vai se desvalorizar isso por causa das coisas mais fáceis?"

"Para mim nunca foi fácil", digo.

Gwen se levanta e vem pôr a mão no meu ombro. "Se apaixonar na verdade é bem simples", ela diz. "Quer saber o segredo? É só fazer o mesmo que a gente faz com tudo na vida todo santo dia."

Eu fico olhando para ela.

"É só esquecer que existe um fim."

Acordo de ressaca, com a maquiagem toda borrada. Dormi de vestido mesmo.

Meu voo está marcado para o meio da manhã, então me levanto para arrumar as minhas coisas. Tomo um banho e três comprimidos de ibuprofeno. Vejo as horas e tento converter para o fuso horário de LA. Quando estou começando a secar o cabelo, ouço uma batida na porta.

"Só um instantinho!", grito, vestindo o roupão de novo.

Abro a porta e dou de cara com um mensageiro segurando um buquê bem esquisito de flores. A maioria é de um cor-de-rosa bem vivo, e com espinhos, mas entre elas tem também umas douradas que parecem botõezinhos. É um arranjo incomum e interessante. Inesperado em todos os sentidos.

Desconfio que não tenha sido meu pai que mandou; ele escolheria rosas. E me permito imaginar, só por um instante, que foi Bowe. Mas é uma ideia autoindulgente demais, quase vergonhosa.

"Obrigada", digo, pegando as flores e dando uma gorjeta para o mensageiro. Depois que ele vai embora, ponho o vaso sobre a mesinha de centro e procuro o cartão. Talvez Gwen tenha acordado cedo e mandado me entregar.

Muito bem, Soto! Respire fundo e encha os pulmões com o aroma da vitória, minha amiga. E me prometa que essa vai ser a última. Nos vemos em Nova York. Beijinhos, Chan

P.S.: As flores cor-de-rosa são amarantos, que representam a imortalidade — e é por isso que estamos lutando, no fim das contas. E as amarelas são atanásias. Dizem que servem para uma declaração de guerra. Divertido, não?

Argh. Que raiva eu tenho de gostar de Nicki Chan.

Meu pai está me esperando na porta da garagem quando meu carro chega. Está corado de novo, e parece saudável e forte.

Assim que me vê, ele abre um sorriso tão largo que domina seu rosto inteiro. Não sei se o vi sorrindo desse jeito alguma vez em tantas décadas. Essa visão me tira do prumo. Largo minhas coisas no chão e corro até ele.

Meu pai me abraça tão forte que parece que vai esmagar meus ossos. Ele sempre teve esse mesmo cheiro — um cheiro que me trouxe conforto a vida toda. Eu achava que era seu odor natural. Até que um dia, na adolescência, eu estava na seção de perfumes na farmácia e senti o aroma de English Leather.

Por mais que sinta envergonhe de admitir, durante um breve instante, fiquei intrigada — como poderia existir em uma drogaria um frasco com o cheiro do meu pai? Em seguida me dei conta de que a resposta era bem simples. Meu pai usava perfume de farmácia.

Mas esse perfume de farmácia me agrada mais que o cheiro da grama de Wimbledon, das laranjas da Califórnia ou da borracha em uma lata de bolas de tênis recém-aberta. Esse perfume de farmácia é o cheiro que me leva para casa.

"Eu nunca, nunca mesmo, me senti mais orgulhoso, *cielo*", ele diz quando enfim me solta.

"Eu sei," respondo. "Sou a mulher mais velha a ganhar um simples de torneio em Grand Slam. E empatei com Nicki. Se conseguir vencê-la no Aberto dos Estados Unidos, vou ter cumprido o que me propus a fazer."

Meu pai balança a cabeça. "Não é disso que eu estou falando."

"Como assim?"

"Você já reviu o jogo?", ele pergunta.

"Não", respondo. "E deveria, por acaso?"

"Foi um belíssimo jogo, *pichona*. Todos os golpes saíram sem esforço e perfeitos. Você estava lá. Estava presente. Foi um tênis do mais alto nível, foi o *seu* jogo no mais alto nível, e nunca me senti mais orgulhoso da jogadora que você é."

"Obrigada, pai", é tudo o que consigo dizer.

"E sabe o que mais?", ele complementa. "Durante todo o terceiro set, você estava sorrindo. Sorrindo!"

"Eu gosto de ganhar."

Meu pai nega com a cabeça. "Não, você estava feliz", ele comenta. "Do jeito como ficava quando jogava quando era criança. Eu vi isso com os meus próprios olhos. Era alegria pura."

Mais tarde, à noite, depois que desfaço as malas, meu pai e eu conversamos sobre tudo o que os médicos disseram quando ele foi liberado do hospital. Ele me implora para não me preocupar mais, e então volta para sua casa.

Tomo um banho e visto uma camiseta e uma calça de moletom. Penteio o cabelo. Mas fico inquieta, então passo a mão no telefone.

"Oi, sou eu", digo. E então me pergunto se tenho o direito de fazer isso — de agir como se a minha ligação fosse a mais importante que ele poderia receber.

"Como é que você está, campeã?", Bowe pergunta. A voz dele muda. Parece diferente de quando conversávamos quando eu estava em Londres. Mais contida, mais pesada, mais sussurrada.

"Tudo bem", respondo. "Tudo bem mesmo. E você, como está? E as suas costelas?"

"Já estou bem melhor, na verdade", ele diz. "Acho que Javier e eu vamos começar a treinar pra valer de novo. Estou treinando um pouco sozinho, mas estaria mentindo se dissesse que não estava ansioso pela volta da minha parceira de treinos."

Eu dou risada. "É isso o que eu sou para você?", pergunto. "Sua parceira de treinos?"

"Eu não sei o que você é para mim", ele admite.

"Pois é, eu também não. Mas estou me sentindo meio *sozinha*", respondo.

"Ah, é?" A voz de Bowe recupera a beleza habitual, o bom humor. Eu gosto dessas duas versões dele.

"É, um pouco."

"Bom, quanto a isso eu posso ajudar", ele diz.

A segunda metade do verão é de treinamento pesado para Flushing Meadows.

O tempo entre Wimbledon e o Aberto dos Estados Unidos não é muito longo. Meu pai se desdobra no trabalho, cuidando dos meus treinos e dos de Bowe, todo santo dia.

Fica sentado no banco durante as minhas sessões matinais, gritando instruções para mim. Depois do primeiro dia, comprei um megafone, para ele não ter que forçar tanto os pulmões e a garganta.

Depois que eu vou almoçar, tomar um banho e descansar, Bowe chega e treina com o meu pai por algumas horas. Algumas vezes, enquanto estou me vestindo, fico vendo os dois na quadra de casa. Bowe e meu pai estão sempre concordando ou discordando vigorosamente sobre o que fazer. Os dois sempre discutem em volume máximo — Bowe berra para ter sua voz ouvida por cima do som do megafone do meu pai.

Com o passar dos dias, percebo que o primeiro saque de Bowe se torna mais perigoso, e o segundo, mais confiável, tudo isso da janela do meu quarto.

Por volta das três horas, volto à quadra e faço um jogo-treino com ele.

Bowe sempre começa fazendo provocações. Eu geralmente respondo ganhando o jogo — e depois meu pai passa uma série de coisas a serem trabalhadas no dia seguinte.

Bowe então se despede e diz que volta no dia seguinte. Meu pai e eu jantamos. E eu digo que vou dormir.

Mas, em vez disso, espero até as nove e meia, quando abro a porta, e Bowe está sempre lá.

"Oi."

"Oi."

E, toda noite, eu o pego pela mão e o levo para o quarto. E, toda noite, ele me abraça, beija meu pescoço e me faz pensar se alguém alguma vez já conseguiu pular de um precipício e sobreviver.

Um mês antes do início do Aberto dos Estados Unidos, Bowe está deitado na minha cama no meio da noite. Seu braço está colocado na posição ideal sob o meu pescoço; sua mão direita está traçando desenhos no meu braço, e eu estou quase dormindo.

"Seu pai sabe o que está rolando", ele diz.

"Ele acha que você gosta de mim, só isso."

"Não", Bowe insiste. "Ele sabe que eu paro o carro do outro lado da rua e durmo aqui até de manhã, depois vou casa por algumas horas e depois volto para cá, fingindo que fiquei fora o tempo todo."

"Ele não sabe de nada disso."

Bowe ri. "Sabe, sim. Hoje, depois de ficar me dando instruções sobre o meu backhand, me perguntou com a maior tranquilidade se eu sabia o que ia fazer depois que me aposentasse. Quando eu respondi que não, ele disse: 'Bom, você tem a intenção de se juntar com alguém no futuro próximo?'."

Eu contorci tanto o rosto que quase tive um espasmo muscular. "Não acredito", respondo, sentando na cama. Agora estou totalmente desperta. "Você deve ter entendido errado."

"Garanto para você que não foi isso."

"Foi, sim."

"A gente pode contar a verdade para ele", Bowe sugere, deitando de lado e ficando de frente para mim na cama. Está dormindo aqui com tanta frequência que já cheguei a me perguntar se não preciso comprar outra mesinha de cabeceira. Mas sempre tive só uma, e não consigo aceitar que sou o tipo de trouxa que compraria outra para alguém.

"Não, qual é...", digo. "Não vamos complicar as coisas, certo? Eu quero que ele treine você para Nova York. Quero que você seja campeão da porra do torneio. E eu também."

"Claro."

"Então nós dois sabemos que precisamos treinar juntos pelo próximo mês..."

Bowe me olha com as sobrancelhas franzidas, e não sei o que pode estar passando pela cabeça dele.

"Mas não temos como garantir se vamos dormir juntos de novo amanhã."

Bowe afasta o braço de mim. "Porra, você é inacreditável", ele diz, virando de costas para mim. "Simplesmente inacreditável."

"O que está acontecendo, Bowe?", pergunto.

"Não sei", ele responde. "Você não fala."

"Então fala *você*."

"Eu não sei!", ele diz.

"Está vendo? Você não tem nem um plano. Não sabe o que quer."

"Eu sei, sim, o que quero", ele rebate. "Estou aqui, não estou? Você me deu um pé na bunda em 1982 e foi ficar com Randall, de todas as pessoas. E me deu um corte em Melbourne. E basicamente a mesma coisa em Paris. E, mesmo assim, eu estou aqui toda noite, sempre que você quer. Eu sei exatamente o que quero, Carrie. Já deixei isso bem claro."

Eu o observo enquanto ele deita a cabeça no colchão. E me permito acreditar por um instante que talvez esteja sendo sincero. Pode ser que dessa vez eu esteja com um homem que é sincero comigo.

"Ah, esquece", ele diz. Depois se vira de costas de novo para mim e ajeita o travesseiro com gestos irritados. E eu sorrio para mim mesma, porque ninguém ajeita o travesseiro em uma cama em que não pretende dormir.

Bowe e eu tiramos os domingos de folga dos treinos. Precisamos de um dia de repouso. E, às vezes, pela manhã, eu assisto a jogos com o meu pai. Mas, à tarde, preciso de uma folga do tênis, e percebo que meu pai não sabe o que fazer nesses momentos.

E Bowe começa a vir jogar xadrez com ele nos domingos à tarde. E depois eles começam a ir juntos à Blockbuster para alugar filmes de guerra.

Eles fazem pipoca e veem os filmes na nossa sala de tv, pausando de tempos em tempos para conversar sobre fatos históricos sobre a Segunda Guerra Mundial ou a Guerra do Vietnã. Normalmente eu fico sentada na espreguiçadeira, na maior parte do tempo sem prestar muita atenção.

Nunca soube que o meu pai era tão fã de filmes de guerra. Mas, pensando bem, fica dolorosamente óbvio por que esse tipo de coisa tem tanto apelo para ele.

Em um domingo, os dois me flagram chorando ao final de um filme, quando um sargento bate continência para seu capitão.

Agosto de 1995

Duas semanas antes do Aberto dos Estados Unidos

Estou correndo de um lado para o outro da quadra, treinando com mais empenho do que nunca.

"*¡De nuevo!*", meu pai diz quando paro bem perto dele.

"*Sí, papá.*"

Bowe vai entrar como wild card no Aberto dos Estados Unidos, mas eu não preciso de um convite da organização nem de participar do *qualifying* porque agora estou em décimo segundo lugar no ranking mundial.

Décimo segundo. Um número delicioso e instigante, com a capacidade de calar a boca de muita gente.

Quando termino mais um sprint, olho para o meu pai em busca de instruções sobre o que fazer a seguir. Mas, em vez de me mandar de volta para a quadra, ele dá um tapinha no banco ao seu lado.

"*¿Qué pasa?*", pergunto quando me sento.

"Estou vendo uma mudança em você que não sei descrever direito, desde Wimbledon. Você está... mais livre."

"Com menos medo", digo. "De perder."

"Porque passou a aceitar que a derrota é possível?", ele pergunta.

"Porque a derrota agora é improvável."

Meu pai ri. "Enfim, você precisa levar isso para Nova York também. Principalmente contra Chan. É a melhor quadra dela."

Assinto.

"E acho que nós dois sabemos que eu não posso ir junto."

Nós estamos falando *veladamente* sobre isso há semanas — que ele ainda não está saudável o bastante para encarar uma viagem. "Eu sei."

"Eu vou assistir a tudo", ele me diz. "Mal posso esperar para ver você retomar esse recorde. E provavelmente arrancando das mãos dela."

Respiro fundo, tentando conter a tristeza que brota no meu peito.

"Só vou fazer isso daqui", ele continua. "E não da arquibancada."

"Sim, claro", respondo.

"Você vai ganhar o Aberto dos Estados Unidos e depois pode se aposentar de novo e voltar para casa. E nós podemos dar uma festa", ele sugere.

"Quem vê até pensa que é assim tão fácil."

"Não é nada fácil", ele diz. "Mas você consegue."

"E se não conseguir?"

Meu pai me encara e estreita os olhos, tentando captar a minha reação.

"Não quero que você tente adivinhar o que eu quero ouvir", aviso. "Só preciso saber a verdade. E se eu não ganhar, o que acontece?"

"Bom, se você não ganhar o Aberto dos Estados Unidos, por mim tudo bem. Essa é a verdade."

Eu caio na risada. "Inacreditável."

"Você disse que queria ouvir a verdade. Para mim, não faz diferença se você ganhar ou perder. Isso não muda nada."

"Mas tem sua importância", argumento.

"Para você, talvez. Mas para mim? A questão nunca foi essa."

Apoio a cabeça no ombro dele e reflito no que está me dizendo. Olho para o céu azul infinito de LA e as palmeiras oscilando com a brisa.

"Ele está apaixonado por você", meu pai diz, por fim.

Eu não me afasto. Não esboço nenhuma reação.

"E sabe que você é melhor jogadora que ele", meu pai continua. "Eu sempre tive essa preocupação a seu respeito. Porque a única pessoa capaz de entender você seria outro jogador. Só que quantos tenistas aceitam não ser o melhor? Ele sabe aceitar isso sem problemas, o que é o maior elogio que eu consigo imaginar. Não sei se existe uma qualidade maior que essa."

"Não ser melhor jogador que uma mulher?", pergunto.

Meu pai dá uma piscadinha para mim. "Ser seguro de si mesmo sabendo que não é o melhor."

Eu percebo que esse comentário é uma faca de dois gumes, com o lado mais afiado direcionado para mim.

"Ele é um bom sujeito", digo.

Meu pai assente. "Apesar de entrar escondido na sua casa toda noite, como um gatuno."

Eu dou risada. "Bom, a culpa é minha", explico. "Eu não... Não sei se isso tem futuro, e não quero criar muita expectativa."

"Então você cria obstáculos, porque é mais fácil fingir que não é isso o que você quer", meu pai complementa.

Olho bem para ele.

"Por favor", meu pai diz, me abraçando. "Abra o seu coração só um pouquinho, *pichona*. Casar com a sua mãe mudou a minha vida. Ela me fazia feliz. Me deu um objetivo na vida. Nós viramos uma família. O tênis não é nada comparado a isso."

"Mas ela se foi. E você ficou... com essa tristeza. E eu não... não sei como fazer isso... como viver desse jeito", respondo.

"Se você não sabe como resolver uma situação na quadra, continua tentando mesmo assim." Ele segura a minha mão. "Fiquei tão arrasado quando sua mãe morreu que enterrei o meu coração junto com ela. E ensinei você a fazer o mesmo. Pensei que estivesse mostrando como seguir em frente, mas na verdade estava ensinando você a nunca se abrir para ninguém. Eu ensinei a coisa errada, mas agora estou admitindo, e só você é capaz de resolver isso. Certo?"

"Certo, pai", respondo. "Eu já sabia. Mas obrigada."

"Eu sei que sim. Às vezes você é muito mais inteligente que eu. E mais forte também. É como um diamante, é brilhante, é durona, é uma..."

"Uma vaca", complemento.

Meu pai ri. "Tudo bem. É uma vaca, mas principalmente brilhante e durona."

Eu dou risada, e ele me puxa para junto de si. "*Te amo, cielo*. Ser seu pai foi a melhor coisa da minha vida. Minha Aquiles. Inigualável entre todos os gregos."

"Pai...", digo.

"Não", ele retruca. "Trate de aceitar. Me deixe sentir isso e poder dizer. Você é tudo para mim."

* * *

Naquela tarde, Bowe e eu jogamos um set com meu pai gritando para nós dois com o megafone.

"Bowe, quero você bem na ponta dos pés quando bater na bola", ele diz. "E, Carrie, nada de preguiça para concluir o movimento dos golpes!"

Bowe consegue arrancar uma vitória de mim — está cada vez melhor ultimamente, elevando seu nível quase de hora em hora.

No fim da sessão, meu pai me passa algumas instruções, só que está mais concentrado em Bowe. "Acho que você precisa afastar mais os pés", ele diz enquanto Bowe fecha o zíper da raqueteira. "Para conseguir apoiar o peso no pé certo enquanto se prepara para a devolução."

"Eu disse que não vou mexer com o meu jogo de pés agora", Bowe responde. "Isso é uma coisa intuitiva e automática. Eu já ganhei de alguns dos melhores jogadores do mundo jogando com essa postura."

"O bom é o inimigo do ótimo", meu pai retruca.

Bowe olha para mim e depois para o meu pai. "Esse é o lema dos Soto, pelo jeito."

Ele põe a mochila no ombro, e meu pai começa a falar sobre o jantar.

"Até amanhã", Bowe diz, fazendo um aceno enquanto toma o caminho do carro. Fico observando enquanto ele vai embora, com a maior tranquilidade, sem nenhuma expectativa.

Olho para o meu pai, que me encara com uma expressão incrédula.

Ah, que seja.

"Bowe!", grito.

Ele se vira para nós.

"Fica para jantar com a gente", convido.

Bowe olha para o meu pai e depois para mim. "Sério?"

"Sim, claro", digo.

Vou até ele, que tira a mochila do ombro. "Fica. Por favor."

Ele fica me olhando enquanto coloco sua raqueteira em cima do banco. Quando eu o encaro, percebo que está em busca de outras respostas, mas eu só consigo dizer uma única coisa, não muito esclarecedora: "Eu quero que você fique".

Ele sorri. "Tá."

Bowe bate as mãos uma na outra e diz: "Muito bem, então, vamos lá. O que vamos comer? Javier, nem venha me falar de filés ou comida salgada. Querem saber? Que tal acender a churrasqueira e preparar um frango na grelha?".

Meu pai ri, e então toma o caminho da minha casa com a gente. Bowe toma a dianteira por um tempo e meu pai me abraça.

"Siempre supe que no hay montaña que no puedas escalar, paso a paso."

Bowe prepara o jantar e nós comemos do lado de fora. Eles jogam xadrez enquanto eu fico olhando as estrelas. Meu pai me dá um abraço de boa-noite, e ninguém nem finge que Bowe vai voltar para casa hoje.

Bowe e eu entramos. Começo a lavar a louça, e ele se aproxima de mim por trás e me beija. Eu rio. Ele comenta que adora a minha risada, mas em seguida diz: "Eu posso dizer isso? Posso dizer que adoro a sua risada?".

E eu respondo: "Não sei. Quer dizer, acho que sim. Claro".

Consigo ver a janela da sala de estar do meu pai da minha cozinha. Percebo quando ele apaga a luz.

Bowe me agarra pela cintura e me vira na direção dele.

E eu me pergunto por que passei a vida inteira com tanto medo de perder, sendo que já tenho tanta coisa.

Quando Bowe e eu acordamos, em vez de escapulir, ele desce de cueca para a cozinha e me prepara uma vitamina de mirtilo. Eu bebo enquanto passo um café preto para ele. Depois que terminamos, ele pega o jornal e vai para a sala. Eu me encaminho para a quadra.

Alongo as pernas. E, quando começo a aquecer os ombros, olho no relógio.

São oito e três.

Cadê o meu pai?

Meu coração vai parar na boca.

Vou correndo até a casa do meu pai e viro a maçaneta da porta.

Lá está ele deitado em um sofá, com a TV ligada na ESPN.

Está ali, mas ao mesmo tempo não está.

E eu só consigo soltar um grito abafado. *"Papá."*

* * *

Desse ponto em diante, tudo começa a parecer como os primeiros instantes quando a gente acaba de acordar de manhã. Não estou dormindo, mas é como se eu estivesse sonhando — o mundo é uma combinação ambígua de realidade e alucinação.

Em determinado momento, estou nos degraus da frente da casa, olhando para os meus tênis, quando alguém — não sei se é um paramédico ou alguém do departamento de medicina legal — vem me procurar. Levanto a cabeça e percebo que Bowe está ao meu lado, segurando a minha mão.

"Seu pai teve um infarto ontem à noite e faleceu, provavelmente entre as onze da noite e a uma da manhã", o sujeito me diz.

"Ah, não me diga, gênio!", escuto a minha voz gritar.

Bowe me abraça.

Acho que alguém me dá um calmante.

Gwen aparece com comida para o jantar. Bowe tenta me convencer a comer alguma coisa. Quando olho para ele, não consigo entender por que Bowe Huntley está na minha casa, por que é ele quem está ao meu lado agora.

Gwen me avisa que a notícia vai chegar à imprensa em breve. "Vou fazer o que for possível para não deixar vazar nada enquanto você não estiver pronta para isso."

Respondo que não me importo se todo mundo souber. Esconder o que aconteceu não vai mudar nada.

Bowe me leva o almoço, o jantar e o café da manhã no dia seguinte. Sei disso porque vejo os pratos empilhados ao meu redor na cama.

Vejo meu rosto na televisão e Greg Phillips anunciando que "Javier Soto, pai e treinador de Carrie Soto, morreu de forma repentina e inesperada. Ele não viajou com a filha para Wimbledon em julho, e alguns especularam que tenha sido por questões de saúde. Mas ao que tudo indica ele estaria com Carrie em Nova York na próxima semana, para o Aberto dos Estados Unidos".

Bowe me conta mais tarde que eu joguei o controle remoto da TV e rachei a tela.

No jornal, sai uma foto dele nos anos 1970 em Roland Garros. Está todo jovem e bonito, de camiseta polo e chapéu panamá. Meu pai teria adorado ver. Tento recortar do jornal para guardar, mas acabo rasgando sem querer.

Em alguma hora, Bowe deita na minha cama e me abraça. Ele me prepara vitaminas todo dia de manhã. Sempre me dá o tipo errado de canudo, mas não sei como explicar sem gritar com ele, e não quero fazer isso.

Entro no banheiro, pensando Bowe está no banho. Mas, em vez disso, eu o encontro sentado na beirada da banheira, com o chuveiro ligado. Quando me vê, percebo que seus olhos estão vermelhos. Ele se levanta e pergunta se está tudo bem comigo.

Fico me perguntando quando ele vai embora. Eu já teria ido a esta altura.

"Eu não vou a lugar nenhum", ele diz, mas não sei nem se eu falei aquilo em voz alta.

Depois do funeral do meu pai e da recepção na minha casa, Gwen está guardando a comida que sobrou enquanto eu fico parada na cozinha, sem dizer nada. Ela está falando que meu pai sempre a fazia rir.

"Pelo amor de Deus, dá para calar essa boca?", peço.

Ela para de guardar as fatias de queijo no Tupperware e olha para mim. "Desculpa", eu digo.

Ela segura minha mão, mas a dela está gelada, e não quero que continue pegando em mim. Mas sei que, se pedir para ela me largar, não vai adiantar nada.

Bowe continua indo para a quadra todos os dias. Às vezes eu o observo da janela do quarto.

Ele entra depois de uma sessão particularmente intensa com um sparring. "Como é que você está?", Bowe pergunta, ofegante.

"O que você acha, caralho?", retruco.

Olho para baixo e percebo que estou usando os chinelos do meu pai, mas não me lembro de tê-los calçado.

Mais tarde, pergunto se Bowe acha que eu deveria desistir do Aberto dos Estados Unidos, e ele me diz que eu já sei a resposta. Mas ele está errado. Eu não sei.

Estou usando uma camiseta e uma cueca boxer de Bowe quando ele entra no quarto e me conta que vai enfrentar Franco Gustavo na estreia e que eu vou jogar contra Madlenka Dvořáková na primeira rodada em Nova York.

Escuto a voz do meu pai. "*Ah, será fácil. Você vai acabar com ela.*" Eu me viro para olhá-lo, mas ele não está aqui.

Estou de pé no meio da sala, vendo as coroas de flores que as pessoas mandaram. A casa está cheia de plantas que estão começando a morrer.

Muitas pessoas *mandaram* coisas, mas não apareceram. Só que isso é mais do que eu faria por qualquer uma delas. O telefone começa a tocar e estou deitada na cama, então não atendo. Mas, como para no meio de um toque, sei que Bowe atendeu.

Ele entra alguns instantes depois.

"É Nicki", ele avisa. "Chan."

"Não quero falar com ela", digo, mas pego o telefone da mão dele mesmo assim.

"Oi."

"Meus sentimentos, Carrie", diz Nicki.

"Obrigada."

"Escuta só, eu queria dizer uma coisa para você... Se não for jogar em Nova York, eu vou querer sair do torneio também."

304

Não consigo processar o que mais Nicki está dizendo, até que ela acrescenta: "Só me diz o que você está pensando em fazer. Eu quero que seja uma vitória incontestável. Uma disputa justa."

"Sinceramente, Nicki, isso não é tão importante assim", respondo.

Ela ri, como se eu estivesse fazendo uma brincadeira.

Meu primeiro momento de lucidez vem no dia seguinte, quando finalmente crio coragem para ir até a casa do meu pai.

Estou no mesmo lugar onde fiquei paralisada quando o encontrei. Olho para suas coisas: os controles remotos e os copos de água pela metade, as revistas e os livros nas prateleiras, com os filmes empilhados ao lado, as poltronas de couro, os chapéus panamá.

Pego um dos chapéus. Tem um cheiro de English Leather e xampu, terroso e humano.

Fico me perguntando se foi assim que ele se sentiu quando a minha mãe morreu: arrasado pelo fato de o amanhã ser ao mesmo tempo uma coisa insuportável e inevitável. De repente me sinto cansada, incapaz de suportar o peso da gravidade. Olho para o chão, que está me chamando com a força de um ímã.

Deito no carpete da casa que comprei para o meu pai, o presente que dei para ele. Fico por lá pelo que me parece serem horas.

Estou furiosa comigo mesma por achar que ele ficaria bem.

Sério mesmo que eu pensava assim? Já não tinha aprendido essa lição mais cedo do que a maioria das pessoas? Que o mundo não está nem aí para nós? Que no fim vai arrancar das nossas mãos aquilo de que nós precisamos?

O luto é como um buraco escuro e profundo. Seu chamado é como o canto da sereia: *Venha se perder em mim.* E você resiste e resiste e resiste, mas no fim acaba sucumbindo e pulando lá dentro, e não dá nem para acreditar na profundidade daquilo. Parece que você vai passar o resto da vida assim, caindo, assustada e destroçada, até a sua própria morte chegar.

Mas isso é uma miragem.

O feitiço estonteante do luto.

A queda não é eterna. O buraco tem fundo.

Hoje eu chorei tanto que finalmente senti o chão sob os meus pés. Encontrei o fundo. E, apesar de saber que o buraco vai estar aqui para sempre, pelo menos agora me parece possível viver dentro dele. Já sei quais são seus limites e suas dimensões.

Eu levanto me sentindo pronta para sair da casa do meu pai. Mas, quando estou indo para a porta, vejo um caderno no balcão da cozinha. É o que ele vem usando desde o começo do ano, onde estão suas anotações sobre o jogo.

Vou para a cozinha e pego o caderno. Tem capa de couro preto e é bastante discreto. Na etiqueta, está escrito "*Carrie*".

Eu folheio e vejo que cada página é dedicada a uma tenista da WTA — com estatísticas, jogadas e estratégias para vencê-las.

Jogadoras como Dvořáková, Flores, Martin e Zetov ocupam meia página no máximo. Perez, Moretti, Nystrom e Machado ganham mais espaço. E depois vêm várias páginas sobre Antonovich e Cortéz.

A metade final do caderno é quase toda dedicada a Nicki Chan.

Ele claramente reviu alguns jogos dela, fez anotações sobre seu desempenho contra cada uma das adversárias. Comparou nossos saques e nossas trocas de bolas. Nossos golpes. Nossos jogos de pés. Nossos fundamentos.

E no alto da última página, escreveu, em letras maiúsculas: *CARRIE É CAPAZ DE VENCÊ-LA.*

A caligrafia dele é péssima, e tem frases inteiras que estão ilegíveis. Ele não demonstrou a menor preocupação com isso, nem em tentar tornar suas anotações compreensíveis para outras pessoas. Por isso, sei que não escreveu tudo isso *para mim*, e sim para si mesmo. Era o planejamento dele para Nova York.

Abraço o caderno junto ao peito. Respiro fundo. Quando minha mãe morreu, não restou mais quase nada dela. Por mais que eu tentasse, não conseguia evocar sua presença. Não tinha nada a que me agarrar.

Mas ainda resta muita coisa do meu pai aqui. Ainda resta um trabalho para ele. Esse é o meu último torneio com o meu pai. E está aqui nas minhas mãos.

E eu vou ganhar essa porra.

* * *

"Gwen", digo ao telefone. Estou na cozinha da minha casa, tirando os mirtilos da geladeira. "Eu vou jogar. Pode confirmar para a USTA."

"Tem certeza?", ela pergunta.

"Sim", respondo. "Vou viajar com Bowe."

"Tá, eu ligo de volta daqui a pouco."

Desligo o telefone e subo para o quarto, onde Bowe está lendo o mesmo livro que vejo na mão dele há dias. Finalmente presto atenção ao título: *Como seguir vivendo depois da morte de alguém que você ama.*

"Oi", digo.

Ele deixa o livro de lado e se levanta. "Oi."

Fico olhando para Bowe, que está esperando que eu diga alguma coisa. Está vestindo uma camiseta canelada cinza e uma calça jeans. Seu cabelo está bagunçado e a barba está por fazer.

Ele está aqui. Não foi embora.

"Eu vou para Nova York com você", aviso. "Vou jogar o torneio."

"Tá", Bowe responde, assentindo. "Legal."

"Meu pai iria gostar disso", digo. "Iria querer que eu jogasse."

"Concordo plenamente."

Vou até ele e envolvo seu corpo com os braços, encostando a cabeça no seu peito. Aqui está alguém que também conhecia o meu pai, alguém que sabe o que perdi e que está sentindo sua perda também.

"Eu vou até lá e vou ganhar aquele negócio", digo quando me afasto.

"Adorei isso", Bowe responde, assentindo e sorrindo. "É isso aí, vou fazer a mesma coisa."

Nós dois caímos na risada, e não me sinto nem um pouco culpada por ter um momento de alegria sem o meu pai neste mundo. É o discreto começo de uma vida nova, terrível e linda.

O voo para Nova York passa em um borrão.

De repente, estamos no hotel. Bowe está abrindo as cortinas. Estou vomitando na privada, porque passei por um adolescente no saguão lendo a *Ilíada*, com um desenho de Aquiles na capa.

"Vai dormir", Bowe me diz quando finalmente saio do banheiro, pálida e suada. "Eu cuido das suas raquetes e de toda a programação."

Então é isso o que faço.

Na manhã do meu jogo contra Dvořáková, ouço uma batida na porta, e Bowe vai atender. Gwen aparece com uma vitamina de mirtilo.

"Eu não sabia que você vinha", comento.

Gwen abre um sorrisinho. "Sabia, sim, querida", ela diz. "Está tudo certo. Eu estou aqui." Ela me entrega a vitamina.

Bowe está separando meu equipamento e minhas roupas. Mas, quando o vejo fazer isso, me dou conta de que nem sequer arrumei minhas malas. Foi ele quem fez isso em LA e quem está cuidando de tudo aqui.

Hoje, além de pedir para Gwen trazer minha vitamina, ele me acordou, pediu amêndoas no serviço de quarto, abriu o chuveiro, me pôs no banho e, ao ver que fiquei parada sem fazer nada, entrou também e lavou meu cabelo.

"Você vai enfrentar Dvořáková?", Gwen pergunta.

"É."

Gwen olha para Bowe. "E você vai jogar contra Gustavo?"

Bowe assente. "Se ganhar, depois vem Ortega, provavelmente. E depois Griffin ou Bracher, talvez. Mas, quando eu perder, é fim de papo para mim."

"Você vai se aposentar", Gwen comenta.

"Pois é. Para mim já deu. E já aceitei essa ideia."

Gwen assente com a cabeça. "E você, vai se aposentar?", ela pergunta, olhando para mim. "Depois do torneio?"

Não sei o que responder. Mal consigo pensar nesta tarde.

"Certo", diz Gwen. "Vamos nos preparar para qualquer uma das hipóteses."

Bowe retoma o que estava fazendo, mas em seguida levanta a cabeça de novo. "Ah, e não esquece o seu caderno."

Ele me entrega o caderno, e respiro fundo. Já li tudo, linha por linha, diversas vezes desde que o encontrei. Peguei no sono enquanto lia ontem à noite. A página sobre Dvořáková eu li três vezes só hoje de manhã. Olho no relógio. Vou enfrentá-la daqui a poucas horas.

"O que é isso?", Gwen quer saber.

Abro a boca para responder, mas não consigo. Não encontro as palavras.

"Foi Jav quem escreveu", Bowe explica. "É o plano de jogo dele. Para Carrie seguir à risca e vencer."

Gwen balança a cabeça. "Adorei isso."

"Você quer ver?", pergunto.

"O plano de jogo que seu pai fez para você?", Gwen diz. "Não precisa me mostrar. Nem para ninguém, se você não quiser."

"Eu quero", digo. "Pode olhar."

Abro o caderno e deixo que ela veja cada página. Quando chego à seção dedicada a Dvořáková, Gwen e eu lemos juntas.

Desde que Carrie a venceu em Melbourne, ela está muito mais forte. Seu jogo de fundo de quadra está melhor. Mas ela quer ser uma jogadora de golpes potentes de fundo de quadra de qualquer jeito, apesar de ser melhor no saque e voleio. Faça de tudo para mantê-la no fundo da quadra. Ela vai ficar contente com isso, mas não vai conseguir acompanhar o seu ritmo.

Começo a sentir aquela vibração nos ossos. É uma coisa pequena e discreta agora, como uma chama recém-acesa. Mas, em pouco tempo, vai se espalhar como fogo em mato seco.

Gwen olha para mim. "Você tem tudo sob controle", ela diz.

"Pois é", respondo. "Além disso, o meu pai não anotou isso, mas Dvořáková se sente intimidada por mim. Ganhei dela todas as vezes que jogamos. Então, se eu botar pressão desde o começo, acho que ela vai desmoronar como um castelo de cartas."

Gwen assente. "Você é uma jogadora inteligente", ela comenta.

"Obrigada. Aprendi com o melhor."

Gwen aperta a minha mão. "Isso mesmo. E absorveu tudo direitinho."

"Obrigada."

Eu me levanto, e ela continua folheando o caderno.

"Tem bastante coisa sobre Chan", ela diz.

"Pois é, preciso estudar essa parte ainda."

"Bom", ela diz. "Eu vou estar no seu box em todos os jogos, certo?"

Eu assinto com a cabeça. Em seguida, Gwen me dá um beijo no rosto, um abraço em Bowe e se despede.

Eu me viro para ele, que segura uma regata azul-marinho e um saiote branco. E colocou meus Break Points amarelos sobre a cama.

"Eu fiz merda. Esqueci as meias", ele diz. "Quando arrumei sua mala."

"A gente compra no caminho", respondo. "Vai dar tudo certo."

ABERTO DOS ESTADOS UNIDOS DE 1995

Estou no vestiário, cercada de outras jogadoras — Martin e Carter estão rindo em um canto. Zetov e Perez estão se ignorando mutuamente. Antonovich chega sorrindo e cumprimenta todo mundo. Quando Perez me vê, vem me dar um tapinha no ombro. Flores me diz que lamenta pela minha perda. Eu agradeço.

Quando Madlenka Dvořáková chega, nossos olhares se encontram. Ela parece toda menininha com seu vestido branco e o cabelo preso em duas tranças. Nós trocamos acenos de cabeça, e eu fecho meu armário e vou para a sala da fisioterapia.

Está estranhamente silencioso aqui, só comigo e alguns fisioterapeutas. Aproveito essa solidão deliciosa enquanto um fisioterapeuta põe esparadrapos nos meus joelhos e cotovelos. Mas, em seguida, quando estou recebendo uma massagem nas panturrilhas, Nicki Chan aparece.

Ela abre sorrisos gentis, cumprimentando os fisioterapeutas que já conhece com uma leveza que considero intrigante. É como se fosse um dia qualquer — e não o primeiro dia de um torneio de duas semanas em que ela pode quebrar um recorde novamente ou perdê-lo de vez.

Quando ela se senta ao meu lado, eu comento: "Quanta animação".

"Ah, sim", ela diz, se acomodando no banco ao meu lado. "É uma coisa irritante, né? As pessoas vivem me dizendo isso." Ela ri enquanto o fisioterapeuta começa a fazer uma bota de esparadrapo em seu pé. Faço uma anotação mental para obrigá-la a correr bastante pela quadra, se tiver essa chance. Seu tornozelo deve estar doendo. Ela precisa parar de forçá-lo tanto.

"Obrigada pela ligação", eu digo baixinho. "Naquele dia."

Nicki assente. "Por nada."

"Isso foi... muita gentileza sua."

"Como eu falei antes", ela responde com um gesto dizendo que não foi nada de mais, "quero esfolar você viva e comer seu fígado no café da manhã." Ela abre um sorriso e dá uma piscadinha. "Mas isso quando você estiver na sua melhor forma."

Eu balanço a cabeça. "Entendi", respondo. "E você vai ter sua chance, mas não vai conseguir. E tudo vai voltar a ser como sempre deveria ter sido." Mudo de posição quando o fisioterapeuta começa a massagear meus antebraços.

Nicki mantém os olhos voltados apenas para a atadura que está sendo feita em seu pé, mas suas palavras são dirigidas diretamente para mim. "Acho que você ainda não entendeu o que eu sou capaz de fazer. O que estou fazendo."

"Eu entendo", retruco. "Estou vendo."

"Eu sou melhor que você", ela diz.

"Dá um tempo, Nicki."

"Você pensa que se a gente estivesse em 1982 eu não teria a menor chance de ganhar", Nicki continua.

"Eu *sei* que se a gente estivesse em 1982 você não teria a menor chance de ganhar", rebato. "Porque a gente está em 1995 e mesmo assim você não tem a menor chance de ganhar."

Nicki solta um risinho de deboche. "Você simplesmente não entende."

"Que você é boa?", pergunto. "Eu sei que você é boa."

"Você não respeita o que eu fiz pelo tênis da mesma forma que eu respeito o que você fez."

"O que você fez que eu nunca tenha feito antes?"

Nicki se vira para mim e me dá uma encarada. "Fui a primeira tenista de origem asiática a ganhar um título em Wimbledon. A primeira mulher como eu a fazer *quase tudo* o que fiz no tênis — a bater todos esses recordes. Porque nós duas sabemos que esse esporte não facilita as coisas para quem não é loira de olhos azuis.

"Ah, sim", respondo, assentindo. "Isso com certeza."

"Eu bati o recorde de velocidade no saque no tênis feminino. O jogo está mais veloz agora, desde que eu saquei a duzentos e dez por hora. Hoje quase todas as jogadoras da WTA estão sacando mais forte do que qualquer uma dez anos atrás. O meu forehand tem uma média de cento e trinta quilômetros por hora. Você não chega nem perto de mim nisso também. Então trata de me respeitar, Soto. Eu ganhei o Aberto dos Estados Unidos mais vezes do que qualquer outra tenista da história, inclusive você. Os meus drives de direita e de esquerda têm mais spin do que os de qualquer outra jogadora — no ano passado eu cheguei a mais de duas mil rotações por minuto. Eu sou a atleta feminina mais bem paga do mundo. Para alguém como eu, você entende o que isso significa? E eu passei o maior número de semanas como número um do ranking — um número que agora está em trezentos e dezessete. Você só ficou trezentos e..."

"Nove", complemento.

"Pois é."

"Então seu negócio é memorizar estatísticas para jogar na cara dos outros?", questiono, apesar de saber que estou sendo hipócrita.

Nicki ri. "Isso é importante para mim, Carrie. Me entregar de corpo e alma a esse esporte é importante para mim. Esses torneios são importantes para mim. Eu dediquei a minha vida a tudo isso."

"Bom, eu também", respondo.

"E você teve sua chance de brilhar — recebeu a sua oportunidade."

"Eu *conquistei* a minha oportunidade", corrijo. "Ninguém me deu nada de bandeja. Ninguém queria que *eu* fosse a cara do tênis feminino, e isso continua valendo até hoje. Preciso exigir isso na marra, como estou fazendo agora. Então, se você quiser, vai ter que me vencer para tirar isso de mim."

"Não", Nicki responde. "É isso o que você não está entendendo. Eu *já* tirei isso de você. O recorde é *meu*. E, se *você* quiser, vai ter que me vencer para tirá-lo de *mim*."

Fico olhando para ela, que continua:

"Eu sou a melhor tenista de todos os tempos", Nicki afirma. "E mereço ser reconhecida por isso."

"Você é reconhecida por isso", respondo. "O tempo todo."

Nicki balança a cabeça. "Mas não por *você*. Pela pessoa que eu mais respeitei a vida toda. Pela mulher em quem eu me espelhei."

O sorriso desapareceu do rosto dela. Sem deixar nenhum vestígio. Olho para a TV. Está no mudo, mostrando os comentaristas falando sobre o torneio. A legenda na tela indica que estão falando sobre Nicki e eu.

"Eu estou vendo tudo isso", respondo, finalmente olhando para ela. "A minha raiva é um sinal de que não estou ignorando nada."

Nicki solta um suspiro. "Tudo bem, Soto. Acho que não dá para extrair uma reação humana de uma pedra."

"Escuta só, o que você quer de mim?"

Nicki me olha bem nos olhos.

"Não se preocupe com o que eu falo", aviso. "Preste atenção no que eu *faço*. Eu estou de volta, né? E vou jogar aqui hoje. Isso é a maior prova do quanto você é boa."

O fisioterapeuta termina a massagem. Eu fico de pé e passo por Nicki, apoiando a mão no ombro dela.

"Boa sorte", digo. "Vou torcer por você até quando a gente entrar na quadra para se enfrentar."

Nicki sorri. "Tomara que você tenha essa sorte."

Eu estendo a mão, e ela me cumprimenta.

Transcrição

SportsNews Network
WildSports com Bill Evans

Bill Evans: No primeiro dia do Aberto dos Estados Unidos, Nicki Chan começou *atropelando* a experiente Suze Carter esta manhã. Natasha Antonovich, Ingrid Cortéz, Carla Perez, Odette Moretti, Josie Flores, Whitney Belgrade, Erica Staunton e muitas outras também passaram para a segunda rodada. E, agora à tarde, a campeã de Wimbledon e grande sensação da temporada, Carrie Soto, enfrenta a novata Madlenka Dvořáková na primeira rodada aqui em Flushing Meadows. Faz apenas duas semanas que Javier Soto, seu pai e treinador, faleceu. Carrie declarou que vai jogar em homenagem a ele.

Muito vem se falando sobre quem vai sair campeã daqui a duas semanas, mas uma coisa é certa: pode haver cento e vinte e oito jogadoras competindo pelo troféu, mas todos os olhares estão concentrados em apenas duas.

Nicki Chan e Carrie Soto não fazem a menor questão de esconder sua rivalidade. Essas duas atletas incomparáveis querem esse título e o recorde que vem com ele.

Qual das duas vai vencer? A Monstra ou a V-A-C-etc.?

Com certeza vai ser emocionante. Acompanhem conosco nas próximas duas semanas os jogos que vão decidir quem chega à grande final.

Soto × Dvořáková

ABERTO DOS ESTADOS UNIDOS DE 1995

Primeira rodada

Estou posicionada no túnel. Eu me inclino para a frente e limpo a sujeira dos meus Break Points amarelos. Lembro as palavras que o meu pai escreveu. *Faça de tudo para mantê-la no fundo da quadra. Ela vai ficar contente com isso, mas não vai conseguir acompanhar o seu ritmo.*

Respiro fundo. Lá vamos nós.

Assim que piso na quadra, a plateia vai à loucura. Os aplausos e os gritos são tão altos que mal consigo ouvir meus próprios pensamentos.

Sei o que a equipe de transmissão está dizendo. Estão informando aos telespectadores que acabei de perder o meu pai e que vou jogar minha primeira partida sem ele.

Fico esperando os aplausos diminuírem, mas isso não acontece. As pessoas continuam gritando e me apoiando enquanto arrumo minhas coisas no banco. Chega a ser assustador — aquelas vozes se elevando no ar e ecoando pela arena, em um rugido grave que chega a balançar a rede.

Olho ao meu redor — milhares de pessoas gritando e batendo o pé no chão. Faço acenos direcionados a todas as seções da arquibancada e vejo as pessoas começarem a se levantar para aplaudir.

Bowe e Gwen estão no meu box. Gwen está aplaudindo. Bowe e eu trocamos um olhar enquanto a plateia se ergue como uma onda.

Estão aplaudindo meu pai. Por um instante, sinto que todo mundo na arena sente falta de Javier Soto tanto quanto eu.

Uma lágrima escorre do meu olho, e eu a enxugo com a mão.

Pobre Dvořáková. Não tem a menor chance. O jogo termina em cinquenta e dois minutos.

* * *

Flores, Nystrom e Moretti também não são capazes de me parar. Ninguém é.

Durante a semana seguinte, Bowe e eu passamos por cima de todo mundo que entra em nosso caminho. É um massacre.

Transcrição

SportsRadio Nation com Grant Trumbull

Grant Trumbull: Estamos aqui com o editor da *SportsSunday*, Jimmy Wallace, para conversar sobre o que anda acontecendo no Aberto dos Estados Unidos. Jimmy, faça um apanhado geral do torneio para nós. Começando pela chave masculina.

Jimmy Wallace: Bom, no tênis masculino, não tem nenhuma notícia mais comentada do que o desempenho de Bowe Huntley.

Trumbull: Ele está voando.

Wallace: Ninguém — mas ninguém mesmo — colocava Bowe Huntley entre os favoritos no início do torneio.

Trumbull: É o último campeonato da carreira dele, não?

Wallace: Estava todo mundo dizendo: "O cara está se aposentando, é o mais velho em quadra, seu auge já passou faz tempo".

Trumbull: E não conseguiu jogar em Wimbledon por causa de uma lesão.

Wallace: Ele rompeu a cartilagem das costelas em maio em Roland Garros. Não estava no radar de ninguém.

Trumbull: E mesmo assim...

Wallace: [*risos*] Pois é! Huntley entrou em quadra na primeira rodada e simplesmente destruiu Franco Gustavo. Por três sets a zero. E nós continuamos pensando: "Beleza, mas não vai acontecer de novo".

Trumbull: E continuamos errando.

Wallace: E errando feio. Ele pegou Ortega na segunda rodada, e veio mais um três a zero. Depois veio Bracher. E Mailer.

Trumbull: E agora ele está nas quartas de final.

Wallace: Ele está nas quartas de final. Aos quarenta anos! E vou dizer uma coisa para você: a torcida está do lado dele. Faz anos que eu não vejo uma plateia tão empolgada. E você sabe que eu sou um cara cético, Grant.

Trumbull: [*risos*] Você é do tipo "só acredito vendo".

Wallace: Mas Huntley me cativou nessa. Me fez torcer por ele. Não sei como tudo isso vai terminar, mas com certeza está sendo um espetáculo e tanto.

Transcrição

SportsHour USA
Mark Hadley Show

Mark Hadley: Estou limpando os meus óculos aqui porque não consigo acreditar no que estou vendo. Bowe Huntley acabou de derrotar Jadran Petrovich, o campeão de Wimbledon, nas quartas de final do Aberto dos Estados Unidos?

Briggs Lakin: Eu não diria derrotar. Huntley passou como um trator por cima dele. Foi vergonhoso para Petrovich, o número dois do mundo, levar uma surra como essa.

Gloria Jones: Aquele último saque foi simplesmente impressionante.

Hadley: Por falar no saque de Huntley, eu gostaria de discutir um pouco mais a respeito. Não existe nenhuma informação oficial, mas dizem que ao longo do ano Bowe Huntley vinha sendo treinado pelo falecido Javier Soto. Vocês ouviram falar alguma coisa a respeito disso?

Jones: Eu ouvi falar, sim. E vimos Carrie Soto e Bowe Huntley juntos várias vezes nos últimos meses. Parece que eles estão namorando. Mas, obviamente, não temos como saber.

Lakin: Nós sabemos, ora essa.

Jones: Ninguém nunca confirmou nada.

Lakin: Eu não preciso que ninguém me confirme que dois mais dois são quatro.

Jones: [*risos*] Muita gente diz que Bowe Huntley e Javier Soto estavam trabalhando juntos antes de Roland Garros. Então faz sentido que eles tenham continuado a trabalhar juntos até a morte de Javier Soto, algumas semanas atrás.

Hadley: Então Javier Soto pode estar por trás dessa reviravolta no jogo de Bowe Huntley.

Jones: É possível.

Hadley: Ele fez um belíssimo trabalho com Carrie Soto, não?

Jones: Isso sem dúvida. E vamos falar mais um pouco sobre isso, se for possível. Esperamos ver pura excelência no jogo de Carrie, mas ela acabou de perder o pai, de perder seu treinador. Ainda assim, estamos quase nas semifinais, e ela derrotou sem problemas *todas as adversárias*. Inclusive Odette Moretti, derrotada nas quartas de final há poucas horas.

Lakin: A garra que ela está demonstrando nesse torneio é impressionante.

Jones: Javier Soto era um grande treinador, um dos melhores de todos os tempos. E acho que estamos vendo isso neste torneio. Estamos vendo, com Bowe Huntley e Carrie Soto, o que Javier Soto tinha de melhor. A "beleza dos fundamentos", como ele dizia.

Lakin: É verdade, Gloria. Com certeza.

Huntley × Matsuda

ABERTO DOS ESTADOS UNIDOS DE 1995

Semifinal

Gwen e eu estamos no box reservado aos jogadores. Estou olhando no relógio a cada minuto porque daqui a pouco preciso sair para ir jogar, mas não posso ir justo agora.

É o quinto set. Bowe está perdendo por cinco a três, mas ainda tem chance de voltar para o jogo se ganhar esse game e quebrar o serviço de Matsuda no próximo.

Ele olha para mim e sorri.

Hoje no café da manhã, eu estava lendo a *NowThis* para tentar espairecer. A capa era sobre uma pop star que largou um rock star, e eu queria ver se era verdade que ela estava dormindo com o tal ator. Mas, assim que abri a revista, dei de cara comigo.

Tinha uma foto minha com Bowe na quadra na semana anterior. Conseguiram flagrar um beijo nosso.

Fechei a revista quase que por reflexo, mas em seguida abri de novo.

Na foto, estamos de short e camiseta. Ele está com seu boné azul-marinho. Está me abraçado pela cintura, me puxando para junto de si, e preciso levantar a cabeça para encontrar seus lábios.

Eu não sabia que tinha paparazzi por perto. Se soubesse, esse beijo não teria acontecido. Mas, em vez de me sentir horrorizada por ter aquilo estampado em uma revista para todo mundo ver, só consegui reparar em como estou bizarramente feliz naquela imagem.

Bowe se aproximou e espiou por cima do meu ombro. Pelo seu olhar, percebi que já devia ter visto antes.

"E aí, o que você acha?", ele me perguntou.

Olhei mais um pouco para a foto. "A gente parece feliz", eu disse por fim.

E Bowe sorriu. "Pois é", ele falou. "Eu também acho."

Bowe confirma seu saque — agora está perdendo por cinco a quatro. Durante a troca de lado de quadra, ele se aproxima do box e dá uma piscadinha para mim. Eu sorrio e retribuo o gesto. Mais uma vez, estou sendo uma tonta.

Bowe volta a se posicionar na linha de fundo. A pressão está toda sobre ele agora. Se perder esse game, sua carreira como tenista profissional estará encerrada. Porém, ninguém diria isso só de olhar para ele, que está acenando para a plateia e rindo para as pessoas que estão lá dando apoio, levantando os braços para animar a torcida.

Na noite passada, ele me disse que gostaria de chegar à final. "É o que eu sempre quis para este ano. Fazer uma coisa grande como essa. Nunca pensei que ia chegar tão longe, e agora estou aqui", ele falou em meio ao silêncio da noite. "Então por que não sonhar mais alto?"

Mas hoje, pouco antes de ir para o vestiário, ele me disse o contrário. "Nunca pensei que ia chegar tão longe, e agora estou aqui", ele falou. "Então o que vier daqui para a frente é lucro."

Matsuda manda um saque veloz, que cai no pé de Bowe, que é obrigado a pular para trás para devolver. A bola cai colada à rede. Matsuda tenta alcançar, mas não consegue.

Zero-quinze.

Bowe sorri. A plateia vibra. Fica claro que a torcida está incomodando Matsuda. Então, entre um saque e outro, Bowe se vira para o público, pedindo mais barulho. Matsuda sacode a cabeça e manda outra bomba no saque.

Bowe se estica todo para devolver, mas a bola para na rede.

Quinze iguais.

Olho no relógio de novo. Preciso ir.

Quinze-trinta.

Trinta iguais.

Trinta-quarenta.

Deuce.

Vantagem de Matsuda.

Deuce.

Preciso ir.

Vantagem de Bowe.

Deuce.

Vantagem de Matsuda.

Deuce.

Estou atrasada para o aquecimento.

Vantagem de Matsuda.

Deuce.

Vantagem de Matsuda.

Bowe está cansado. Não sei se Matsuda percebe, se a plateia percebe, mas eu, sim. Está mais recuado para receber o saque. Fico torcendo para que ele arrume forças, uma dose extra de energia. Com dois pontos seguidos, ele pode salvar esse game e talvez chegar à final.

Deuce.

Vantagem Matsuda.

Matsuda manda outro saque no pé de Bowe. Dessa vez, ele recua o mais rápido que pode. Consegue se posicionar e meter a raquete na bola, mas a devolução fica na rede.

Sinto um aperto no peito. Acabou.

Bowe fica imóvel na quadra e fecha os olhos. Vejo seu peito subir e descer. Ele balança a cabeça e abre os olhos.

A plateia está estranhamente silenciosa para um fim do jogo. As pessoas queriam que ele ganhasse, mas é Matsuda quem vai jogar a final.

Bowe Huntley está aposentado.

Olho para o rosto dele em busca de sinais de irritação ou tristeza — mas sei muito bem que esse luto vai assumir várias formas ao longo dos próximos meses, ou talvez anos. Mas o rosto dele só mostra um sorriso e olhos marejados. Nada de chilique dessa vez.

Queria que meu pai estivesse aqui para ver, para testemunhar o que Bowe fez no Aberto dos Estados Unidos. Ele seria o torcedor mais empolgado em quadra.

Bowe acena para a plateia.

De repente, a arena inteira está de pé, inclusive eu. As pessoas estão gritando tão alto que meus ouvidos até doem. Ele acena para cada uma das sessões da arquibancada, balançando a cabeça positivamente.

328

Matsuda aperta a mão dele e se afasta, permitindo que Bowe tenha seu momento.

Bowe olha para mim e sorri. Eu retribuo o sorriso. Ele se vira para a plateia e levanta os punhos cerrados, e então se despede.

Ele vem diretamente para onde estou, e eu me inclino por cima da mureta para conversar.

"Belíssima campanha", digo. "Um belíssimo fim para uma carreira impressionante."

"Eu te amo", ele me fala.

Eu arregalo os olhos.

"Me desculpa se isso te deixa sem jeito", ele acrescenta, segurando a minha mão.

Pensei que, se isso acontecesse, eu não iria conseguir nem olhar na cara dele, mas é tudo bem tranquilo. Chega a ser assustador de tão fácil. "Tudo bem", respondo. "Eu já sabia. Meu pai me falou."

Ele ri. "Está assim tão na cara, é?"

"Não", eu digo. "Ou talvez sim. Sei lá. Você quer que eu responda?"

"Não", ele fala. "Eu sei com quem estou lidando. E você está atrasada para o seu aquecimento."

"Está tudo bem mesmo?", pergunto, dando um abraço nele. "Tem certeza?"

"Sim, tenho certeza."

"Tá, estou indo. Mas eu também, só para você saber. Isso que você falou."

"Eu sei", ele diz.

"Está assim tão na cara, é?", brinco.

"Na verdade, não, Carrie", ele responde, aos risos. "Mas você tem suas maneiras de demonstrar as coisas."

Soto × Cortéz

ABERTO DOS ESTADOS UNIDOS DE 1995

Semifinal

Estamos no terceiro set. Estou a dois games de fechar a partida.

Ainda não cansei, mas Cortéz está furiosa. Dá para sentir isso quando ela começa a tentar quebrar a bola no meio.

Ela quer essa final. Provavelmente está mordida por causa de Wimbledon. Usou isso como motivação, uma atitude que eu respeito.

Penso o tempo todo no caderno do meu pai.

Cortéz é irascível e arrogante. Não gosta de perder. Não gosta de admitir que foi superada. Se você a irritar, ela vai começar a cometer erros. E não é a única.

Eu sei que ele estava se referindo a mim. E, do outro lado da rede, percebo que Cortéz e eu somos mais parecidas do que eu imaginava. Agressivas e implacáveis, com sede de sangue. Frias, mas passionais, com uma necessidade de vencer que vem do fato de não suportarmos a ideia de perder.

Impeça Cortéz de fazer o jogo que quer, faça com que fique frustrada. Ela é uma jogadora confiante; se minar essa confiança, você vai derrubá-la.

Se a leitura do meu pai estiver certa e o jogo mental de Cortéz for como o meu, então eu sei o que preciso fazer.

Preciso anotar o maior número de aces possíveis. Não posso dar a ela a chance de lutar pelo ponto. Se não tiver a menor chance de quebrar o meu saque, ela vai ficar irritada e vai se desesperar. Vai começar a cometer erros.

Sim, acho que conheço Cortéz muito bem mesmo. O lado ruim do perfeccionismo é que a pessoa está tão acostumada a fazer tudo dar certo que entra em colapso quando dá tudo errado.

E não sou eu quem vai entrar em colapso hoje.

Para marcar aces, é preciso ter ousadia. É preciso se arriscar a acertar a rede ou mandar a bola para fora. É preciso jogar como se não tivesse medo. E eu sou capaz de fazer isso.

Lanço a bola para o ar e mando bem no cantinho da área de saque. Cortéz não consegue alcançar. *Quinze-zero.*

Continuo nessa mesma toada. Em pouco tempo, fecho o game.

Os ombros de Cortéz ficam tensos e ela cerra os punhos a cada ponto que eu consigo. Toda vez que volta para a linha de fundo, ela balança a cabeça e olha para o treinador.

Eu me mantenho firme, e em pouco tempo consigo um match point.

Cortéz começa a saltitar na ponta dos pés, preparando-se para fazer o toss. Ela ainda tem muito tempo para conquistar as coisas que deseja, mas a final do Aberto dos Estados Unidos não vai ser uma delas.

Seu saque vem como uma bomba — veloz e profundo. Dou um passo para trás para devolver. Pego a bola na subida e devolvo de forehand na cruzada. Ela manda de volta na direção do meu backhand.

A bola se aproxima de mim. Puxo o braço para trás e rebato antes de quicar. A bola vai bem aberta na direção da direita dela.

Cortéz corre para alcançar, mas a bola quica forte para fora da quadra. Ela se atira no chão e cai ao mesmo tempo que a bola, longe de seu alcance.

A plateia explode. Bowe pula do assento. Vejo que Gwen está gritando. Caio de joelhos, sentindo a superfície dura da quadra ralar minha pele. Não me sinto orgulhosa, e sim grata.

Ahí vamos, papá, penso. *A la final.*

À noite, Bowe, Gwen e eu nos reunimos na minha suíte de hotel, na frente da televisão. Quero parecer tranquila, mas sinto o estresse se acumular nos meus joelhos. Estou tentando alongá-los.

Bowe está com uma dor nas costas terrível, então está vendo tv deitado no chão com os pés apoiados na cadeira. Gwen é a única entre nós que consegue se sentar direito.

Nicki está enfrentando Antonovich na semifinal, e está sacando para fechar o jogo.

"Nós queremos uma vitória de Chan, certo?", diz Gwen. "Só quero saber se estou torcendo para a pessoa certa aqui. Não é uma questão tão simples assim."

Eu assinto, abaixando para tocar as pontas dos pés com as mãos. Sinto a parte posterior das minhas coxas e dos meus joelhos arder. "Sim, queremos que Chan vença."

Nicki faz um saque com topspin. Antonovich devolve. Nicki manda um drive que quica bem na linha de fundo e vai parar na arquibancada. Sua capacidade de antecipação é uma das melhores que eu já vi.

"Porra, ela é boa mesmo", comento.

Bowe assente. "Pois é."

"E não tem treinador", continuo. "Não tem essa carta na manga, como eu tive durante todos esses anos. Está fazendo tudo isso sozinha."

Nicki manda outro saque veloz e fortíssimo, como se estivesse comandando um bombardeio.

"Nicki vai levar essa", digo.

Ela saca com um salto poderoso e aterrissa com força na quadra. Não sei se Antonovich vai alcançar essa bola, mas, de alguma forma, ela consegue se mandar de volta para o outro lado antes de ir ao chão.

Bowe senta para ver. Gwen se inclina na direção da TV. Eu fico de pé.

Nicki está olhando para cima, acompanhando a parábola da bola sobre a rede. Está correndo para trás sem tirar os olhos dela. Antonovich, ainda caída na quadra, também acompanha.

A bola começa a cair, com Nicki na perseguição, e quica a *centímetros* da linha lateral. Vai para fora.

Natasha Antonovich esmurra o chão.

Nicki sai pulando para celebrar.

Então está definido. Soto contra Chan.

Na manhã seguinte, quando acordo, o tempo está ensolarado e fresco. Um dia perfeito para ganhar o Aberto dos Estados Unidos.

Bowe já está de pé, apesar de ser bem cedo, e, quando vou para a sala de estar, está lendo o jornal. Ao lado dele, tem uma vitamina de mirtilo e um pote de amêndoas sem sal.

"Bom dia, recordista", ele diz.

"Você sabe muito bem que não pode ficar falando esse tipo de merda antes de eu quebrar o recorde de verdade."

Bowe balança a cabeça. "Não é isso, olha aqui", ele diz, mostrando o jornal que está lendo. A manchete diz: SOTO × CHAN É GARANTIA DE QUEBRA DE MÚLTIPLOS RECORDES.

Pego o jornal e leio a matéria. Entre outros fatos sobre o jogo de hoje à noite, descubro que *uma* de nós duas vai ser a tenista mais velha a vencer o torneio na Era Aberta. Nicki, que tem quase trinta e dois, vai superar Margaret Court por nove meses. No meu caso, seriam quase sete anos.

Sou oficialmente a finalista mais velha a disputar uma final de simples no Aberto dos Estados Unidos. Também estou prestes a quebrar o recorde de maior número de aces em um torneio e, ao que parece, nossa final vai estabelecer um novo recorde de audiência.

Sobre um recorde, a imprensa ainda não foi informada: Gwen me contou ontem à noite que a American Express se dispôs a assumir meu contrato com a Elite Gold. E, como a Elite Gold agora está disposta a *manter* o acordo que tem comigo, a AmEx me ofereceu o maior contrato de patrocínio da história para um profissional do tênis — masculino ou feminino.

Respondi que vou destinar cada centavo aos meus centros de formação de jovens. Gwen falou que ela também faria doações para a minha fundação.

"Dá para fazer isso e me aposentar mesmo assim com essa comissão", Gwen me contou.

Eu dei risada e falei para ela ir em frente.

"Eu vou fazer isso mesmo, Carrie", ela me avisou, com um tom mais sério. "Vou avisar aos sócios da agência que estou me aposentando a partir do ano que vem. Oficialmente."

Entrego o jornal para Bowe.

"Quantas estatísticas", comento. "Minha nossa. É exatamente como meu pai me falou tantos anos atrás. Você escolhe uma e decide que esse é o seu objetivo. Mas, pensando bem, como definir qual recorde é o mais importante?"

Bowe toma um gole do café. "Mesmo assim, o maior número de Grand Slams é uma coisa valorizada por muita gente, não tem como fingir que não", ele responde. "Você está defendendo o recorde que valoriza mais."

Eu respiro fundo. "Pois é. Mas nunca significou grande coisa para o meu pai", lembro. "Só o que ele queria de mim eram belos jogos de tênis."

Bowe sorri. "E veja só", ele diz. "É isso o que você faz."

Atravessando o túnel, já consigo ver as extremidades da quadra. A plateia já está fazendo barulho. As luzes estão acesas, mais reluzentes do que o céu do fim de tarde. Quando chego à entrada, contraio os ombros e alongo o pescoço. Limpo meus tênis.

Respiro fundo. Deixo o ar sair do meu corpo como se escapasse de um balão furado. Estou tranquila e solta. Estou pronta.

Um segurança está atrás de mim. E então escuto passos.

"Nicki", digo.

Ela está usando uma camiseta branca e um saiote azul-marinho. Seus Nike 210s são brancos, com o logotipo azul. "Carrie."

"Tudo certo com você?", pergunto. "Como está o seu tornozelo? E as suas costas? Tem alguma lesão que eu possa explorar durante o jogo?"

Nicki ri. "Infelizmente para você, eu estou cem por cento."

"Que bom", respondo. "Assim a vitória fica mais gostosa."

Nicki balança a cabeça. "Eu li uma entrevista sua, muito tempo atrás, quando ainda era criança", ela conta. "Você disse que seu pai te chamava de 'Aquiles'."

"Pois é", respondo. "Inigualável entre todos os gregos."

"Sempre tive inveja disso. Dessa coisa de você parecer destinada a grandes coisas. Lembra do que Aquiles disse para Heitor, depois que Heitor matou Pátroclo?"

Faz muito tempo que li a *Ilíada*. Eu balanço negativamente a cabeça.

Nicki abre um sorriso: "Ele diz: 'Entre leões e homens não existem acordos. Eu te matarei e me fartarei com teu sangue'.".

Soto × Chan

ABERTO DOS ESTADOS UNIDOS DE 1995

Final

Muita gente acredita que Nicki representa o novo tênis, talvez até ela mesma, e que minha Carrie é o tênis à moda antiga. O que as pessoas não percebem é que ensinei Carrie a jogar qualquer tipo de tênis. Então Carrie deve começar com força e agressividade, partindo com tudo. É preciso deixar claro desde o início que, seja qual for a Carrie para quem Nicki tenha se preparado, ela não vai estar pronta para o que vai enfrentar.

Ganho no cara o coroa e escolho sacar primeiro.

O forehand de Nicki é violento, então todo mundo saca buscando sua esquerda. Eu, não. Meu primeiro saque é baixo, curto e rápido, e aberto na direção do forehand dela. Nicki precisa se esforçar para alcançar a bola. Sua devolução mal passa da rede. Mando de volta uma curtinha. Ela não chega a tempo. *Quinze-zero.*

Nicki me olha e assente sem perder a calma.

Confirmo meu serviço.

O primeiro saque dela parece disparado de um canhão — exatamente como eu sabia que seria. Devolvo na direção do backhand dela, que rebate com uma esquerda profunda. Meu golpe seguinte é mais alto e lento, para atraí-la para a rede.

Nicki se dá bem quando faz as adversárias jogarem seu tipo de tênis. Carrie é capaz de enfrentá-la nesse jogo, mas Nicki não consegue superar Carrie no dela. Carrie precisa atrair Nicki para seu tipo de tênis — o tipo de tênis em que cada centímetro faz diferença. Acredito que Carrie em seu melhor seja capaz de superar Nicki em seu melhor. E isso significa ATRAÍ-LA PARA A REDE.

Nicki corre para alcançar minha bola curta e chega bem a tempo, mas sua devolução é longa demais. O primeiro ponto no game de saque dela é meu. *Zero-quinze.*

Mesmo assim, ela confirma seu serviço.

Nós duas vamos confirmando nosso saque — e sem conseguir quebrar o serviço da outra. O um a um vira dois a dois. O dois a dois vira três a três, quatro a quatro, cinco a cinco.

Depois do seis a seis, vamos para o tiebreaker.

Nicki me bombardeia com seus saques, e suas devoluções dos meus são verdadeiras marretadas. O tiebreaker logo fica quatro a zero para ela. Preciso fazer algum ajuste.

Tento deixar a troca de bolas mais lenta, com slices, para detê-la. O resultado não demora a aparecer, e vou continuar insistindo até ela encontrar uma saída.

Agora estamos em quatro a quatro.

Cinco a cinco.

Seis a seis no tiebreaker.

O público começa a fazer barulho.

Nicki consegue um winner e abre sete a seis, mas precisa de dois pontos de vantagem para fechar o set.

É minha vez de sacar, e mando uma bola chapada bem na direção dos pés dela. Nicki não consegue devolver. Sete a sete.

Alguns minutos depois, está doze a onze para Nicki. Com saque dela.

Eu a encaro, observo seu toss para tentar descobrir o que ela vai fazer. A essa altura já percebi que ela tem a mania de baixar um pouco mais o ombro quando vai mandar um saque aberto na cruzada.

Vejo que seu ombro está mais alto. Sei que o saque vai vir na paralela, na direção do meu forehand.

A bola passa zunindo tão depressa que, quando escuto, já passou por mim. Eu me estico toda, mas não consigo alcançar. *Porra*. O público vibra.

Com uma vitória por treze a onze no tiebreaker, o primeiro set é dela.

Não estou olhando para ninguém durante as mudanças de lado de quadra. Nem para Gwen, nem para Bowe, nem para Ali. Nem para a plateia. Mantenho a cabeça baixa, me concentro em beber água, enxugar o rosto e manter a mente voltada para o meu pai. Só o que quero ouvir agora é a voz dele.

Se Nicki vencer o primeiro set, Carrie tem mais chances de levar o segundo. Podemos usar a confiança — arrogância??? — de Nicki contra ela. E devemos fazer isso. Manter o plano de jogo. Seguir na mesma toada. Não mudar nada. Se não vencermos o primeiro set, levamos o segundo.

O segundo set começa. Eu a atraio para a rede. Mando bolas altas e lentas, para ela não conseguir gerar tanta potência na batida.

Confirmamos nossos serviços. Um a um. Dois a dois. Três a três.

Mas logo Nicki começa a encontrar respostas. Está jogando mais próxima da rede, se sentindo mais no controle do jogo. Os ralis começam a dez, doze e às vezes até quinze trocas de bola.

Nenhuma de nós consegue quebrar o saque da outra.

Começa a parecer um ritmo perfeito — cada uma fazendo seu jogo, em um equilíbrio absoluto. Sem erros não forçados, sem equívocos. Execução perfeita. Como em uma dança.

Às vezes fico com os olhos na bola, e às vezes nela. E sinto que ela me observa. Sei que, quando estou executando meus golpes, Nicki é capaz de ver toda minha habilidade, e eu não consigo deixar de observar a brutalidade incrível com que ela bate na bola, com uma força absolutamente concentrada, soltando gritos.

Então volto meu foco para o pontinho que vem sempre voando na minha direção. Sinto a facilidade com que meu braço recua, uma vez atrás da outra, e minha raquete faz o movimento até o fim depois de bater na bola.

Estou jogando tudo o que sou capaz a cada minuto, a cada golpe.

Quando abro seis a cinco no set e chega a vez de Nicki sacar, está na hora de puxar o gatilho. Eu a atraio para a rede com bolas altas e curtas. E, quando ela sente que se habituou com esse tênis de voleios defensivos, leva uma passada com um drive poderoso.

Faço isso várias e várias vezes. Quando ela resolve ficar no fundo da quadra, mando um drop-shot. E, quando ela pensa que vai vir uma bola curta, mando uma bem profunda. Apesar de ter o saque, ela está precisando correr a quadra toda, sempre um passo atrás de mim, reagindo à forma como eu dito o ponto. *Trinta-quarenta.*

E aqui estou eu. No momento em que posso levar o set.

Break point.

Se Carrie conseguir um break point, vai converter. Ela é excelente em traduzir um melhor momento no jogo em pontos no placar. Nicki é uma jogadora que sabe se defender — é raro conseguirem break points contra ela ultimamente. E é fã de Carrie, conhece bem Carrie. Sabe que ela brilha nos break points. Só precisamos que Carrie consiga um break point por set. E o resto vem naturalmente.

Nicki faz seu saque. Vem bem perto da linha, mas quica dentro e alto. Eu pulo e acerto a bola acima da cabeça.

Ela não deixa nem minha devolução quicar, e sei que está esperando uma rebatida com força — a bola veio veloz demais para eu tentar um golpe mais angulado. Mas, em vez de rebater na cruzada, resolvo arriscar um winner. Mando na paralela, bem rente à linha. Nicki precisa correr atrás para alcançar a bola. Enquanto a vejo se deslocar, percebo que seu tornozelo bambeia um pouco enquanto ela desliza.

E ela chega tarde demais. A bola quica e foge de seu alcance. Quando

Nicki levanta, percebo que está sentindo dor no tornozelo. E, graças a Deus, porque os meus dois joelhos, principalmente o mais baleado, estão começando a doer.

"Set para Soto", escuto o anúncio nos alto-falantes, e a plateia se levanta. Todo mundo começa a gritar.

Eu sorrio para Nicki, esperando que meu gesto seja retribuído, mas ela parece puta da vida, prestes a jogar a raquete no chão. Eu entendo. Já estive nessa situação. Ela pensou que o jogo já teria terminado.

Mas eu estou arrancando a vitória das mãos dela.

Isso é divertido, penso. *Porra, como é que eu fui esquecer o quanto isso é divertido?*

Eu me sento no banco e enxugo o rosto. Tomo um gole de água. Olho para Nicki, que se recusa a se virar para mim e mantém os dentes cerrados. Ela abre uma garrafa de Gatorade e bebe uma boa quantidade. Se fosse para tentar adivinhar, eu diria que seu tornozelo está inchando. Nuvens começam a se formar sobre a arena. Isso deixa o ar mais fresco, o que para mim é bem-vindo.

Gwen consegue atrair meu olhar. Ela aponta para mim, bem na direção do meu peito.

Bato com a mão aberta em cima do coração e aponto de volta para ela.

O set decisivo. O saque de Nicki fica ainda mais forte e veloz. A bola vem zunindo até mim. É assustador, mas não estou preocupada em tentar superar sua força. Os meus saques são milimetricamente precisos. São disparos de sniper.

Nicki está jogando tudo o que pode agora. Ela é rápida, e aprendeu a ler meu toss. Preciso manter meus saques imprevisíveis e afiados.

O um a um vira dois a dois, o dois a dois vira três a três. Quando mando bolas baixinhas rente à rede, ela consegue alcançar. Quando ela aprofunda os golpes, estou lá para devolver. Quando mando drop-shots, ela não deixa cair.

Ela está ofegante. Eu estou suando.

A plateia enlouquece a cada rali e vibra a cada winner.

Quatro a quatro. Cinco a cinco.

Meu pai tinha razão. O terceiro set é quando Nicki cresce ainda mais.

Ela manda outro drive potente, que mal tenho tempo de rebater, e vejo que já está armando outro. Fico impressionada com o poder de fogo de seu braço. A potência com que bate na bola. Nunca vi uma força assim. E com certeza não acompanhada de uma intuição tão grande para entender a direção de cada golpe em resposta, o comportamento de cada bola.

Meu joelho esquerdo está latejando, e o direito não está muito diferente. Estou mais ofegante do que nas minhas corridas na praia, meses atrás. O suor escorre pelo meu rosto. O céu está escurecendo, mas eu não vou desistir. Nem ela. Dá para ver isso pela maneira como o brilho desapareceu de seus olhos e como seus ombros ficaram mais tensos. Até seu andar parece furioso quando ela volta manquitolando da rede depois de cada ponto.

Nicki Chan é uma grande tenista, mas não a ponto de acabar comigo tão depressa quanto gostaria.

Em seu game de saque seguinte, Nicki manda tantas bombas na minha direção que parece até uma blitzkrieg.

Sinto a fadiga deixar as minhas pernas pesadas. Estão começando a ceder, minhas coxas tremem quando eu agacho. Meus joelhos estão berrando. Ela leva o game sem perder nenhum ponto.

Consigo manter meu serviço a duras penas, mas consigo mesmo assim.

O terceiro set está em seis a seis. Mais um tiebreaker.

E então escuto o estalo de um raio e um retumbar no céu. Quando olho para cima, a chuva começa a cair.

Gwen, Bowe e Ali correm para o vestiário durante o adiamento provocado pela chuva.

"Pessoal", digo. "Eu estou bem. Está tudo sob controle."

"Você está dominando o jogo!", Gwen comenta. Ela parece mais exaltada do que nunca. "Botando para foder totalmente!"

Eu dou risada. "Obrigada."

Bowe sorri. "É verdade."

Olho para ele e abro um sorriso. "Preciso me manter concentrada em vencer o tiebreaker. Já dá para saber quanto tempo vai durar essa pausa?"

"O temporal já está passando", Ali avisa. "Eles acham que não deve demorar mais do que vinte minutos."

"Nesse caso, todo mundo para fora", eu digo. E então acrescento: "Por favor".

Bowe põe a mão no meu ombro e aperta de leve, e em seguida acompanha as duas para fora, mas se vira no último segundo para mim.

"Esse jogo está uma beleza", comenta. "Muito bonito *mesmo*."

Ele nem mesmo espera a minha resposta. Simplesmente bate com os dedos no batente da porta e sai.

De repente, fica tudo tão silencioso que consigo ouvir a água correndo pelos canos dentro das paredes.

Tento pensar no que o meu pai me diria agora. Abro o armário e folheio o caderno. Leio as anotações dele de novo. Não tem nenhum comentário sobre um tiebreaker no terceiro set. Folheio as páginas à procura de alguma coisa — qualquer coisa —, mas não encontro nada que já não tenha lido.

O que ele diria se estivesse aqui? O que teria escrito no caderno se tivesse mais tempo? Ainda há coisas que eu preciso saber, conselhos a receber dele. Temos mais coisas a fazer juntos.

Eu repasso as estratégias — começar devagar e cansá-la; partir com tudo desde o início e não deixar que ela respire; forçar o saque no limite; este não é o momento de fazer isso —, tentando desesperadamente descobrir qual ele escolheria.

Mas... eu não sei. Não sei o que ele poderia dizer.

Sinto como se todo o ar tivesse sido expelido do meu corpo. Agora meu pai não está mais comigo. Não sei o que ele estaria pensando sobre isso. Não tenho mais acesso a suas estratégias, seu plano de jogo, sua lógica, seus conselhos. Porque ele se foi. E nunca mais vai voltar. Cheguei ao fim da linha.

De repente, sinto que a dor é tão forte que pode me esmagar.

Pego o caderno e guardo de volta no armário. Se eu ganhar esse tie-breaker, vai ser porque encontrei a minha própria maneira de fazer isso. E, se perder, fica comprovado quem é a melhor jogadora. Era esse o teste que eu tanto queria.

A porta se abre, e Nicki entra.

"Eu estava esperando na sala da fisioterapia", ela diz. "Não queria encontrar você."

"Ah."

"Mas agora parece que vai demorar no mínimo mais dez minutos."

"Tá bom."

Ela se senta ao meu lado no banco e não diz nada por um bom tempo. Nem eu. Só fico ali sentada, com os olhos fechados, tentando controlar a minha respiração, tentando ignorar a dor nos joelhos.

"Já era para eu ter fechado esse jogo", Nicki disse, por fim.

Eu abro os olhos e a encaro nela. "Nada disso, queridinha."

Nicki balança a cabeça. "Você é a melhor jogadora que eu já enfrentei, tanto naquela época como hoje", ela comenta. "Sua vaca."

Eu dou risada.

"Estou tentando fazer graça para esconder o quanto odeio cada molécula do seu corpo", Nicki continua. Eu me viro para olhá-la, e ela não está sorrindo.

"Não precisa me odiar", respondo. "Isso é uma tremenda perda de tempo, aliás."

Nicki bufa audivelmente.

"Você está jogando o melhor tênis que eu já vi", digo a ela. "Graças a mim."

Ela revira os olhos. "Vai sonhando, Soto."

"Você merece todos os lugares de destaque que conseguir na história do esporte", acrescento.

Nicki olha bem para mim. "Eu vou vencer você."

"Não vai, não", respondo.

Nicki ri, apesar de não querer. Uma pessoa da organização do torneio aparece e diz para nos prepararmos para voltar para a quadra. Nós nos levantamos, e Nicki põe a mão no meu ombro.

"Jogar com você este ano... quebrar esses recordes — com Carrie Soto, contra Carrie Soto — foi como um sonho que virou realidade para mim."

Eu a olho bem nos olhos e assinto, sem saber ao certo como dizer que, para mim, esse jogo tem esse mesmo significado.

"E agora vou cravar uma flecha no seu calcanhar, para poder dizer que fui eu quem finalmente derrotou Aquiles."

E para responder a *isso* não me faltam palavras: "Então vai, tenta a sorte".

O tiebreaker começa.

Um ponto para Nicki, um ponto para mim.

Outro dela. Outro dela.

Outro meu. Outro meu. Outro dela.

E assim a coisa segue. Fazia anos que eu não me divertia tanto.

É o último torneio da minha carreira. E é impossível não curtir o momento.

Não peguei na raquete pela primeira vez para ficar tensa, desgastada e morrendo de medo de perder. Foi para sentir a alegria de bater na bola com a maior força possível, para poder passar mais tempo com o meu pai.

E agora aqui estou. Na parte final daquilo que nós dois começamos juntos. Este jogo. Este tiebreaker. Eu queria poder viver isso para sempre.

Ponto meu. Ponto de Nicki.

Ponto meu. Ponto de Nicki.

Ponto meu. Ponto de Nicki. Ponto meu.

Mando um saque mais afiado e letal do que nunca, tentando marcar um ace, mas a devolução vem com a mesma força, e não estou em condições de igualar sua potência a esta altura. Ponto dela.

Nicki manda provavelmente o saque mais forte que eu já vi na vida, mas consigo me posicionar e mandar para o outro lado. O smash dela em resposta sobe tanto que preciso saltar bem alto, apesar do estado dos meus joelhos, e pulo mais alto do que nunca, mas consigo bater em cheio na bola, que cai fora do alcance dela. Meu joelho está destruído, mas pelo menos conquistei o saque.

Ela devolve o meu saque com uma pancada. Respondo um backhand na cruzada, e vejo que cai dentro da quadra. Nicki está longe da bola. Não vai dar tempo de atravessar a quadra, não com o tornozelo dela nesse estado. Vejo a bola passar por cima da rede, mas acabar quicando mais baixo do que eu esperava.

Esse quique não deveria ser tão baixo. É uma bola nova, e eu mandei uma pancada. Mas às vezes a bola quica do jeito errado, não se comporta como deveria e, quando isso acontece, geralmente a jogadora do outro lado se atrapalha e não consegue acertar o golpe.

Mas com Nicki não é assim. Pelo menos não agora. De alguma forma, ela consegue prever tudo antes que aconteça. Alcança a bola já fora da quadra e desliza pela quadra, dobrando bem os joelhos. Ela se inclina para trás e, toda esticada, consegue enfiar a raquete embaixo da bola uma fração de segundo antes de perdê-la de vez, com a canela já sangrando por ter se arrastado no chão.

Com um movimento sutil, ela manda uma bola que não consigo alcançar.

Ponto dela. Dezesseis a quinze.

E, pela primeira vez, percebo uma coisa ao mesmo tempo assustadora e libertadora.

É possível que Nicki Chan entenda a bola melhor do que eu.

Ela manda outra bomba no saque. Minha devolução é tão profunda que acerta a linha de fundo e quica para fora da quadra. Nicki dá um pulo e consegue fazer um lob.

A bola sobe lentamente. Fico observando enquanto a gravidade a traz de volta para o chão. Dou dois passos para a direita e um para trás. Ajeito meus pés, me apoiando nas pontas dos dedos, pronta para correr na direção que for. A sensação na articulação do joelho esquerdo lembra o atrito de aço contra aço. A dor reverbera pelo meu corpo, atingindo cada pedacinho de mim.

Não estou nem aí.

A bola vem caindo na direção da quadra. Preciso decidir se bato nela no ar ou se deixo quicar e pego na subida. Analiso minhas opções, meu repertório de golpes. E, em vez de tomar uma decisão, deixo os meus braços assumirem o controle.

Bato na bola antes de quicar, mandando uma bomba para o outro lado. Nicki começa a correr.

Eu tenho como vencê-la hoje. Se essa bola for dentro e ela não alcançar, tenho como vencer este jogo.

Mas isso não muda o fato de que ela é *incomparável*. E vai ganhar outro Grand Slam em 1996. Provavelmente mais de um, se parar de forçar tanto esse tornozelo.

E eu vou fazer o quê? Continuar voltando para retomar o recorde dela? Continuar me agarrando com todas as forças a uma coisa que já deveria ter abandonado tanto tempo atrás? É isso que vai ser a minha vida? Uma tentativa constante de negar que Nicki Chan é o que é?

Onde está a elegância nisso? Onde está a alegria? A beleza?

Minha bola passa por ela sobre a rede. Nicki está correndo para trás. A bola já passou. Ela não vai conseguir alcançar.

Eu me vejo vencendo o jogo e então largando tudo. Ela que ganhe todas daqui para a frente. Estou disposta a deixar acontecer. Estou preparada para conviver com isso, para deixar esse recorde para ela. Finalmente.

Mas, bem diante dos meus olhos, a bola cai um centímetro além da linha de fundo.

O juiz de linha canta a bola fora.

Não acredito no que estou vendo. Nicki grita, com os dois braços erguidos para o alto. A plateia está de pé, vibrando.

Acabei de perder o tiebreaker. O jogo.

Mal consigo respirar.

Mas não jogo minha raquete no chão. Nem solto um berro. Não escondo o rosto entre as mãos. Simplesmente olho para Bowe.

Nicki Chan acabou de ganhar o Aberto dos Estados Unidos.

Eu perdi. Perdi o jogo e o meu recorde, duas vezes no mesmo ano.

Fico esperando o céu se abrir e vergonha desmoronar sobre mim. Fico esperando meu corpo se dobrar ao meio. A tristeza tomar conta de mim. Mas... nada disso acontece.

Bowe está sorrindo, e Gwen está com os braços estendidos, me oferecendo um abraço. Ali está aplaudindo loucamente, apesar da minha derrota.

E o que não consigo entender é que ainda estou sentindo aquela vibração bem nos meus ossos. A sensação de não ter peso, de estar flutuando sobre o chão. A sensação de que hoje é meu dia, de que sou capaz de qualquer coisa.

Nicki Chan olha para mim, e eu abro um sorriso para ela.

Não sou mais a maior tenista de todos os tempos.

Pela primeira vez na vida, posso ser... outra coisa.

Chan × Cortéz

Um ano depois

ABERTO DOS ESTADOS UNIDOS DE 1996
Final

O placar está cinco a quatro no último set. Se Nicki quebrar o saque de Cortéz nesse game, vai estabelecer um novo recorde.

Estou sentada no box reservado às jogadoras. Bowe está ao meu lado. Os pais de Nicki estão um de cada lado de nós. A nova namorada dela, *que não me suporta*, está lá no outro canto, com um sorriso tenso no rosto.

Vejo Nicki devolver o forehand pesadíssimo de Cortéz com um slice. Eu assinto.

O slice de Soto foi a primeira coisa que ensinei para ela.

"Você precisa melhorar seus voleios, seu jogo nas bolas mais curtas. Foi assim que quase venci você em Nova York", falei no nosso primeiro dia juntas na quadra.

"Com o jogo de fundo de quadra que eu tenho, não preciso saber volear", ela retrucou.

"Você nunca mais vai conseguir ganhar em Wimbledon jogando só no fundo da quadra, e sabe muito bem disso. Vai abrir mão de um quarto dos Grand Slams em disputa no ano só porque não quer treinar seu voleio?", rebato. "Vamos lá, *de nuevo!*"

Nicki fecha a cara, mas me obedece. Assim como fez quando comecei a falar para ela parar de forçar tanto o tornozelo — e assim ganhar mais alguns anos de carreira. Ela vive ficando puta e resmungando, mas sei que me escuta, mesmo quando finge que não.

Isso me faz rir. Quantas vezes meu pai não deve me ter visto de cara amarrada, mas mesmo assim fazendo o que ele mandava?

E agora, aqui estamos nós — treinadora e jogadora — no Aberto dos Estados Unidos de 1996, comigo nas arquibancadas, sem poder fazer nada além de torcer para que ela consiga pôr em prática tudo o que trabalhamos para incorporar ao seu jogo.

Minha nossa, como devia ser difícil para o meu pai estar nessa posição. Sentar aqui, se sentindo uma pilha de nervos, sabendo que o controle estava todo nas minhas mãos. Ele não podia pensar por mim na quadra, nem rebater as bolas por mim. Só podia confiar que eu executaria o que ele tinha me ensinado.

É um privilégio poder orientar uma pessoa até determinado ponto e depois deixá-la terminar tudo sozinha. Transmitir a alguém todo o conhecimento que tem e torcer para que seja bem utilizado. É um talento que ainda estou desenvolvendo, que estou determinada a aperfeiçoar.

Nicki consegue o break point. O ponto do campeonato.

Ela olha para mim. Faço um aceno de cabeça. Ela devolve o gesto, com um sorrisinho aparecendo no rosto.

Se ganhar o próximo ponto, ela vai ser campeã do Aberto dos Estados Unidos e chegar a vinte e três títulos de Grand Slam — um feito que, há apenas alguns anos, parecia impossível. Mas Nicki é assim mesmo. Imparável. Eleva o nível de absolutamente tudo.

Cortéz lança a bola no ar e manda um saque potente. Nicki recua para se posicionar.

"Esse já é dela", Bowe diz baixinho. Fico olhando apenas para a frente, sacudindo as pernas. Ele segura a minha mão para me acalmar.

Eu me inclino para a frente, torcendo com todas as minhas forças, enquanto Nicki puxa o braço para trás e o movimenta...

Agradecimentos

Eu amei do fundo do meu coração ter criado Carrie Soto, e isso só foi possível por causa dos leitores. Então meu muito obrigada a vocês, a todo mundo que leu *Malibu*, *Daisy Jones*, *Evelyn Hugo* ou *Amor(es) verdadeiro(s)* e todos os outros que vieram antes. Obrigada por terem escolhido esses livros. Vocês me proporcionaram a maior surpresa que tive na vida.

Agradeço à minha editora, Jennifer Hershey. Você entendeu Carrie perfeitamente e deu vida a ela, apesar de todos os defeitos. Eu me sinto muito grata pelo seu comprometimento com ela. E à minha agente, Theresa Park, obrigada por enxergar a alegria e a diversão que existem neste livro e senti-las comigo.

Muito obrigada à equipe da Ballantine — Kara Welsh, Kim Hovey, Susan Corcoran, Jennifer Garza, Allyson Lord, Quinne Rogers, Taylor Noel, Maya Franson, Paolo Pepe, Elena Giavaldi, Erin Kane e Sydney Shiffman. Eu tenho uma sorte imensa de ser publicada por uma casa editorial com tanto talento e tanta capacidade. Agradeço pela sua paixão e pelo esforço necessário para fazer os livros chegarem às mãos das pessoas. Isso não aconteceria sem vocês.

Obrigada à equipe da PFLM — Emily Sweet, Andrea Mai, Abigail Koons, Anna Petkovich, Kathryn Tolan, Jen Mecum e Charlotte Gilles. Eu não teria conseguido fazer nada disso sem sua colaboração. Vocês todas têm um valor inestimável para mim, e sua competência é fundamental para o meu sucesso.

Carisa Hays e Hayley Shear, agradeço por sempre me apoiarem. Sempre mesmo.

Julian Alexander, você é alegria de qualquer reunião no Zoom! Obri-

...creditar em mim. E, para Ailah Ahmed e toda a equipe da Hut-...son, nem sei dizer para vocês o quanto é valioso para mim ter uma equipe tão fenomenal e competente cuidando do meu trabalho na Grã--Bretanha.

Leo Teti, você me salvou! Este livro precisava de você, e me sinto muito grata por ter ficado ao meu lado.

Brad Mendelsohn, você é a coisa mais próxima que eu já tive de um treinador. Digo isso do fundo do meu coração. Não imagino como faria nada disso sem você.

Stuart Rosenthal e Sylvie Rabineau, obrigada por estarem presentes — e sempre mantendo a cabeça fria — a cada pedra que aparecia no caminho.

Kari Erickson, não sei se eu teria sobrevivido a 2021 sem você. E com certeza não conseguiria ter concluído este livro a tempo. Suas opiniões, sua consideração e seu senso de responsabilidade se tornaram indispensáveis para mim. Obrigada.

Este livro foi escrito durante uma pandemia. Eu não teria conseguido fazer isso se as pessoas mais próximas de mim não tivessem se oferecido para me ajudar em casa. Já mencionei isso antes, mas acho que nunca vou cansar de enfatizar: este livro não existiria sem Rose, minha sogra, e a mãe dela, Sally, que assumiram a tarefa de passar o tempo com a minha filha. Sozinha, eu não teria conseguido. E não precisei. Agradeço a vocês por isso. Obrigada a meu irmão, Jake, por conversar comigo durante esse processo inteiro, inclusive sobre as partes que não tinham respostas fáceis.

E agradeço a todo o meu pessoal. Eu não consigo tomar nenhuma decisão sem vocês, e me sinto grata por ter alguém sempre a postos, em qualquer horário aceitável no fuso da Costa Leste, para me ajudar.

Obviamente, eu jamais teria escrito livro nenhum sem você, Alex Reid. E não só por você cuidar da nossa filha ou me ajudar a lembrar que o que eu faço são só livros, no fim das contas. É também porque você me ajuda a entender quando eu devo ouvir outras pessoas e quando devo seguir os meus instintos. Isso é uma habilidade impressionante, saber quando você está certa ou errada. Eu, na maioria das vezes, costumo achar que estou errada, mas você me ajudou a entender que às vezes